三千世界で君を恋う

CROSS NOVELS

綾 ちはる

NOVEL:Chiharu Aya

伊東七つ生

ILLUST:Natsuo Ito

CONTENTS

CROSS NOVELS

CONTENTS

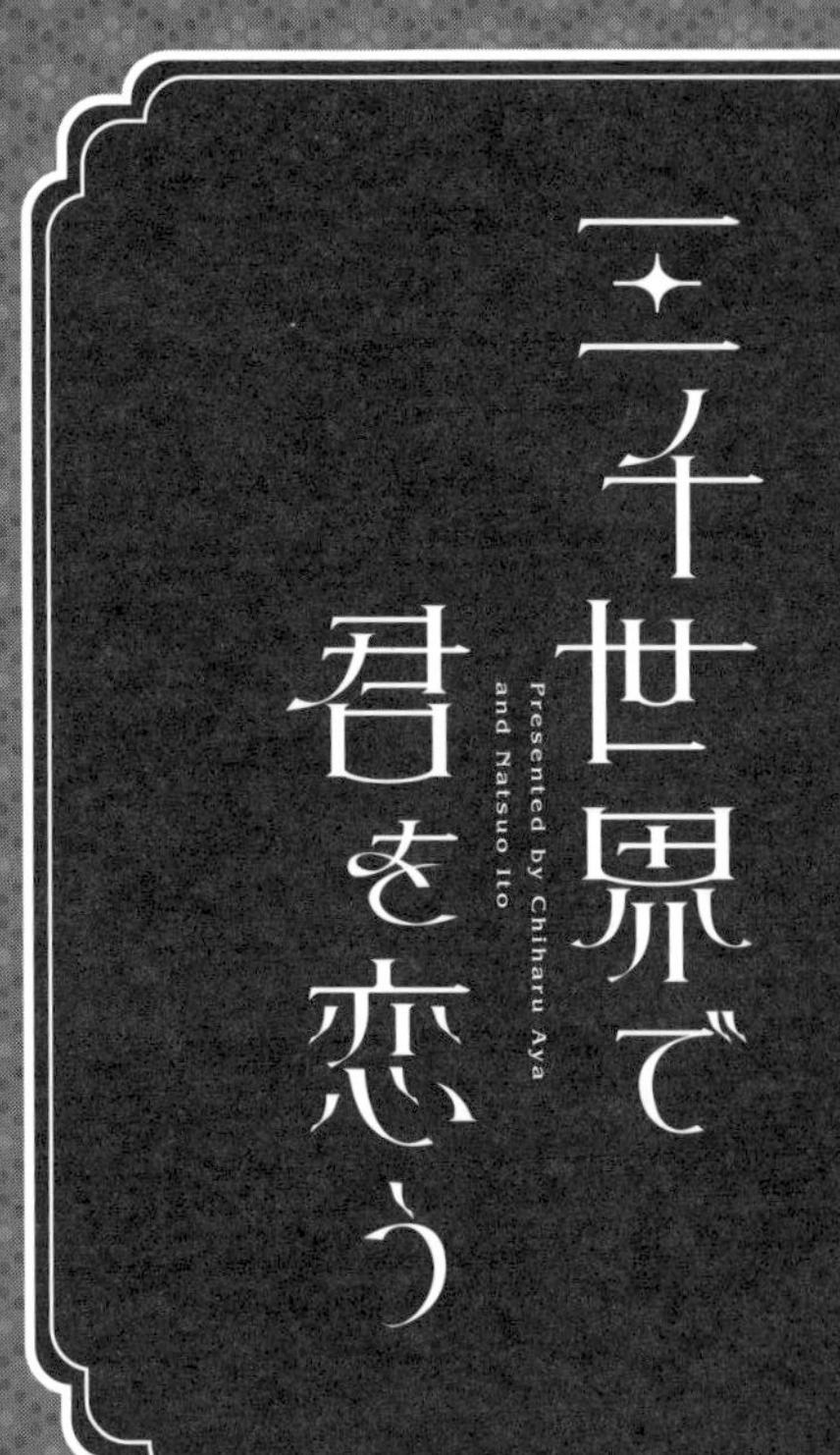
三千世界で君を恋う
Presented by Chiharu Aya
and Natsuo Ito

一章

外は暗く、雲間から月が覗いている。

「俺は」

紅はごくりと唾を嚥下して、ゆっくりと告げる。

「鬼にはなりたくない。俺のためを思うなら、俺と一緒に逃げてくれよ。……頼むから」

願うような気持ちだった。全てを捨てても、有馬と一緒がいい。

有馬は額に掛かる茶色の髪を耳に掛け、ふっと息を吐いた。月に照らされる浴衣姿に、紅の心臓が震える。この男が、欲しいと思う。

「もし、見つかった時」

有馬の言葉に、紅は激しく首を振った。

「見つからないように逃げるんだって」

分かっているよ、と有馬が紅の肩を優しく叩く。

「もしもの話だよ」

有馬は静かに言った。

「その時は、僕を――」

1

遠くの空を、灰色の煙がもくもくと流れて青空の中へ紛れ込んでいく。陸蒸気の煙だ。

陸蒸気とは蒸気機関を動力とする人や物を運ぶための巨大な乗り物で、大きさに反して高速で移動する。最近、巷では汽車と呼称することが多いようだ。その巨体を走らせるための線路が、東京を心臓として血管のように日本各地に向けて張り巡らされ始めたのがついこの間の話。だというのに、ここ三、四年で電気鉄道などというものまで世に出てきた。こちらは外から電気を取り入れて動き、動力効率が途轍もなくよい。そう遠くない未来、陸蒸気に代わって電鉄が日本中を駆け巡るようになるのかもしれない。

日本は今、激動の時代だ。人も物も、光とも思えるような速さで変化していく。……らしい。

これらは全て、聞いた話だ。

桶に溜まる水を覗き込み、紅はそっと溜息を吐いた。水面には毎朝見ては辟易する顔が映っている。赤みがかった髪につり気味の目。逆に眉は少し垂れている。薄い唇と尖った耳。黒い着物の合わせから覗く肌は白く、身体つきは華奢だ。唇からは小さな牙が覗いている。そしてなにより紅を憂鬱にさせる、眦を縁取る赤い染料と、額にある薄紅色の二つの突起。これらは、紅が子供であることの明確な証だった。

　小さな角をぐりぐりと弄ってみるが、びくともしない。染料は擦れば取れるが、大人たちに見つかれば咎められるだろう。

　――子供は余計なことなど考えず、ただ大人に従っていればよい。

　それが彼らの言い分だ。確かに子供だ。しかし、紅はもう六十年も生きている。生まれたのはまだ東京が江戸と称されていた頃だ。陸蒸気など影も形もなかった。子供扱いには、とうに飽き飽きしている。

　顔を上げ、再び遠くの空を見上げる。先ほどまで棚引いていた煙はほとんど消えており、紅は肩を落とす。ここから見える煙だけが、紅が間近に体感できる唯一の近代文明だ。

　背後には、空に消えた陸蒸気の煙とは真逆の存在が聳え立っている。平屋造りの伝統的な日本家屋。コの字型の屋敷は、廊下の一辺が百五十尺もあり、部屋数は優に二十を超える。

　ここは、鬼の館だ。

　広大な屋敷は塀で覆われている。それほど高い塀ではないが、紅にとっては堅牢無比な檻だった。塀の外には深い森があり、森を抜ければそこに広がるのは目まぐるしい文明開化の世界、つまり人間の世界だ。紅は、まだ一度も足を踏み入れたことがない。踏み入れる資格を、持っていないのだ。

　鬼は、催眠や暗示など人間とは異なる力を有している。しかし、それらの力は成人の儀式を終えなければ手に入れることができない。子供といえども鬼の端くれ、簡単な変化や、怪我の治癒など、僅かな特殊能力は身に宿しているが、所詮その程度だ。紅は、無力なのだった。

分かっていても、毎日のように陸蒸気の煙を目で追ってしまう。六十年間ずっと箱庭の中だけで生きてきた。外界の知識があるのは大人たちが情報を持ち帰るからだ。大人たちは必ず、持ち回りで月に一度は外に出る。外でなにをしているか紅はまだ知らないが、出かけていく時はみな嬉しげだ。背中を見送るたびに、悔しさに身を焦がす。

早く成人したい。毎日そればかり考えている。塀の外へと踏み出して、文明開化の音を己の耳で聞くのだ。

今は空に消えゆく煙しか確認することのできない陸蒸気、自動車、赤煉瓦に洋装の人々。それに、人間の家族というものも見てみたい。

鬼には家族という概念がない。同種で集って生活してはいるが、夫婦も子もない。

――人間は、女の腹から生まれるんだ。

そう教えてくれたのは、市井で人間のふりをして暮らしている、樹（いつき）という名の鬼だ。

――男と女が番（つが）って子が宿る。そうやって数を増やしてきたんだ。

それは鬼である紅にとって、奇妙な事実だった。

鬼は、不老であり、不死でもある。成人すれば老いは止まり、病とも無縁だ。しかし、完全に不死かと問われれば、違う。

火。それは、鬼を死に至らしめることのできる唯一のものだ。火炙（ひあぶ）りにされた鬼の身体は朽ち果てて、心臓だけが残る。そうして残った心臓から、新たな鬼の子が生まれる。

つまり、他人と番う必要など皆無なのだ。

人間という存在は、心底興味深い。知れば知るほど、早く外の世界に出たくなる。

再び、額の突起に触れる。もう癖になってしまっていた。数センチほどの突起は乳角（にゅうかく）と呼ばれるもので、乳角が剝（は）がれ落ちた鬼は成人の儀式を行うことを許される。儀式を終えて晴れて成人すると、乳角とは異なる鋭利な赤黒い角が生えてくるのだ。

鬼はその身の性質上、滅多に死に至ることはなく、従って新たな鬼が生まれることも稀だ。屋敷に紅より若い鬼はいない。紅の次に若い鬼でさえ百五十歳を超えている。屋敷の中で幼い角を持つ鬼は、紅だけだ。

　紅はもう二十年も前から乳角を押したり引いたり、あるいは捩じってみようとしたりしているが、全て無駄な足掻きに終わっている。剝がれ落ちる気配など、微塵も感じられない。

　はぁ、と大仰な溜息が零れる。と、同時に勝手口の引き戸が開いた。

「紅。こんなところにいたのですね」

　裏口から顔を出したのは、五、六歳ほどの見目をした少女だった。彼女の額には鬼の印である角はなく風貌だけなら人間の子供と同じだが、紅を見下す瞳には老獪な光が宿っている。

「……右近」

「私は、左近ですよ」

　彼女は小鬼と呼ばれる鬼の眷属だ。背丈は紅の半分ほどしかないが、生を受けてからの歳月は優に三倍以上だろう。

　小鬼は鬼の額から剝がれ落ちた乳角から生まれる。自分を産み落とした主に仕え、主以外の鬼に対してはあまり興味を持たない。どの鬼に仕える小鬼も、左の乳角から生まれた者は左近、右の乳角から生まれた者は右近と呼ばれている。

「今ごろ洗濯物をしていたの？　まだ終わっていないようですけど」

「すぐ終わらせますってば」

「いえ、後になさい。お館さまがお帰りになりました。すぐ大広間にいらっしゃい」

　有無を言わせぬ口調に渋々頷いて、紅は桶に溜まっていた水を捨てる。

　お館さまとは、この屋敷に住む鬼たちを統べる鐵という名の鬼だ。先週から、数人の供を連れて外へと出かけていた。

　少女の後を追いかけて屋敷の中へと戻る。

　大広間には館に住む鬼たちが勢揃いしていた。鬼たちは一様に黒い着物を着て同じく黒い布で顔を隠している。これも成人した鬼の証拠だ。各々自分の主の横にちょこんと腰を下ろしている小鬼たちを除けば、この場で顔を晒（さら）しているのは紅だけだった。こうして一堂に会すると、ジクジクと劣等感が刺激される。

「お帰りなさいませ、お館さま」

　紅は精いっぱいの意地で平静を装いながら平伏する。一番奥に座っていた鐵が「ああ」と応じた。女にしては低く、男にしては高い、不思議な声音だ。

「なにをしていたのだ」

　叱責の声が、並んでいる鬼の中から飛んでくる。

「お前のような子供がお館さまをお待たせするなど」

　紅はムッとしたが、俯（うつ）いたまま「すみません」と平坦な声で応えた。

　鐵の右横に、紅を連れてきた少女が腰を下ろす。鐵を挟んだ反対側には、全く同じ顔をした少女がすでに座っていた。彼女たちは、鐵の小鬼だ。

「聞いてくださいな。紅ったら、また外でぼーっとしていたのですよ」

「家出でも企んでいるのかしら。二十年前みたいに」

　同じ顔が同じ声音でクスクスと笑う。鈴の音のような声が紅の癇（かん）に障（さわ）ったが、やはり紅は耐えるしかなかった。

「ああ、あの時は面倒だったな」

　鐵の小鬼に便乗したのは、他の鬼だ。

「帰らないだの放っておけなどと大騒ぎでな」

　クソ、と紅は内心で舌を打つ。話題を広げられたくなかったから黙っていたというのに。

　紅の我慢も空しく鬼たちはせせら笑う。

　二十年ほど前に一度、塀を乗り越えて外に出ようとしたことがあった。しかし、塀の外は広大な森が続くばかりで、生い茂る木々の中で紅は方向感覚を失った。

　鬼の屋敷は統率者たる鐵の力によって人間の世界から隔たれており、境界を越える方法は成人の儀式を行う際に教えてもらえるのだということを、紅はその時に初めて知った。

「まったく、子供とは面倒なものだ」

嘲笑は漣のように広がり、各々主の横に控えていた小鬼たちも一緒になって笑っている。

「いずれ外など、嫌でも見ることになるというのに」

「紅は考えが足らないのだ」

「そうですねぇ」と鐵の左近がしたり顔で言った。

「そんな風だから、いつまで経っても乳角が落ちないのかもしれませんね。大抵の者は四、五十前後で落ちるというのに、紅はもう六十でしょう?」

右近が甚振るような声音で続ける。

「役立たずなままでは困るというのにね」

屋敷に住む鬼や小鬼たちは揃って紅を馬鹿にするが、この鐵の小鬼たちは特に顕著だ。二人に煽動されて、他の者もますます紅を見下す。

紅は我慢しかねて、鐵の小鬼たちを睨みつける。

「おお、怖い」

「子供はなんでもすぐ本気にする」

大仰に目を細めた二人に食って掛かろうとしたその時、パチン、と咎めるような音がした。鐵の持つ扇子が閉じられた音だった。

「右近、左近。時間の無駄だ。それくらいにしておけ」

「はぁい」と二重の声が答える。

「……俺だって、ちゃんと大人になります」

紅が苦し紛れに呟くと、鐵は「なにを当たり前のことを」と切って捨てるように答えた。

「お前がムキになるから他の者が笑うのだ」

紅は唇を噛む。鐵のような強い鬼に自分の気持ちなど分かるはずもない。

やがて、その場の話題は外の世界の事柄へと移った。いつもであれば耳を大きくして大人しく話を聞いているところだが、今日はそんな気分にはなれない。二十年前の話などを持ち出されたからだろう。この屋敷に住む者の中で自分だけが外の世界を知らないことが、悔しくてたまらなかった。いつの間にか目の端に涙が滲んでいる。紅はさっと目元を拭って、大広間を後にした。

昔から、涙腺が緩い。泣いているところを鐵の小鬼たちに見つかって揶揄された経験は、両手両足の指を足しても足りない。相手を睨みつけることでなんとか涙を飲み込むようにしているが、油断するとこの様だ。

長い廊下を歩きながらもう一度目元を拭って、そっと空を見上げる。まだ明るい空にはうっすらと白い月が浮かんでいる。

月は陰の力を宿しており、陰の力は鬼の力でもある。毎日、少しでも早く乳角が抜けるようにと月光浴をしてから布団に入るようにしているが、今日はいつもより長めに外にいようと心に決めて、紅は中途半端なまま放り出してしまっていた洗濯へと戻っていった。

2

その時は、突然やってきた。

紅が大広間で屋敷中の住人たちに馬鹿にされてから、ほんの数週間後のことだった。

紅はいつものように午前中に掃除や洗濯を終え、大人たちが外から持ち帰った新聞を自室で寝転がりながら読んでいた。外国で行われている戦争のことや国内で起こった事件に一通り目を通し、一番楽しみにしている連載小説に視線を移した時だった。

ごろりと、薄紅色の三角錐が二つ新聞紙の上に落ちた。二つの物体がなにであるか、すぐには理解できなかった。

無意識に自分の額を押さえる。常に気になっていたそこにあるはずの突起が、なかった。

「……お、落ちた……」

瞬きを繰り返しながら二つの突起を手に取る。コロコロとしたそれは、確かに乳角だった。

「お館さま、お館さま！」

紅は新聞紙を蹴り上げる勢いで起き上がり、広大な屋敷中に響くような大声を上げたのだった。

屋敷の中央に位置する祭壇は普段木戸で覆われており、特別な時にだけ開放される。折々の儀式が行われる時、鬼の心臓から新たな鬼が生まれる時、そして、乳角が小鬼に変わる時。

　祭壇の四方には柱が立てられ、ぐるりと祭壇を覆うようにして黒い幕が張られている。

　紅は不思議な気持ちで、己の乳角が祭壇に祭られる様子を見守っていた。

「右角と左角、どちらが目覚めるのでしょうね」

　くすくすと笑いながら言ったのは、鐵の左近だ。

「大抵は、右角ですもの。今回もそうでしょうよ」

　右近が答える。

　一晩月明かりに晒（さら）された乳角は主（あるじ）から相応の力を与えられていた方だけが目覚め、右角であれば右近、左角であれば左近と呼ばれる。祭壇には目覚めた小鬼用の白い着物が二着用意されているが、双角が目覚めることは皆無に近い。屋敷の鬼の中で右近と左近の二人を引き連れているのは、鐵のみだ。

　その晩、紅はほとんど眠れない夜を過ごし、翌日は早朝から大人たちに命じられるままに冷水で身を清めた。身支度において眦を紅（べに）で彩らなくていいのは初めての経験だった。一歩大人に近づいたという事実に、気持ちが浮足立つ。

　ドキドキと、胸が高鳴っている。

　鐵に先導されて、幕で覆われた祭壇の前に立つ。背後には鬼たちが、その後ろには小鬼たちが控えている。

「紅、開けろ」

　鐵に命じられ、幕に手を伸ばす。ふわりと幕に手が触れた時、鼓動が最高潮に大きくなった。耳の奥で太鼓をドンドンと打ち鳴らされるような感覚に眩暈を覚える。縋（すが）るようにして幕を摑み、一度、唾を飲み込んだ。緊張感の漂う中、思い切って両手を振り上げて幕を払い開ける。

　後ろからわっと歓声が上がった。

「まさか！」

「嘘（うそ）だろう⁉　あの紅が……！」

　目の前の光景が信じられないと言わんばかりの声が続いた。しかし声の全ては雑音として紅の耳を通り過ぎていく。

　他の鬼たちと同じように、紅も自分の目を信じることができないでいた。両目を擦ってみるが、目の前の事実はなにも変わりはしない。

　祭壇には幼子が二人、陽の光を受けてちょこんと座っていた。黒々とした髪と目、背丈は紅の腰ほどまでもないだろう。鏡写しのような二人は、紅に向かって満面の笑みを向けていた。「紅さまっ」と、そのうちの一人が立ち上がりかける。しかし、もう一人が着物の袖を引いた。

「右近（うこん）」

　窘めるような声は見た目相応に幼く、しかし響きは大人びている。

「駄目ですよ。きちんと座って」

「ごめんね、左近（さこん）。嬉しくて」

　腰を浮かしていた小鬼が座り直す。二人は同時に床に指をつき、同じ角度で頭を下げた。先にぱっと顔を上げたのは、先ほど立ち上がりかけた方、つまり右近だ。

「ぼく、紅さまに会えてすごく嬉しい！」

　隣で左近が低頭したまま告げる。

「今より我ら双角、生涯をかけて誠心誠意お仕えいたします」

　紅はなんと応えていいか分からず、ただ「ああ」と頷いた。


「さて、紅」

　大広間に鐵の声が響く。定位置である上座に座る鐵、その両脇に鐵の小鬼たち。相対するように紅と、紅の小鬼たちが座っている。

　鐵の小鬼たちは面白くなさそうな顔で紅の小鬼たちと対峙している。バチバチと火花が散っているように見えるのは紅の気のせいだろうか。

　四人の様子など歯牙にもかけぬ様子の鐵が重々しい声で告げる。

「お前はもう、子供ではない。しかし、まだ大人でもない」

　乳角が落ちた。しかし、紅の額には大人たちのような立派な角が生える気配はなく、顔を隠すことも許されない。まだ、成人できていないからだ。

「はい。承知しています」

　応える紅の両脇には屋敷に住まう鬼と小鬼が欠けることなく座っていたが、誰一人として声を発さない。今ここで口を開くことを許されているのは、紅だけだった。

「鬼の力は角に宿る。乳角の名残としてお前の身体にはまだ鬼の力が微かに留まっているが、やがてそれも消える。そうなる前に、お前は成人の儀式を終えなくてはならぬ。つまり、」

　成人の儀式。

「人を食わねば」

「――はい」

　食人。それは、大人の鬼になるための、必要不可欠な行為だ。大人の人間を食って初めて、一人前の鬼となることができる。

「いくつか決まり事がある。一度しか言わぬゆえ、よくよく頭に叩き込め」

「はい」

「まず、強く惹き付けられた人間を食うこと」

　紅は戸惑いに眉を寄せた。

「……引き付けられた、ですか？」

「何事にも相性というものが存在する。鬼と人間も、例外ではない。より相性の良い人間を食え。食った人間との相性に、成人後の力は左右されると言われておる」

「引き付けられるとは、どういうことでしょうか」

「口で説明できるような感覚（もの）ではない。外に出れば自ずと分かるだろう」

「はぁ」

　重要な儀式の標的を、未知の感覚で決めなくてはならないのか。先ほどまで期待で膨らんでいた胸に微かに靄（もや）が差す。しかし紅の不安を無視して鐵は続ける。

「次に、一カ月以内に儀式を終えること」

「どうして一カ月なのですか？」

「乳角の名残として身体に留まっている力が消えてしまえば、お前はただの人間に成り下がる。その期限が一カ月だ。もし一カ月（それ）を超えてしまった時は、人間に成り下がる前に」

先の言葉を予想して、紅の喉がごくりと上下する。

「火炙りだ」

火炙り。つまり、死だ。

「鬼の数を減らすことはできない。その心臓は、次代の鬼へと引き継いでもらう」

紅は緊張に震える手をぎゅっと握り込む。

やっと長い長い子供時代を耐え抜いたばかりだというのに、少しばかり外の世界を堪能しただけでこの世に別れを告げるなど考えられない。

「この世の万物は輪廻の中で転生を繰り返す」

「……輪廻、ですか？」

「そう。人間は言わずもがな、鳥も草も虫も、生まれては業を背負い死んでいく、その繰り返しよ。しかし、我らは理から外れた存在」

ふいに、かつて教えてもらったことが頭を過った。

人間は女の腹から生まれる。しかし紅が不自然に感じた事実は、人間以外の生き物にも当てはまる。

どうして気が付かなかったのだろう。むしろ、鬼の生態の方が例外だ。

「魂は身体もろとも業火に焼かれ、次に生まれる鬼は、心臓という依り代が同じだけのもの。我らは、死ねばそれまでよ」

「……はい」

紅はぶるりと身震いした。この世に生を受けて六十年、死を意識したことは一度もない。これから先も、そんな羽目にならないようにしなくてはと己を戒める。

「そして、最後に」

鐵は、手にしていた扇子をパチンと閉じた。

「これが最も重要なことだが」

破れば火炙りにあうような決まり事の、さらに上があるのかと身構える。しかし、鐵が口にしたのは至極簡単なことだった。

「人間に惑わされてはならない」

「……惑わされる……？」

意味を摑みかねて、紅は首を傾げる。人間に、鬼のような幻術や幻覚は使えないはずだ。

「強く惹き付けられた人間に近づくと、稀にそのようなことが起こる。よいか、必要以上に人間に近づくことは、背信行為と心得よ。鬼が人間に関わりすぎれば、待っているのは不幸な結末だ」

　肌をヒリヒリと焼くような緊張感を漂わせる鐵の声音に気圧されて、紅は何度も頷く。

　人間の文明には引かれるが、人間と懇意になろうなんてことは元より僅かも考えていない。さっさと標的を決めて儀式を終わらせる。晴れて成人して中と外を好きに行き来する自由を得る。紅が考えるのは、そればかりだ。

「裏切りは許されない」

「はい」と即答する。

　鐵の纏う空気が、紅に首肯以外の言動を許さなかった。握り込んだ掌に、大量の汗を感じる。

「理から外れた存在である我らがこの世に存在できるのは、理との繋がりがあるからだ。鬼と理を繋ぐもの、……それが人間よ。よって、食人は我らにとって、最も重要な儀式だ」

　紅は尚も神妙に頷く。

「お前は双角を目覚めさせた。それは即ち、鬼としての素質が高いということ。標的に相応しい人間を嗅ぎ分ける能力にも長けている」

　紅の胸が誇らしさで膨れる。自分はもう無力な子供ではないのだ。

「ゆめゆめ失態は晒さぬよう心掛けろ。ここ数十年で、世間は大きく変わった。人や物の管理が厳重になりつつある」

「……はい」

「いざとなれば私の幻術でどうにかしてやることも、できぬではない。しかし、成人の儀式を自分で満足に熟せない鬼として、この先ずっと落ち零れの烙印を押されるだろう」

　そんな未来だけは、絶対に避けなければならない。今までさんざん馬鹿にされてきたのだ。双角を目覚めさせた今、紅を見下す鬼はいない。成人の儀式さえ終えれば、立場は一気に逆転するだろう。

「立派にやり遂げてみせます」

「よろしい。では、お前に境界を越える方法を教えよう」

鐵の言葉に胸が高鳴る。

やっと、外に出られる時がやってきたのだ。

紅が興奮に紅潮する横で、鐵の小鬼たちと睨み合っていた紅の小鬼たちも、嬉しそうな顔になった。

3

わぁ、と声を上げたのは右近であり左近であり、そうして紅だった。

三人揃ってきょろきょろと辺りを見渡す。辻馬車から降りた先に広がっていたのは、今まで自分がいた世界とはまるで別物だった。

綺麗(きれい)に均(なら)された道に洋風の建物、瓦斯(ガス)灯、所々に掲げられた日本国旗。絵葉書で何度も見た光景だ。知識だけならそれなりに備えているが、それでも驚かずにはいられない。

「不思議ですね。ついさっきまでは、周りは田畑だったのに」

左近が呟く。紅も全く同じことを考えていた。

鬼たちの住処(すみか)は、丘とも見まごうような標高の低い山中にあった。鐵の結界を抜けて山道を下りた先でたまたま通りがかった辻馬車を摑まえたのは、物珍しさからだ。お世辞にも乗り心地がよいとは言い難い馬車に揺られて田畑を抜けると家々が建ち並ぶ通りに入り、そして鉄橋を渡ると街中に入った。アッと言う間だった。

駅前で降ろしてもらったのは、陸蒸気が見られるかもしれないという下心からだったが、残念ながら動く鉄の巨体は見当たらない。時間が少し遅かったようだ。

紅たちが背にしている左右対称の駅舎は、横浜(よこはま)駅(ステンショ)だ。駅舎前には辻馬車や人力車がずらりと並んでいる。客を待っているようだった。

人々は大人も子供も関係なく堂々と顔を晒して歩いている。一見したところ、着物姿が多いものの洋装も少なくはない。日傘を差す夫人や洋杖(ステツキ)を片手にした紳士、袴(はかま)姿の女学生、学生帽を被った詰め襟男子。誰も彼もが眩しい。

　紅は自分の姿を改めて確認する。黒い髪に、牙のない口元。目も黒くなっているはずだ。一般的な浅葱色の着物は、少々地味だが浮くことはないだろう。

　今までも悪戯で人間に変化(へんげ)してみたことは何度かあったが、全て結界で守られた敷地内のことだった。この場で気を抜いたら大変なことになる。紅は緩みきっていた表情を引き締め、小鬼二人に向かって毅(き)然(ぜん)とした口調で告げた。

「物珍しいのは分かるけど、今日は真っ直ぐ樹の家に行くからな」

「はい！」と小鬼たちが声を揃えて応える。

　屋敷では揃いの白い着物を身に着けていた小鬼たちだが、今は右近が碧色(みどり)、左近が紫色の着物を着ている。紅が選んでやったものだ。

「紅さまは、その樹という鬼とは仲がいいの？」

　右近が尋ねる。

「ああ。樹は、いい奴だ」

「紅さまがそう仰るなら安心ですね」

　左近が嬉しそうに手を合わせる。

　樹は、市井に交じって生きる鬼だ。表向きは漢方屋を営んでいる。主な仕事は情報収集で、月に一度か二度、報告のため屋敷に顔を出す。大人たちの中では唯一紅を軽んじない鬼であり、外の世界の四方(よも)山(やま)を教えてくれたのも樹だった。

　貰った地図と住所を照らし合わせながら歩いていくと、やがて舗装されていた道路は砂利道になった。道を挟んだ両側に、同じような形の木造建てがずらりと並んでいる。

「ここは町屋と呼ばれるような通りですね。お店がたくさんです」

　予習済みだと言わんばかりの左近の声に、歌うような低い声が被った。

「あさがおーのー苗やぁー、ゆうがおのー苗」

「えーいかけやー、えーいかけー錠前なおしぃ」

　右近が目を丸くした。

「なに、あの人たち」

「物売りだな。ああやって声を上げて、宣伝して歩くんだ」

　紅の説明に右近は言わずもがな、左近も好奇心を隠しきれない顔をしていた。小鬼たちの気持ちはよくわかる。しかし、ここは主である自分がしっかりせねばと、紅は二人に釘を刺した。

「右近、左近。離れるなよ」

「承知しております！」

　左近が緊張の面持ちになり、数度頷く。しかし無邪気な片割れの耳には入っていなかったようで、右近はキラキラと目を輝かせながら左近の袖を引いた。

「わぁ、見てよあれ！　風鈴がいっぱい！　あっちに売ってるのはなんだろう？」

「こら、右近。そんなにきょろきょろするものじゃありません。お上りさんだと思われるでしょう」

「だってお上りさんだよ？　そうですよね、紅さま」

「いや、まぁ」

　今の紅は、樹の店に手伝いとしてやってきた親戚という設定だ。真実にせよ設定にせよお上りさんに間違いはないのだが、左近が気にしているのは人目であって真実や設定に沿うているか否かではない……ということを、うまく右近に説明できる気がしない。

　困ったまま固まっているところに、後ろから男がやってきた。脇に大量の紙束を抱えている。その中から一枚を取り出して、男は突然叫んだ。

「えー、ごうがーい、えー、ごうがーい」

　途端、周囲の目が男に集う。男は続けて「海戦広報だよー」と叫びながら、手にしていた紙を高く掲げた。「帝国萬歳（ばんざい）」の字がちらりと覗く。紅が興味を引かれたその瞬間、わらわらと人が集まってきた。

「一枚おくれ」「私にも一枚」と紙束を囲うように手を伸ばす大人たちに飲み込まれる。人の隙間を縫うように脱出を試みるが、一歩進むと二歩押し戻される。そんなことを繰り返しているうちに、男が持っていた紙束がなくなった。すると今度は、蜘蛛（くも）の子を散らしたように人々は元の場所へと戻っていく。

「な、なんだったんだ、今のは……」

紅は呆気に取られたまま立ち竦(すく)んでいた。あっという間の出来事だった。髪も服も乱れてしまっている。着物の合わせを整えて、さぁ、と顔を上げたところでハッと我に返った。

「右近？　左近？」

幼い二人の姿がない。

今の一瞬で攫(さら)われたなどということはないだろう。大勢の人間に驚いて身を隠したとしたら、すぐに姿を現すはずだ。そうでないということは、フラフラする右近を追いかけて左近も一緒にどこかへ行ってしまったのかもしれない。こんな一瞬の出来事で逸れてしまうとは、想像だにしていなかった。

新たな世界に対しての期待で膨らんでいた胸は、途端に萎んでいく。

目の前を行き交う人、人、人。

なるべく焦燥を面(おもて)に出さないように努めながら、周囲に視線を走らせる。じきに陽も暮れる。その前に、右近と左近を見つけなければ。樹の店までは、まだ距離がある。

紅は、とにかく周辺を捜すことにした。町屋をぐるりと一回りして、さらに少し人通りの少ない場所まで足を延ばしてみたが、結局なんの手掛かりもなかった。駅舎前にも戻ってみるが、やはり見当たらない。

右往左往しているうちに、陽が沈み始めた。周囲が暗くなりきってしまえば、人捜しなどさらに困難になるだろう。どうしたものかと迷いながらフラフラと歩いていた、その時――

「うわっ」

「おっと」

どん、となにかにぶつかった。ばさばさと折り重なるようにして、地面に数冊の本が落ちる。

「いやぁ、驚いたな」

声に釣られて顔を上げる。そこには、着流し姿の優しげな面立ちをした長身の青年が立っていた。

どくん、と胸が跳ねる。体温が上がったような感覚に紅は呆然とした。

「大丈夫かい」

尋ねる青年は、二十四、五歳だろうか。人間の年齢はいまいち判断しづらいが、二十代だろう。目や髪の毛の色素が薄く、どこか外国人めいた風貌だ。妙に色気のある垢抜けた雰囲気のせいか、あるいは粋な柄の着流しと男性にしては長めの髪のせいか、真面目に働いているようには見えない。

「あ、えっと」

己の身に宿った奇妙な熱に無言で戸惑っていると、「おい、大丈夫かって聞かれてるだろう」と鋭い声が飛んできた。

青年に気を取られていたが、青年の横には気の強そうな少年が立っていた。こちらは二十歳に届くか届かないかといったところだろう。

「こら、そんな風に言うものではないよ」

青年が窘める。少年はつまらなさそうに唇を尖らせ、そっぽを向いてしまった。関係性が見えてこない。兄弟だろうか。それにしては似ていない。人間の家族はどこかしら造形が似ているはずだ。

ふいに青年が紅の顔を覗き込むようにして、「おや」と呟いた。

「泣いてるのかな?」

涙腺の緩さを自覚している紅は、条件反射でさっと俯く。

「泣いてない」

顔を擦ってみると、頬は濡れていなかったが目元が微かに濡れていた。勝手に上がった体温に反応して、生理的に涙が浮かんでしまったのだろう。この涙は決して悲しい、寂しいなどという弱い感情ゆえのものではないと、自分に強く言い聞かせる。

「父上か母上と逸れてしまったとか」

「そんなんじゃない。俺は成人してる」

自分でも驚くほど尖った声が出た。子供扱いにはうんざりだ。乳角が抜けただけでまだ成人しきってはいないが、六十年も生きているのだから人間基準で考えれば真っ赤な嘘とも言い難いだろう。

青年が苦笑する。

「悪かったね。随分と心細そうに見えたものだから」

心細くなかったと言ってしまえば、こちらは完全

に嘘だ。

　気まずさから黙り込む紅を前に、青年は書籍を拾い始めた。紅も慌てて手を伸ばし、汚れた本の表紙を払う。「ありがとう」と笑った青年に、また胸が跳ねた。自分の身体は、どこか変なのだろうか。先ほどから脈がおかしい。

「ねぇ、有馬さま」

　不貞腐れた様子だった少年は機嫌を持ち直したのか、甘えるように青年の腕に手を絡ませる。

「もういいですよね。早く行きましょう」

　誘うような響きの声音に、青年はあっさり「今日はやめておくよ」と答えた。

「ええ⁉　本を選んだら食事をって話だったじゃないですか。今日は有馬さまと遊ぶって仲間にも自慢してきたのに」

「じゃあ、次の機会にその子たちも誘っておいで」

　少年は少し黙り込んだ後、案外あっさりと青年から手を離した。

「いいですけどね、別に。どうせ有馬さまは本当の意味で色子遊びなんてされないし」

　少年はちらりと紅を見る。

「誰にでもお優しいのも、いつものことだし」

「ありがとう」

「褒め言葉じゃないです。誰にでも優しいっていうのは、誰にも興味がないと一緒なんですよ」

「耳の痛い話だなぁ」

　言葉に反して、青年に応えた様子はない。少年は大きな溜息を吐いた。

「今日は退散します。この時間なら、まだ他のお客さまのところに行けるので」

「そうだね。また今度、みんなで旨いものでも食べに行こう」

　ひらりと手を振る青年には答えず、少年はくるりと踵を返して歩いていってしまった。

「……えっと、いいのか？　約束してたんじゃ」

「彼らの約束はいくつもある。金払いのいい客のところへ順に行くんだ」

　客とは誰のことなのか、なぜ複数形なのか。そもそも、色子遊びとはなんのことなのだろう。聞いたこともない。しかし、尋ねる前に「さて」と青年が紅に向き直った。

「お詫びをさせてくれるかな」

　紅は疑問を忘れて、目を瞬かせる。

「お詫び？　なんの」

「ぶつかってしまったお詫びだよ。なにか困ったことはない？　僕でよければ手を貸すよ」

　紅はぽかんと青年を見つめた。ぶつかったのは自分だ。謝るべきも自分のはずだ。しかし、青年は呆気に取られる紅を意に介した様子もなく続ける。

「そうだなぁ。たとえばどこかに行きたいとか、誰かを捜しているとか」

　そこまで言われてやっと、青年の意図することが見えてきた。つまり彼は、紅が困っていることを見抜き、相談しやすいようにお詫びなどと言い出したのだろう。とんでもないお人好しのようだ。

　紅は少し逡巡したが、結局口を開いた。やってきたばかりの街で一人きり。藁にでも縋る気持ちだった。

「……子供を見なかったか？　五歳ぐらいの双子の子供なんだ。髪は短くてそれぞれ紫色と碧色の着物を着ていて、それから、あとは、」

　他にこれといった特徴が思い浮かばない。なぜ目印になりそうな物を持たせておかなかったのか。

　不安に視線を揺らす紅の肩を、青年が励ますように叩いた。

「大丈夫だよ。この辺りは治安もいいし、そこに派出所もあるからね。ほら、そんな顔をしないで。この街に来たのは初めてかい？」

　紅はこくりと頷く。

「迷った時の待ち合わせ場所は決めてなかった？」

「一応、知り合いの住所は教えてある。でも、二人が迷わずに行けるかどうか……」

「じゃあ、近くをざっと捜して見つからなければ派出所の警官に特徴だけ伝えて、それからその知り合いの家に行ってみるのがいいかもしれないね」

　青年はさっと周囲を見渡したかと思うと、抱えていた本を紅に託した。

「ここで少し待っていて」と言い残し、斜め前にあった店の中へと消えてしまう。

紅は本を抱き抱えたままぽかんと立ち尽くした。

「へちまーとぉーがぁん、しろうりのー苗」

先ほど見た苗売りが再び通り過ぎていく。

一体、これはどういう状況なのだろうか。早く小鬼たちを捜さなければときょろきょろ周囲を見渡しているうちに、青年が戻ってきた。

青年は、二本の青い瓶を持っている。上部に窪みのある、摩訶(まか)不思議な形をした瓶だった。

「お待たせ」

青年が瓶を一本、紅に差し出す。促されるままに受け取り、本を返した。

「これは……?」

瓶は冷たく濡れている。綺麗な硝子玉(ガラス)で栓がしてあった。飲み物のようだが、絵葉書では見たことがない。

「飲んだことがない? こうするんだよ」

青年は口の部分を覆うように貼られた紙を剝がし、硝子玉を瓶の中へと押し込む。

ぽん、と景気のいい音がした。硝子玉が落ちて、瓶の窪(くぼ)みに引っ掛かる。中の液体がシュワシュワと音を立てながら泡立った。

「今の季節にちょうどいいんだ。硝子玉を、この窪みに引っ掛けて飲むんだよ」

青年が瓶に口を付ける。ごくごくと上下する、喉の艶かしさに、目を奪われる。

「やってごらん?」

促されて、ハッと我に返った。慌てて、見よう見まねで硝子玉を中に押し込む。同じように硝子玉が中の窪みに引っ掛かり、小さな泡が立ち上る。青年の方を覗き見ながら、恐る恐る瓶の口に唇を付けた。

途端、口の中でぱちぱちと弾けるような感触がする。

「なんだこれ！」

驚きに目を白黒させていると、あはは、と青年が笑った。

「ラムネという炭酸飲料だよ。一昔前にコレラ予防になるって流行ったけど、知らないかな」

「し、知らない。飲んでも大丈夫なものなのか⁉」

「もちろん。水に炭酸ガスと砂糖や香料が入ってるだけだよ。最近はサイダーの方が流行りだけど、僕はこれが好きなんだ」

　青年が瓶を揺らすと、ガラス玉が瓶の中でふわふわと漂った。紅はただただ目を丸くすることしかできない。外の世界のことは随分と聞いたり調べたりしたものだが、ラムネという名の飲み物は見たことも聞いたこともなかった。知識は現実にちっとも追いついていないようだ。

「さて、肩の力も抜けたかな？　君の大切な双子ちゃんたちを捜そうか？」

　青年の笑みに、胸が音を立てた。そんな場合ではないのに、まだ一緒にいられることを嬉しいと感じる自分がいる。

「……アンタも、捜してくれるのか……？」

「もちろん。そうでなければ、お詫びにならない」

「でも、これ」

　一口飲んだだけのラムネに視線を落とす。

「それはお詫びじゃなくて、この街に初めて来た君への歓迎の印だよ。安心して。僕は、人捜しが得意でね」

「人捜しが得意？」

　おかしな特技だ。

「さぁ、行こうか」

　青年は訝しげな紅に構わず歩き始める。紅も、慌てて後を追った。

　一人で捜していた時はきょろきょろと周囲を見渡すばかりだったが、青年は迷わず通行人に話し掛け、通りの店にも入った。鼻緒屋、銅壺屋、酒屋に精米屋。どの店も同じような造りをしており、決まって左手を上げた猫の置物が置かれていた。働いている人間の年齢層はバラバラで、中には小鬼たちとそう変わらないように見える幼い子供もいた。

　物珍しさに目を白黒させる紅の脇で青年は要領よく人々に話し掛けたが、出てくるのは曖昧な目撃情報だけであり、結局、陽が沈んで空に月が現れた頃、二人は派出所に赴くことにした。

「迷子、ねぇ」

紅と青年の話を聞いていた警官が面倒だという態度を隠しもせずにぼやいた。年頃は青年と同じようだが、態度は何倍も大きい。後ろでは上司と思われる壮年の警官が腕を組んでいる。こちらは横柄な態度に加えて、体格もでっぷりとしていた。

「逸れたのは日暮れ前、っと」

紅と青年の話を聞きながら、若い方の警官が書類に書き付けていく。お世辞にもきれいとは言い難い字だ。一通り話し終わったところで、壮年の警官がぼそりと呟いた。

「鬼隠しか」

思わぬ単語に、紅はぎくりと身を固くする。

「鬼隠し、ですか？　神隠しでなく？」

若い警官が上司を振り返って尋ねた。紅たちに対する言葉遣いとは、随分違う。

「ああ。貴様は派遣されてきたばかりだから知らんだろうがこの辺りじゃそう言うのさ」

「はぁ。この明治の時代に、鬼ですか」

「だからまぁ、迷信みたいなもんだがな、ジジイ世代はまだ頑なに信じてやがる。鬼を見たなんて話も、三、四十年前までは珍しくなかったんだ。近くに鬼の住処（すみか）があって夜な夜な人間を攫っていくんだと、ガキの頃は毎日のように脅されたもんさ」

「三、四十年っていうと、それほど昔って気もしませんね」

「川向こうに長屋（ながや）があるだろう。あそこに住んでるジジババは今でも、災難があるとすぐに鬼狩りだなんだと言い出すぜ」

「ただの迷子ですよ」

そう言ったのは、紅の横に座っていた青年だ。

「田舎から出てきたばかりの若者を、そうそう脅さないでください」

励ますように、紅の背を摩（さす）ってくれる。紅はほっと息を吐いた。いつの間にか、身体に力が入りきってしまっていたらしい。それは鬼という単語が飛び出したせいであり、決して警官たちの会話に不安を覚えたからではなかったが、青年の気遣いは嬉しかった。同時に、背を支える手の温かさに、身体が熱くなってくる。

「まぁ、この辺りはそれほど治安も悪くない。鬼にでも攫われてなきゃ早々に見つかるだろうさ」

書類の上に万年筆を放り出し、若い警官が言った。

「最近は、迷子を派出所に連れてくるなんてこと当たり前になってきてるからな。今日明日、誰かに連れてこられるかもしれん」

いい加減な言い様だが、話をきちんと聞いてくれただけよかったのかもしれない。警官という人種は横暴で民間人の話など聞きはしないのだと、大人たちから聞いていた。彼らはどうやら、これでも悪くない部類のようだった。

「さて、その知り合いのところに行ってみようか」

派出所を出た青年が、紅を安心させるように笑う。衒いのない笑みに、紅はきゅっと唇を噛んだ。

「……ごめん。遅くまで」

太陽はもう山の向こうに隠れきってしまった。辺りを照らすのは月の明かりと瓦斯灯ばかりだ。

「いいんだよ。困った時はお互いさまだからね。情けは人の為ならずなんて言葉もある」

「自分に返ってくるってやつ？」

「そうだよ。信心と業によって来世の宿命が決まるとも言うだろう？」

人間の思想に関しては、いまいちピンとこない。鐵が言っていた、理の話だろうか。今世のことのみならず来世の自分のことまで考えなくてはならないなど、難儀な話だ。

住所の書き付けを頼りに、青年と二人で樹の家へと向かう。瓦斯灯に止まる烏（からす）がカァカァと鳴いている。ずっと握りしめていたラムネの瓶は、もう生温かい。中身は数口分しか残っていなかった。勿体（もったい）ぶるようにそっと口に運ぶ。口腔内を満たすラムネは温（ぬる）く、泡が弾けるような刺激も少なくなっていた。

「美味しかったかな」

隣を歩く青年がちらりとこちらを窺（うかが）う。紅は素直に頷いた。

「美味しかったし、面白かった。俺、こういう、自分の知らないものを知るのが好きなんだ」

「店に入るたびに、きょろきょろしてたね」

「……田舎には、なにもなかったから」

　大人たちが外から持ち込んでくる物や話が、紅の世間に関する知識の全てだった。それがどんなにもどかしかったことか。

「どこから来たんだい」

「い、伊豆（いず）の辺りから」

と、いう設定だ。

「なるほど、伊豆か。いいところだね」

　青年の反応にぎくりとする。

「……知ってるのか？」

「母の湯治（とうじ）に同行したことがあるだけだから、それほど詳しくはないけどね」

　ほっと小さく息を吐く。詳しい話をされたところで、紅は合わせる程度のことしかできない。誰かに出身地を聞かれたら適当な地名で誤魔化せと大人たちに言われていたが、具体的な場所を故郷に設定するのも考えものだ。

「こっちには観光で来たのかな」

「いや。その、奉公っていうか、知り合いの商売を手伝うことになって」

　人を食いに来ましたなどと馬鹿正直に答えたら、この青年はどんな顔をするだろうか。真っ青になって逃げてしまうかもしれない。それとも冗談として相手にされないだろうか。

「そっちは、この辺りに住んでいるのか？　その、……あまり堅気には見えないけど」

　はは、と青年は声を出して笑った。

「なるほど。堅気に見えない、ね」

「わ、悪い。別に変な意味じゃなくて、ほら。恰好（かっこう）からあんまり見えてこないっていうか」

　粋な着流し姿に整えられているとは言い難い髪型、加えて他人の人捜しに付き合うほどの暇がある。到底、真っ当に働いているようには思えない。

「いや、慧眼（けいがん）だよ。僕は、高等遊民というやつだ」

「高等遊民？」

「そう。家でダラダラしたり外をフラフラしたりするのが仕事なのさ」

「なんだよそれ」

「世の中には、そういう人種がいるんだよ」

青年はにこりと微笑んだきり、説明をする気はなさそうだった。気になったが、初対面の相手にあれこれ聞くこともできない。それに、自身のことを聞き返されたら紅とて答えられない。しかし、それでも青年に対する好奇心を抑えることはできなかった。

「えっと、じゃあ、その本は趣味なのか？」

青年が脇に抱えている本はどれも難しそうだ。表紙に外国の文字が書かれているものまである。

「まぁ、そうだね。時間だけはたっぷりあるから。……あ、あそこが住所の場所だね」

木造の民家の合間に、ぽつんと小さな漢方屋が店を開いていた。控えめに掲げられた木製の看板に「薬舗(やくほ) 斎堂(いつきどう)」と書かれている。

中から、高めの声が響いてきた。

「やっぱり、もう一度捜してまいります！」

「待って待って！　ぼくも行くっ」

小さな二つの影が暖簾(のれん)のずっと下から現れる。右近と左近だった。

「行ってきます！」

「行ってまいります！」

小さな二つの影がこちらを振り返る。「あっ」と右近が声を上げ、「紅さま！」と左近が叫んだ。

思わず安堵の息が零れる。青年がぽん、と紅の背を軽く叩いた。

「今回はよかったけどね、迷子になったら基本的には動かないのが鉄則だよ。あの子たちによく言い聞かせておくといい」

小さな身体が競うようにしてこちらに駆けてきたかと思うと、同時に紅の着物に縋りついた。

「ごめんなさい、紅さま。ぼくがあっちこっち行っちゃったから」

「申し訳ありません、紅さま。わたしがちゃんとしていなかったばかりに」

幼い二つの声は揃って涙ぐんでいた。

「泣くなよ。二人とも悪くないから。俺がもっとしっかりしてればよかったんだ」

ラムネの空き瓶を脇に挟んで、よしよしと二つの頭を撫(な)でてやる。大きな四つの目が同時に潤んで、二人は紅の着物に顔を押し付けて抱きついてきた。さらさらとした細い髪の心地よい頭を撫で続けながら、顔を上げる。ありがとう、と言いかけた紅に向かって、青年が片手を上げた。

「これで一件落着だね。僕は失礼するよ」

「待ってくれ」と、紅は青年を呼び止める。青年は首を傾げた。

「なんだい」

青年とこれきりになるのは嫌だった。離れ難い。そう思った自分に、紅は驚く。

「あの、……助かった。一人っきりだったらどうしていいか分からなかった」

いずれ小鬼たちとは再会できただろうが、もっと遅かっただろう。それに、再会するまで心細くて仕方がなかったに違いない。

「アンタに会えて、よかった」

心から、そう思う。

「……ありがとう」

青年は虚を突かれたような顔になった。

沈黙が落ちる。束の間だったが、それは不思議な時間だった。この世に青年と紅しか存在しないような、二人きりの空間に閉じ込められてしまったような。

青年がふっと笑い、紅は我に返る。

「そんなに真っ直ぐな目で真っ直ぐなことを言われると、照れてしまうな」

そう言いながら、青年は胸元を探った。取り出されたのは万年筆だ。抱えていた本の中から一冊を選び、後ろの頁を一枚千切ったかと思うと、万年筆でなにかを書き付けた。

数秒前まで分厚い本の一部だった紙を差し出される。少し黄色味を帯びた紙に、丁寧な字で住所が綴(つづ)られていた。インクはまだ乾ききっていない。

「僕は、有馬(ありま)朔(はじめ)という」

「ありま、はじめ」

「うん。それは僕の住んでいる場所だ。もしよかったら遊びにおいで。歓迎するよ」

咄嗟に考えたのは、ここに行けば青年——有馬とまた会える、ということだった。

「……いい、のか？」

「いいよ。会えてよかったなんて、そんな素敵なことを言われたらね」

「べ、別に俺は、本当に助かったから」

うん、と有馬が頷く。

「僕も、君に会えてよかったよ。楽しい時間をありがとう」

ひらりと振られた筋張った手が、妙に艶かしく見えた。

有馬が遠ざかっていく。その背から、目が離せない。胸の中に、じんわりと温かいなにかがぐるぐると円を描いて蛇(へび)のようにとぐろを巻いている。こんな気持ちは初めてだ。

紅はハッと息を飲んだ。

——口で説明できるような感覚ではない。外に出れば自ずと分かるだろう。

有馬は、一目見た時から他の人間と違った。胸が騒いで体温が上がって、言葉が喉で堰(せ)き止められた。番頭、売り子、学生に外国人。図らずも今日一日で随分と多くの人間を見たが、誰一人として、紅の胸をこんなに騒がせはしなかった。

有馬 朔。

紙をぎゅっと握りしめて、心の中で名前を呼ぶ。

有馬の背は、もう見えなくなっていた。

「どうしたの？」

「今の男に、なにかされたのですか？」

訝しげな小鬼たちの声に、紅は首を左右に振る。

「右近、左近」

「どうしたの？」

「なんでしょう？」

「俺、決めたよ」

彼だと、心の奥底で声がする。

大人になるための儀式。鬼にとって、生涯で最も重要な儀式と言っても過言ではない。

人を、食う。頭から爪の先まで。血を啜り肉を噛み千切り自分の一部として、力を手に入れるための儀式。標的は、最も強く惹き付けられた人間でなければならない。

「俺の獲物は、あの男だ」

脇に挟んでいた瓶をそっと手に取る。カランと、ビー玉が乾いた音を響かせた。

4

鳥の声がする。眩しさから逃れるようにして布団の中に潜り込むが、階段をバタバタと上ってくる音が再び沈みかけていた意識を現実に引き留めた。

「朝ですよ、紅さま。起きてください」

「起きてー！　紅さま！　ご飯だよ！」

障子戸が開くと同時に、紅は眠気眼を擦りながら「おはよう」と身体を起こした。二重の高い声が「おはようございます」と答える。二人に引っ張り上げられて起き上がり、ほとんど開けていた寝間着を脱ぐ。小鬼たちが競うようにして着物を羽織らせようとしたり、紅の髪を梳かそうとしたりする一連の流れは、もうお決まりになっている。

身支度を整えて、一階の居間に向かった。居間では、長い髪を一つに纏めた褐色肌の男が食事の準備をしていた。

卓袱台の上に碗が並んでいる。

鬼に食事は必要ないが、娯楽の一種として人間と同じものを食べることはある。屋敷で食事する際には各々の箱膳を使っていた。一つの台に全員の碗が並んでいるという光景は初めてだ。

長髪の男が振り返った。

「よぉ。起きたか、紅」

「おはよう、樹」

樹は狭い世界で、紅が唯一心を許せた兄貴分だ。どうせならずっと屋敷にいて、一緒に暮らしてくれればいいのにと昔はよく考えたものだった。一カ月という期限付きとはいえ、やっと願いが叶った。

ぼうっと立っている紅に、樹が「ほら」と人数分の箸を押し付けた。並べろということらしい。

「人間の中に交じるなら、日頃から人間と同じ癖をつけておいた方がいいからな。うちは毎日三食、きっちり食うぞ」

「ごめん。それならなにか手伝えばよかった」

昨日の夜は、帰ってきて樹に軽く挨拶をしただけで眠りについてしまった。自分でも驚くほどぐっすりと。

「気にすんなよ。疲れてただろうからな。それに、チビどもが手伝ってくれた」

右近が着物の袖を引く。

「あのね、紅さま。ぼくが水を汲んできたんだよ！」

反対側にいた左近は袖こそ引きはしなかったが、訴えるような瞳で紅を見上げていた。

「その水で味噌(みそ)汁を作ったのはわたしです」

「そうか。二人とも、偉かったな」

丸い後頭部を撫でてやると、小鬼たちは揃って嬉しそうに頬を紅潮させる。

「小鬼がいる生活ってのは、懐かしいな」

三人の様子を眺めていた樹が、感慨深げに呟いた。

樹には小鬼がいない。かつては左近を一人従えていたが、それは五十年も前の話だ。

小鬼は鬼と同じく歳を取らない。しかし、鬼よりずっとか弱い生き物であり、身体に大きな損害を受ければ死んでしまう。死ぬ、というよりも消える。

樹の左近は、人間に殺された。あの頃は、まだ廃刀令の影も形もなかった。武士は当たり前のように刀をぶら下げており、道行く人を気まぐれに切ることもあった時代だ。運悪く、樹の小鬼は性質(たち)の悪い浪人に捕まり、切られてしまった。幼い身体は霧散して、周囲は鬼だ物の怪だと随分騒いだらしい。樹の力のみでは及ばず、鐵が出てきて幻術で全てを収めたと聞いている。

当時の樹の落ち込みようを思い出し、紅は「ごめん」と呟いた。

「なんで謝るんだ。変な奴だな」

樹は苦笑して、紅の頭をぐりぐりと撫でた。

「それより、今日はどうするんだ。昨日助けてくれたとかいう有馬某（なにがし）の家にでも行ってみるのか」

「……そのつもりだ。家族とか習慣とか調べて、一人きりになる隙を窺わないと」

「手伝ってやろうか？」

「いい。俺が一人でやらなきゃいけないことだから」

「他の鬼には内緒にしてやるって」

「だから、大丈夫だってば」

　気にかけてもらえるのはありがたいが、もう自分は子供ではない。成長したのだということを、樹にも証明したかった。

「樹さま、紅さまのことは我らにお任せください」

「ぼくたちが、ちゃんとお手伝いするもんね」

　小鬼たちも異様に張り切っている。主人の今後を左右する一世一代の出来事と、紅と同じほどに気負っているのかもしれない。三人の顔を見比べて、樹は肩を竦めた。

「まぁ、あんまり力みすぎるなよ。もしかしたら、もっといい人間が現れるかもしれないからな」


　紅は曖昧に頷いたが、樹の言葉通りにはならないと確信していた。

　誰よりも、有馬がいい。もう、心に決めてしまった。それほど強烈に惹き付けられる人間に、外に出てすぐに出会うことができた。天が自分に味方しているとしか思えない。

　朝食後、樹に送り出されて三人で家を出た。今度は逸れることのないよう、しっかりと手を繋いで。

　有馬の住む家は比較的大きな一軒家だった。もちろん、紅の暮らしていた鬼の屋敷には遠く及ばないが、木造二階建てで門扉もしっかりとしている。二世代、あるいは三世代で暮らしていても不思議ではない。自分の知らない家族という集合体がこの家の中で過ごしているかもしれない。そう考えると、不思議な気持ちになった。

　父親、母親、祖父、祖母、兄弟。有馬の同族ならば、みんな親切なのだろう。顔は似ているのだろうか。背丈は、声音は。

　ぐるぐると考えているうちにガラリと玄関が開き、

竹箒を持った着物姿の中年女性が現れた。門扉越しにばちりと視線がかち合う。

「あら。なにかご用ですか？」

紅は慌てて背筋を正した。

「あ、えっと。有馬 朔さんにお会いしたくて」

「どちらさまです？ ご本宅からのお使いですか？」

ご本宅？ と頭の中で疑問符を浮かべながら紅は首を振る。紅の後ろに隠れるようにして立っていた小鬼たちがひょこりと顔を出した。

「昨日、有馬に助けてもらったんだよ」

「わたしたちのせいで、ご迷惑をおかけしたのです」

途端、女性の顔がパッと明るくなる。

「あらあら。そうなの！ そういえば、迷子と一緒に派出所に行ったとか仰ってたわ」

迷子ではない、と咄嗟に言い返しそうになって、なんとか飲み込んだ紅の前で、女性は門扉を開けて玄関の奥へと声を張り上げた。

「坊ちゃん、朔坊ちゃん！ お客さまですよぉ」

紅はどうしていいか分からず立ち竦む。小鬼たちは周囲をきょろきょろと見回していた。

「坊ちゃん！」

女性が再度声を上げる。少しして、奥の方からのんびりした声と共に長身の影が現れた。

「多江さん、そんな大きな声じゃなくても聞こえてますよ。……って、あれ、君は」

有馬は下駄を引っ掛けて外に出てきた。多江と呼ばれた女性は、「だったらもっと早く出てきてくださいな」と小言を残して、箒を持ったまま家の裏手へと回っていく。

有馬を前に、いつの間にか鼓動が早くなっていた。紅は自分を誤魔化すように慌てて口を開く。

「昨日の、お礼を言いに来たんだ」

「それと、遊びに！」

割って入ったのは右近だ。左近が「こら」と窘める。

「だって昨日、遊びにおいでって、有馬が言ったんだよ」

有馬は肩を揺らして笑った。

「もちろん、大歓迎だよ。ええっと、」

「わたしは左近です。こちらは右近」

右近が紅の指を握る。

「それに、紅さま！」

紅は名乗っていなかったことに、初めて気が付いた。

「くれないと書いて、紅というんだ。遠野 紅」

「紅くんか。いい名前だね」

紅くん、などと呼ばれたのは初めてだ。有馬みたいな人間をハイカラというのだろうか。自分の名前であることはなにも変わらないはずなのに、妙に新鮮に聞こえる。また鼓動が少し早まった。

「それに、右近くんと左近くん」

左近がキッと有馬を睨み上げた。

「右近、左近とお呼びください。我らを紅さまと同列に扱われるのは困ります」

「紅さまは、すごいからね！」

紅は慌てて二人の手を引く。

「別に、なにもすごくない。……ええっと、この二人は従者のふりをして遊ぶのが好きなんだ」

苦しい言い訳だろうに、有馬は「そうなんだね」と笑って頷いた。

「あ！」と右近が声を上げる
「ぼくたちは、紅さまのお姉さんの子供なんだよ」

「なるほど。甥っ子くんたちというわけだね」

「甥っ子？」

「姉弟の子供という意味だよ。女の子は姪っ子だ。僕にも一人、三歳の姪っ子がいるよ。弟の子供だ。君たちと紅くんのように仲良しではないけどね」

「喧嘩をするのですか」

尋ねる左近は、大人げないと言いたげだ。有馬が声を立てて笑う。

「そうじゃないよ。ほとんど会ったことがないんだ。一緒に暮らしていないからね」

「家族は一緒に暮らすものと聞いています」

左近は賢い子だが、時おり抜けている。今の言い様では、自分たちが一般的な家族ではないと告白しているようなものだ。しかし、やはり有馬は深くを追及しようとせずに「そうだね」と頷いた。

「でも残念ながら、うちはそうではないんだ。だから、仲の良い君たちが遊んでいってくれると嬉しいんだ。お茶とお菓子も、用意するよ」

　わぁいと、足元で小鬼たちが無邪気に喜んだ。

　有馬の家は外から見た通り、古めかしいが充分な広さがあった。そして、あちらこちらに様々な本が放り出してあったり積み上げられたりしている。

「昨日の帰り道に風鈴を買ったんだ。せっかくだから綺麗な音を聞きながら縁側でゆっくりしようか」

　台所の土間に下りた有馬は、薬缶を手にして振り返った。

「そっちの廊下が縁側に繋がっているから、先に行って涼んでおいで」

　有馬の指さした先からは、りんりん、と涼しげな音が微かに響いてくる。紅は頷いて、小鬼たちと共に音のする方へと向かった。廊下にも本が積み上げられており、上には蚊取り線香や火熨斗(ひのし)が置かれている。

「さっきの人、お母さんかな？」

　縁側に腰を下ろしながら、右近が尋ねる。迷う紅の横で左近が答えた。

「違いますよ。坊ちゃん、と呼んでいました」

「よく聞いていたな」

　目を瞠る紅に、左近は「お任せください」と頬を紅潮させる。「ぼくも、ぼくも」と右近が騒いだ。

「賑やかだね」

　盆を持った有馬がやってきて、三人は慌てて口を噤(つぐ)む。

　有馬が持ってきた盆の上には、麦茶の入ったコップが四つと、豪奢な色遣いの缶が載っている。興味津々な様子で盆の上を眺める紅たち三人に、「どうぞ」と有馬が缶を差し出す。缶の蓋を開ける紅の手元を、両側から小鬼たちが覗き込んでくる。香ばしい香りがふわっと漂った。中には、薄茶色の丸い煎餅のようなものが並んでいる。

「風月堂(ふうげつどう)のビスケットだよ」

「食べ物ですか？」と尋ねる左近を差し置いて、右近が一枚取り出し、ぱくりと食べた。

「うわぁ！　美味しい！」

「あ、こら」と、慌てる紅に有馬が笑う。

「二人もどうぞ。多江さんへのお土産に買ってきたんだけど、最近太ったからと食べてくれなくてね。僕はそれほど甘いものが得意ではないし、困っていたんだ」

「美味しいよ！」

口の端に食べかすを付けながら右近はもう一枚手に取って、左近の横に回り込む。

「ほら、左近も食べてみて！」

左近は渋面で受け取ったが、目の奥に光る好奇心は隠しきれていない。先ほどまで左近が座っていた場所に、有馬が腰を下ろした。

「ほら、紅くんも」

笑顔で促されて、紅も缶の中から一枚取り出した。そっと口に運び、紅は思わず瞠目する。さっくりとした歯触りは、今まで食べたどんな食べ物とも違った。

「旨い」

感動する紅の横で、右近と左近も夢中になって食べている。有馬は微笑ましげに三人を眺めていた。

「お茶もどうぞ。ブラックティーだ」

「紅茶ってやつか」

知識としては知っているが、これも実際に目にするのは初めてだ。麦茶によく似た色をしているが、香りが全く違っていた。

一口含んで、紅はむっと顔を顰める。

「……不思議な味だな」

渋いというのか、苦いというのか。こちらも初めての味だった。微かな抵抗を覚えた紅と違い、小鬼たちはゴクゴクと飲んでいる。

「紅さま、ビスケットと順番こに飲むとすごく美味しいよ！」

「これは、……癖になる味ですね……」

小鬼たちの方が未知への順応性が高いように感じられて、紅は少し悔しくなる。

ははは、と有馬は声を立てて笑った。

「砂糖や牛乳を入れることもできるよ。持ってこようか」

「いや、これでいい」

　二口、三口と飲み進めると、それほど悪くない味に思えてくる。思い込んだという方が正しいかもしれない。小鬼たちが容易に馴染める味を自分だけ受け入れられないという事実は認め難かった。

　しばらくして、紅茶を飲み干してしまった右近と左近が部屋の中をウロウロと歩き出した。右近は単純に他人の家に興味を引かれているようだったが、左近は偵察してやるぞという、張り切った表情をしている。

「あちらこちらに本があるから、足元には気を付けるんだよ」

「はぁい」と二重の声が答える。

「確かに、すごい量だな」

　感心した紅に応えたのは、隣に座る有馬ではなかった。

「こんなもんじゃありませんよぅ」

　多江と呼ばれた女性が、いつの間にか中庭の端に立っていた。先ほどまで持っていた竹箒はすでになく、代わりに桶と雑巾を手にしている。

「坊ちゃんの部屋なんて、恐ろしいですよ。もう、足の踏み場もないんですから。お一人住まいだからって散らかしすぎなんです」

　多江は桶を置いて、開け放たれている雨戸を拭き始める。

「お勉強なさるのは結構だけど、きちんと片付けてくださらないと困ります。だいたい、もういいお歳なんですから。お嫁に来てくれる人だって探さなきゃいけないのに……。役者崩れとつるんでばかりいるなんてまったく情けないったらない。遊ぶのも結構ですけどね、」

「やれやれ、藪の蛇を突いてしまったな」

　そう呟いて、有馬はそっと紅の耳元に囁いた。

「場所を変えよう。こっちにおいで」

　急に詰められた距離に、どきんと心臓が跳ねる。

カッ、と頬に血が上った。

「坊ちゃん、聞いてます？　ご近所でなんて噂されてるか、」

「その話はまた改めて、きちんと聞くよ」

　有馬は居間を横切って、階段へと向かう。ぼうっとしていた紅も、慌てて後を追った。小鬼たちも付いてくる。

「多江さんはいい人だけどお喋りでね、一度火が点いてしまうと長いんだ」

　有馬の言葉を聞いて、左近が足を止めた。

「紅さま」

「うん？」

「わたしと右近は、多江さんとお話ししていようと思います」

　左近は訴えるような目で頷いた。紅も、分かったと頷き返す。多江から有馬についての話を聞き出そうというのだろう。右近はきょとんとしていたが、左近の意図を察したのか天然なのか、「お話ししよー！」と多江のところに駆けていった。

「いいか？」

　紅が尋ねると、有馬は少し困ったように眉根を寄せたが、ダメだとは言わなかった。

「まぁ、多江さんも子供におかしなことは吹き込まないだろうからね」

　多江からの情報収集は小鬼たちに託し、有馬と二人で階段を上っていく。

　二階にもいくつもの部屋があった。有馬は一番奥の左手の襖を開ける。開かれた先を見て、紅は目を丸くした。八畳ほどの部屋は、動線だけを残してほとんどの空間が本で埋まっている。窓際には慰め程度に文机と座布団が置かれていた。

「そこの座布団に座って」

　有馬はそう言って窓を開け、窓枠に腰を下ろす。縁側で揺れている風鈴の音が響いてきた。一緒に双子の笑い声も聞こえてくる。

　言われた通り腰を落とした紅は、きょろきょろと周りを見渡す。眩暈を覚えそうなくらい、本ばかりだ。これら全てを、有馬は読んでいるのだろうか。それともただの蒐集家なのだろうか。いや、蒐集家であればもっと丁寧に保管するだろう。

文机の傍らに積んである本を眺める。『雪中梅』『浮雲』『二人比丘尼色懺悔』、どれも新聞紙で宣伝されているのを見たことがあった。

「そっちは小説ばかりだよ」

一応、体系立てて置いてあるらしい。

「たくさんあるな。好きなのか？」

「『小説神髄』以降、この国の文学の発展には目を瞠るものがあるよ。最近は海外のものも以前よりずっと手に入れやすくなってきたしね」

「文学が一番面白いのか？」

「どれも面白いよ。そうだな。新しいものが好きなら、この辺がいいかもしれないね」

有馬は立ち上がって、本棚から大判の本を取り出した。表紙には『東京百景』と書かれている。

「東京の写真集だよ」

ずっしりと重い本を受け取った紅は、「あっ」と声を上げる。

「これ、凌雲閣だよな！」

「よく知っているね」

「絵葉書でなら見たことあるんだ」

凌雲閣は日本初のエレベートルがあるという高層建物だ。小さな箱に人間が入り、電気の力で昇降するのだと鐵が言っていた。他の鬼たちが「けったいなものを」と嫌悪する中で、紅だけは目を輝かせて聞いたものだった。

わくわくと表紙を捲る。今度は、町屋風の建物の前に、人々が列をなしている様子が現れた。老若男女、様々な人が並んでいる。

「木村屋だね。あんぱんで有名な店だ。最近はジャムぱんやクリームぱんなんてのも売ってるらしい」

「……美味しいのか、それ」

「という、噂だよ」

またページを捲る。今度は、見目麗しい役者が載っていた。頭に簪を挿そうとしている艶かしい一枚に、紅は頬を赤くする。

「それは花屋敷の活人形だね」

「活人形⁉　これが？」

活人形自体は、昔からあるものであり、そう珍しいものでもない。しかし、これほどまでに精巧な活人形の存在は知らなかった。

「最近の活人形は、どんどん写実的になってきてるからね」

紅はまじまじと写真を見る。穴が開いてしまうほどにじっくり見ても、作り物には見えなかった。今に息遣いまで聞こえてきそうなほどだ。職人技などという言葉では生温い。

くすりと微かな笑い声が聞こえ、紅は顔を上げる。有馬が子供か小動物でも眺めるような顔をしていた。

「なんだよ。なにも知らないから馬鹿にしてるのか」

「そうじゃないよ。僕は東京に帰るたびに憂鬱な気分になるけれど、君みたいな素直な相方を連れていけば楽しめそうだなと思ったんだ」

「帰る？　有馬は東京の人間なのか？」

「六、七年ほど前までね。今でも数カ月に一度、父親に顔を見せに行くんだよ」

「もしかして、陸蒸気に乗るのか⁉」

腰を浮かせて今にも飛びつきそうになった紅の勢いに、有馬は少し驚いた様子だった。しかし、すぐに元のにこやかな表情に戻る。

「陸蒸気なんて、昨今あまり聞かないなぁ」

紅はハッと息を飲み、視線を逸らした。

「……言っただろ。ずっと田舎暮らしだったから、新しいことはあまり知らないんだ。だから、色々見たいし、知りたい」

「好奇心旺盛なのはいいことだね。特に、今の時代には合っている。そうだなぁ。雨でも降ってもう少し涼しくなったら、街歩きをしようか。この辺りにも面白いものは多いよ。港の方まで足を延ばせば、東京とそう変わらない。紅くんさえよければ、僕が案内するよ」

「え、いいのか？」

有馬と一緒にいられる時間は一カ月しかないが、さすがにずっと日照りが続くことはないだろう。

「案内役が僕で嫌でなければね」

「嫌なんかじゃない」

紅は即答した。

「有馬がいい」

有馬は僅かに瞠目する。

「……君は、不思議な子だね」

有馬の手が伸びてきて、紅の頬にそっと触れた。

「な、なんだよ」

決して不快ではない。しかし、不快ではないものの、むず痒い。ドキドキする。不自然なほど、胸が騒がしい。

やめろ、と紅は自分に言い聞かせる。いくらなんでも、今はまだ食べられない。

「また遊びにおいで。君の琴線に触れそうな本を選んでおくから。今度はチョコレイトでも用意しておこうか」

「チョコレイト⁉」

新聞で読んだことがある。カカオという豆を原料にした飲み物だ。粘り気があり、甘いらしい。どんなものだろうと、ずっと疑問に思っていた。

目を輝かせる紅に、有馬は楽しそうな笑みで頷いた。


昼間は多江の用意した素麺を四人でつつき、結局紅たちは陽が暮れる頃になってやっと帰途についた。

赤い空を烏たちが飛んでいる。

「有馬は、呉服屋の息子のようです。有馬屋といえば名の知れた大店なんだそうですよ」

左近が得意げな顔で、多江に引っ付いて得た情報を披露する。

確かに、有馬の生活は金銭的に援助している者がいなければ成り立たない。そしてそれが親であることは、自明の理だった。

「すっごいすっごいお金持ちなんだって！　東京だけじゃなくて横浜にも、有馬のお家がやってるお店があるって言ってたよ」

「ただ、店に顔を見せている様子はないようですね。日がな本を読んでいるか、役者連中とつるんでいるかだそうで」

左近は考えるように腕を組む。

「放蕩（ほうとう）息子ですね。標的には適しています」

二人は役目を忘れずにきちんと情報を集めたらしい。途中から有馬の話に夢中になってしまった紅は、微かに罪悪感を抱きながら二人の頭を撫でた。

「……まぁ、もう少し様子を見よう。今度はチョコレイトを用意して待っていてくれるそうだ」

「チョコレイト！」

右近が喜びと驚きの混ざった声を上げる。左近の顔にも一気に子供らしさが戻ってきた。

「西洋の物は、本当に興味深いですね……！」

さすがに紅から生まれただけあって、二人とも好奇心旺盛だ。三人で並んで、チョコレイトはどんな味なのだろうかと想像を膨らませているうちに、樹の店に辿り着く。

樹はすでに夕飯の準備に取り掛かっていた。

「どうだったよ」

竈（かまど）の火を覗きながら樹が尋ねる。

「情報収集はうまくいったか？」

「ああ、こいつらが頑張ってくれたからな」

小鬼たちの頭を撫でる。二人の肌理の細かくぷっくりとした白い頬が紅潮した。

「有馬の家ね、面白かったよ！」

右近が樹の横に座り込んで、ビスケットや紅茶の話を始める。右近の横にさらに左近が座り込み、右近の言葉に補足を付け足していった。二人の様子を見ているうちに、紅もウズウズとしてくる。

有馬の部屋で目にした写真集や耳にした東京の話を始めると、小鬼たちは好奇心いっぱいの目になった。

「いいなぁ、ぼくも見たいなぁ。写真のご本！」

「次はわたしたちも見せてもらえるでしょうか」

二人はすでに有馬の家に踵を返したいと言わんばかりだ。気持ちは分かると、紅も笑ってしまう。

「お前たち、その有馬って男に入れ込むなよ」

樹の冷静な声に、三人揃って振り返る。

「お館さまに言われているだろうがな、人に心を寄せることはご法度だぞ」

——必要以上に人間に近づくことは、背信行為と心得よ。鬼が人間に関わりすぎれば、待っているのは不幸な結末だ。

　鐵の声が脳裏に響く。

　紅はぐっと眉根に皺を寄せた。

「そんなこと分かってる。でも、身辺調査はしないとだろ。戸籍ってのができてから、むやみやたらには動けなくなったって聞いたし」

「そうは言ったって、行方不明者なんて毎年いくらでも出るもんだ。お前が多少失敗しても、お館さまが証拠隠滅するだろうよ」

「俺は、自分の力で大人になりたいんだ。後々馬鹿にされるようなことは絶対にしない」

　ただでさえ、子供扱いされてきたのだ。ここで、後々まで揶揄のネタになり得る要因を、誰が好き好んで作りたいものか。

　樹と睨み合う形になったが、先に根を上げたのは樹だった。ガリガリと頭を掻きながら嘆息する。

「そんな顔をするんじゃねえよ。俺はただ、お前が心配なんだ」

「なんでだよ。まだ始まったばっかりなのに」

「おかしな顔をしてるからだろうが」

「おかしな顔？」

「……楽しくてしかたないって顔だ」

　確かに楽しかった。けれど、それは有馬が紅の憧れていた世界の息吹を感じさせてくれたからだ。初めて口にしたビスケットに紅茶。東京の話に写真。どれも紅が憧れていた新たな文明の一端だ。楽しくないわけがない。

「余計な心配だ。俺は、屋敷の誰よりも立派な鬼になってやるつもりなんだから」

　裏切り者として断罪されるなどという未来はあり得ない、子供扱いされて馬鹿にされるよりも屈辱的だ。

　紅の真剣な気持ちが伝わったのか、樹は「分かった」と呟いて、竈の火へと向き直った。

5

今しがた読み聞かせてもらった大判の本を有馬から受け取り、左近が首を傾げる。

「つまり、よかれと思ってこれだけ長い名前を付けたんですよね？」

左近の横で、右近が「じゅげむじゅげむごこうのすりきれ、」と面白そうに呟いている。そんな右近の頭を撫でながら、有馬が頷いた。

「そういうことだね」

有馬家へ行った翌々日、紅たちは再び有馬を訪ねていた。有馬は約束通りチョコレイトを用意して三人を迎えてくれた。

チョコレイトは濃い茶色をしていて見た目は泥のようだったが、驚くほどに甘かった。紅と小鬼たちは前回と同じように縁側で風鈴の音を聞きながら、初めて口にするチョコレイトに舌鼓を打ち、その後、今度は小鬼たちも伴って有馬の部屋に上がり込んだ。最初は東京の写真集を眺めていたのだが、途中で飽きてしまった右近が周囲を物色して興味を引かれた本を、有馬に読んでほしいと押し付けたのだった。


「ぼくも名前、欲しい！」

右近が両手を上げる。

「ぼくの名前、欲しい！　ねぇ、左近？」

左近は困ったように眉根を寄せて、紅を見た。紅は慌てて窓辺に座る有馬を見上げる。

「ええっと、右近と左近ってのは幼名みたいなものなんだ」

必死に頭を回転させて、即席の言い訳を考える。

「田舎すぎるせいで色んな風習があって、幼名もそんなに種類があるわけじゃないから、右近と左近ってのもこの二人だけじゃないっていうか」

小鬼が個々の名前を持つなど、考えたこともなかった。

「それなら、いずれ二人の親が名前をくれるんじゃないのかい？」

有馬の問いに、思わず口籠もる。この場合、親とは紅だろう。

「あ、いやでも、その親は名付けなんかしたことないからよく分からないっていうか」

「名前欲しい！　ちゃんとしたのっ」

右近が紅の言葉を遮って、有馬の膝に乗り上げた。

「有馬、ちょうだい」

「僕が？」

「だって、有馬は色んなものをいっぱい持ってるもん。名前だって、持ってるでしょ？」

左近は黙っている。右近のように素直にねだっていいものか、迷っているのだろう。紅も軽々しく同意していいものか分からない。

キラキラと目を輝かせる右近に、眉根を寄せる左近と紅を順々に眺めた後、有馬は「そうだね」と頷いた。

「じゃあ、仮の名前はどうかな？」

左近が有馬を見上げる。

「どういうことですか？」

「この四人の間だけで使う、秘密の名前だよ。それなら、いつか二人がちゃんとした名前を貰うことになっても困らないんじゃないかな」

「ちょうだい！」と右近が小さな手で有馬の膝を叩く。

「そうだなぁ。……二人の、好きなものは？」

有馬の問いに、二人は声を揃えて「紅さま！」と答えた。即答に、有馬は瞳を瞬かせる。

「なるほど」

微かに耳を赤くした紅を見て、有馬は丸めていた目を楽しげに細くした。

「愛されているねぇ」

「いや、別に」

小鬼が主人を慕うのは当たり前のことだ。しかし、素直な二人の好意が嬉しくないはずもない。

「……俺だって、二人のことは好きだ」

紅の言葉に右近がきゃっきゃと笑って、左近が照れを誤魔化すように唇を引き結んだ。有馬はますます楽しげだ。

「じゃあ、二人とも大好きな紅さまと似た名前にしようか。……そうだね。好きな色は？」

「色？」と首を傾げた右近に対して、左近が迷わず言い切った。

「この着物の色が好きです。紅さまが選んでくれたものですから」

「ぼくも好き！」

「なるほど」と有馬が頷く。

「それなら、右近は碧（みどり）、左近は紫（むらさき）なんてどう？　安直すぎるかな」

　碧に紫。確かに、紅の兄弟のような名前だ。

　右近がくるりと身を翻して、今度は紅の膝に乗り上げた。

「紅さま、今日からぼくのこと、みどりって呼んで」

　横から、左近が袖を摑む。

「わたしはむらさきです」

　紅はそれぞれの手を握ってやる。

「碧」

「はぁい！」

「紫」

「はいっ」

　悪くない。それどころか、とてもいい。二人の表情も、個々の名前も。

「ありがとう」と、有馬を見上げる。

「僕こそ、光栄だよ」

　有馬の甘い笑みに、紅はうっとりとする。この男が欲しいと、身体の底でもう一人の自分が訴えていた。


　それからというもの、紅と小鬼たち――碧と紫は、二日、あるいは三日に一度は有馬の家に赴くようになった。

　有馬は部屋で本を読むばかりでなく、近場の変わった店に三人を連れていってくれもした。写真集でしか見たことのなかった牛鍋やあんぱんの店、それに、活動写真。上映していたのは人情もので、弁士（べんし）があまりにもうまいものだから、思わず涙ぐんでしまった。小鬼たちが懸命に誤魔化そうとしてくれたが、有馬にも見られていただろう。しかし有馬は、屋敷の鬼たちのように揶揄うことはしなかった。

　四人で取り留めのない話を重ねる中で、分かったことがある。

有馬が帝国大学を卒業している知識階層に属する人間であること。大学では経済を勉強していたということ。それらは全て、東京に住んでいる父親の命令であったということ。卒業直後すぐ、こちらに越してきたということ。多江は通いの女中であり、二日に一日、有馬の面倒を見にやってくること。多江のいない日は、有馬はいつも一人であるということ。

　知れば知るほど、有馬は標的として都合のよい青年だった。闇夜に紛れて有馬の家を訪ねてしまえば、誰に知られることもない。しかし、今すぐに実行してやろうという気にはなれなかった。

　有馬を欲する気持ちは、常に腹の中にあった。ふとした瞬間に覗く首筋や、丁寧で優雅な指先、常に笑みを湛えている口元に目を奪われて離せなくなる。そんなことが、数えきれないほどにあった。鬼としての本能が、すぐにでも有馬が欲しいと訴える。

　しかし、有馬と会うと必ず次回の話になる。次はあの本を読もう、あれを食べようと約束が繰り返される。そのたびに、紅はまだ先でいい、次の約束が終わったらにしようと、儀式を先延ばしにしていく。

　そうしているうちに、有馬と出会ってから半月が過ぎた。

　ミンミンと、蟬が鳴いている。日に日に五月蠅くなっているようだ。

「今日はなにをしようか」

　碧が尋ねた。

「読みかけていた本を読んでもらうって言ってたじゃないですか」

　紫が決まっているとばかりに答えた。

　三人並んで、有馬の家へと向かっている途中だった。いつも通る畦道を抜け、住宅街に差し掛かる。あとは角を曲がって真っ直ぐというところで、向こうから女性が駆けてきた。

「遠野さん」

　それは多江だった。多江は小走りに近づいてきたかと思うと、そっと告げる。

「坊ちゃんのところに行くなら、今日はやめておいた方がいいですよ」

「どうしたんですか」

首を傾げた紅に、多江は一層声を低くした。

「ご本宅から弟さんがいらっしゃっているんです。私も、今日はいいからと言われたので帰るところなんですよ」

兄弟がいることは、初めて有馬の家を訪れた際にチラリと聞いていた。

多江が眉を顰める。

「あんまりよい雰囲気じゃありませんでしたねぇ。ガラの悪い男を連れてね。有馬屋の店者さんだったら申し訳ないけど……。とにかく、今日は行かない方が賢明ですよ」

足元で静かにしている小鬼たちを一瞬だけ気にして、多江は「お家騒動なんて、関わらないのが一番」と言い残してから、帰っていった。

自分たちも帰った方がいいのだろうか。普段なかなか会うことのできない身内が来ているのであれば、邪魔はしない方がいい。しかし、気になる。多江はあまりよい雰囲気ではなかったと言っていた。ガラの悪い男を連れているとも。

有馬はどこからどう見ても優男だ。長身だが筋骨隆々とは言い難い。喧嘩も強そうには見えない。いや、兄弟なのだから喧嘩などしないのかもしれないが。分からない。分からないことだらけだ。

紅は、迷った末、小鬼たちの前に屈んだ。

「二人は帰っていてくれるか」

「ええ」と、碧が不満そうな声を上げた。

「様子を窺いたいんだ。あんまり大人数で行くと、見つかるだろう?」

「有馬は大丈夫でしょうか」

紫が呟く。

「それを確認してくるんだよ。俺は大丈夫だから」

紫と碧がじっと紅を見つめる。自分たちも連れていってほしいと、大きな瞳が訴えていた。

「帰れないか?」

しかし、紅が尋ねると、二人はふるふると首を横に振る。

「でもね、」

「帰りますよ、碧」

　紫が、粘ろうとする碧の手を取る。

「有馬に会えないの？　紫はいいの？」

「また今度、会えますから。ほら、今日は帰って樹の手伝いをしましょう」

　紫に促されて、碧も渋々と歩き始める。途中で、ふいに紫が振り返った。

「紅さまは、有馬が心配なんですよね？」

　質問の意図が摑めない。しかし、紫の目があまりに真っ直ぐなので、紅は正直に頷いた。

「そうですか」と呟く紫を、碧が覗き込む。

「ぼくも心配だよ。有馬大好きだもん。紫だって、好きでしょ？」

　碧は少し考えた様子だったが、やがて「そうですね」と頷いて、にこりと笑った。

「わたしも、有馬は好きです。有馬の、紅さまを見る目が優しいのが、とても好きです」

「……紫？」

　紫は、もう話は終わったとばかりに碧の手を引く。碧はしきりに、紫になにか聞いている様子だった。

　紫の様子は気になったものの、遠ざかる二人の背を見送った後、紅は有馬の家へと足を急がせた。

　見慣れた門扉が見えてきて、なぜか少しほっとする。しかし、安堵の息を吐く前に、鋭く大きな声が耳を劈(つんざ)いた。

「ふざけるな!!」

　そっと玄関先を覗く。こちらに背を向けて、男が二人立っていた。二人とも和装だが、一人は女性のように小柄で、もう一人は対照的に随分と大柄だ。二人の前に立つ有馬の顔も見え隠れする。

「廉太郎(れんたろう)、落ち着きなさい。そんな大きな声を出すものじゃないよ」

「うるさいっ！」

　パン、と高い音がする。廉太郎と呼ばれた小柄な男が有馬の手を払い除けた音だった。

「お前が余計なことをするから悪いんだ。田舎に引っ込んで役立たずでいればいいものを」

「その通りだよ。僕は有馬家の寄生虫で、それ以上でも以下でもない」

「じゃあなんで親父が分店を任せるなんて言い出すんだ！」

「……分店を？」

有馬が訝しむように首を傾げる。

「お前、こないだ有馬屋（うち）の収支に文句を付けたらしいじゃないか」

「そうではないよ。父上に挨拶に行ったら、たまたま番頭の吉井（よしい）さんに会ってね。意見を聞かれたから少し答えてみただけだ」

「それが余計なことなんだよ！　吉井がお前のことを随分と褒めてたと親父が言っていた！　親父は頑固なくせに、昔から吉井の意見だけは耳を傾ける！　お前、知ってたんだろ、吉井に取り入れば有馬屋（うち）で立場を得られるって!!」

有馬は肩を竦めた。

「まさか。僕には商才がないし、ここでの生活も気に入っている」

「嘘だ！」

あの廉太郎と呼ばれる男は、どうしてあんなに攻撃的なんだろうか。詳細は分からないが、紅の目には有馬が理不尽に責められているようにしか見えない。

情況から察するに、あの喚いている男が有馬の弟なのだろう。

「落ち着けよ、廉太郎」

今にも飛び掛かりそうな有馬の弟を、隣にいた大柄な男が諫（いさ）めた。しかし、こちらの男も下品な表情をしている。

「落ち着けるものか。こいつは有馬家の恥なんだ。働くでも学ぶでもなく、日々のうのうと生きているだけの役立たず」

酷い言葉が続く。

「親父は甘すぎる！　本家に置いておけないからって、こんな場所に家を与えてやるなんて。いるだけでも邪魔な奴を好きに遊ばせてやってるんだから」

「感謝しているよ」

激昂する男に対して、相変わらず有馬は冷静だ。

「廉太郎。有馬の跡継ぎは君だよ」

「当たり前だろ！」

「だから落ち着けって」

再び大柄な男が割って入る。

「なんのために俺をこんなところまで連れてきたんだ？　払った金の分は、俺に任せろよ」

男は有馬の弟を離し、有馬の肩に腕を掛けた。

「なぁ、兄さん。ちょっと家の中で話さないか。こんな場所で騒ぎを起こすのは、アンタにとってもアンタの弟にとってもよくない」

有馬の表情が微かに曇る。しかし、「構わないよ」と頷いて、二人を家の中へと通してしまった。玄関が閉まる。

「え、あ、」

すっかり三人の姿が見えなくなってしまった。しかし、このまま見なかったことにして帰るには、物騒すぎるやり取りだった。

なにも知らない訪問者のふりをしようか。それとも引き返して多江を援軍に呼んでこようかと悩んでいると、ガシャンと大きな音がした。

「有馬⁉」

戸惑いが驚きにすり替わり、身体が勝手に動く。門扉を開けて玄関に走ったが、玄関の扉には鍵が掛かっていた。勢いよく身を翻し、縁側の方へと回り込む。幸いにも、縁側の扉は開け放たれている。手前では、朝に多江が干したのであろう洗濯物がはためいていた。

ドン、と大きな音が再び響く。

「有馬……！」

紅は履物を脱ぎ捨て、家の中に上がり込む。紅が捜す三人の姿は、二階へと繋がる階段の前にあった。

階段脇に積み上げられていた本が雪崩を起こし、その上に置いてあったであろう籠行灯や鉱力皿（ブリキ）が転がっている。有馬の弟は階段の中腹に腰かけ、その足元に有馬が倒れ込んでいた。唇が切れて、血が滲んでいる。紅の頭が、沸騰したように熱くなった。

「なにしてるんだよ！」

有馬を跨ぐようにして仁王立ちしている大柄な男に飛びつき、大きな胴体に両腕を回す。

「紅くん⁉」

いつも冷静な有馬も、飛び込んできた紅の姿にはさすがに驚いたようだった。

「クソ、なんだこいつ」

男が紅を引き剝がそうとする。しかし紅は離れない。この身体にはまだ、鬼の力の残滓が残っている。どんなに力の強い男だろうと、人間ごときに負けるはずがない。

男が僅かに動揺する。

「な、なんなんだ、お前」

「お前こそなんなんだよ！」

頭が痛いほどに熱い。全身の血が頭に上りきってしまったようだ。

「出てけよ！」

紅は男の胴体にしがみついたまま、高い場所から見下ろしている有馬の弟を睨み上げた。

「ここから出ていけ！　でないと人を呼ぶからな‼」

「呼んでみろよ」

答えたのは大柄な男の方だ。

「その前にお前を」

大きな拳が振り上がる。殴ってみろとばかりに紅が睨み上げた、その時、

「やめろ！」

有馬が立ち上がって紅の腕を摑んだ。聞きなれない怒号に力を緩めた身体が、ぐいと引き寄せられる。ドクドクと脈打つ有馬の心臓の音を間近に感じて、紅は息を飲んだ。

「珍しいな。なにされても馬鹿みたいにヘラヘラしている男が。……ああ。そいつ、お前の男色相手か」

有馬の弟の声に、揶揄の響きが強くなる。

「男色？」

男があからさまな侮蔑の表情になった。

「そうさ。こいつらは、男同士で惚れた腫れたをやるんだぜ。気色悪いったらないだろう」

「廉太郎。彼は関係ないよ」

　揶揄する声に答えた有馬は、もういつもの冷静な調子だった。

「君が僕を厭う理由は理解しているし、納得もしている」

　しかし、冷静な声音に反して、有馬の鼓動は早いままだ。

「僕は決して君の邪魔をしない。これまでそうだったように、これから先も同じことだ。でも、もし君が、僕に対する私怨で彼に」

　ぎゅっと紅を抱える有馬の手に力が籠もる。

「僕の大切な友人に害を及ぼすというのであれば、話が変わってくるね」

「どう変わってくるって言うんだよ。お前になにができるって言うんだ」

「なんでもするよ。僕の頭で思いつくありとあらゆることをして、」

　すっと、周囲の空気が僅かに冷たくなったような気がした。

「有馬から君を放逐しよう」

　冷静すぎて、まるで体温の感じられない声だった。

　沈黙が辺りを支配する。その間も、紅は有馬の心音を聞いていた。火が点いたように、顔が熱い。有馬に触れられている肩も、同じくらいに熱を持っている。

「…………もう、いい」

　しばらくして、ぽつりと頭の上から声が落ちてきた。

　階段が軋む。有馬の弟は有馬と紅を避けるようにして階段を下りると、大柄な男に向かって「行くぞ」と顎をしゃくった。

「おい、なんだよ。ビビっちまったのか？」

「うるさい」

「お前は見てりゃいいだけなんだぞ？　こんな子供と優男、俺が」

「親父に告げ口されたら厄介だ。……行くぞ」

「まだ全然痛めつけてないが。金を返せとか言うなよ」

「言わない」

　二人がくるりと背を向ける。

「おい、お前たち！」

「紅くん」

　逃がすまいと声を上げた紅を諌めたのは有馬だった。「いいんだよ」と言いながら紅の腕にそっと手を掛ける。紅はその手を乱暴に振り払った。

「いいことあるか！」

　途端、有馬が肩を押さえた。

「いたた」

「ご、ごめん！」

　乱暴に玄関の閉まる音がしたが、今はそれどころではなかった。有馬の着物を剝ぐようにして、肩を開(はだ)けさせる。

「うわっ。赤くなってる」

「これから青くなるだろうね。あぁ、嫌だなぁ。しばらく腕の上がらない生活か」

　溜息を吐きながら、有馬は着物をさっと直してしまう。血の滲む唇を裾で拭って、溜息交じりに立ち上がる。床に雪崩を起こしている本だの鉽力皿などを片付ける気力はないようで、居間まで移動すると、脱力したかのように縁側に腰を下ろした。

　頭上でいつもの風鈴が風に揺れている。先ほどの騒ぎが嘘だったかのような穏やかさだった。

「慣れないことはするものじゃないね。どっと疲れてしまったよ」

　横に腰を下ろしながら、紅は訝しげに有馬を覗き込む。

「それ、疲れてるんじゃなくて怪我でつらいんじゃないのか？　医者に診せた方がいい」

「大丈夫だよ、これくらいならね」

　本当に大丈夫なのか、鬼である紅には分からない。しかし、有馬が大丈夫だという以上、食い下がることもできなかった。

「……なんだったんだ、あいつら」

「弟と、もう一人は見覚えがなかったな。賭場(とば)に出入りしていると聞いたことがあるから、そこの知り合いかもしれないね」

「賭場？　賭けをするところか？」

「そう。あまりガラのよくない場所だ。紅くんは間違っても近づかない方がいいよ」

「近づくわけないだろ」

有馬が苦笑する。

「一応、釘を刺しておいただけだよ。君は好奇心の塊だから」

「得体の知れない場所にホイホイ行ったりしない」

「うん、行きたかったら一言、僕に相談してからにしてくれると嬉しいね。あとは、得体の知れない人間にむやみやたらに噛みつくのもやめてほしいな」

「あれは、だって」

有馬が殴られていたから。という言葉は飲み込んだ。そもそも、有馬が殴られることになんの不都合があるのか。きっと、ここに樹がいたらそう言っただろう。紅は、返す言葉を持たない。

だって、腹が立ったんだ。どうしようもなく。

心の中で呟いて、唇を噛む。子供のような返事だ。大人になるためにここにいるというのに。


「紅くん？」

「あ、いや。なんでもない」

「ごめんね。おかしなことに巻き込んでしまって」

紅は首を横に振る。悪いのは有馬の弟だ。高い場所から見下(みくだ)すようにこちらを見ていた男の顔を思い出すと、再び苛立ちが蘇った。

「弟ってことは、年下なんだろ？　どうしてあんなに偉そうなんだ。それに、あんなこと」

他人を使って甚振ろうとするなんて、卑劣だ。

「家族なんだろ？」

血の繋がりがあり、同じ屋根の下で暮らす。お互いを信頼し、支え合いながら生きていく。家族とはそういうものだと聞いていた。これでは話が違う。

「弟とはいえ本妻の息子だからね。彼自身は、妾腹(しょうふく)である僕の方が年上であることを気に病んでるんだよ。そんなこと、気にする必要はないのにね」

本妻だの妾腹だの、言葉の意味は知っているがピンとこない。まるで、新聞に載っている連載小説の世界だ。

「家族なんて認識はないんだよ。お互いにね。僕と母は別宅で暮らしていたし、母が亡くなってからも僕は下宿屋に世話になっていたから」

「有馬の、お母さん……。亡くなったのか」

「そう。僕が十五の時にね。長く胸を患っていたんだ。ずっと苦しんでいた。死にたい、早く生まれ変わりたいと、毎日それればかり」

「生まれ変わる？　輪廻転生ってやつか」

万物の理だ。鬼だけが省かれた、理。

「今世でこんなに苦しんだから来世では幸せになれる、早く生まれ変わりたいって、いつもそう言ってたよ。もういいから殺してくれと、懇願されたこともある」

「な、」

紅は言葉を失う。

殺してくれ。

酷すぎる願いだ。死にたければ自分で死ねばいいものを、なぜ己の子に手を下させようとするのか。残された子がどうなるのか考えないのだろうか。家族とは、その程度のものなのか。

「殺して楽にしてあげようと、何度も思ったけどね。できなかったよ」

「当たり前じゃないか！　殺すなんて、そんなこと」

鬼が人間を殺すのは簡単だ。逆も、精神的な負担は少ないだろう。しかし、鬼が鬼を殺すとなれば、それはもう己の命をも懸ける覚悟がいる。同族殺しは裏切り行為だ。それはきっと、人間同士でも変わらないだろう。

「そうじゃない」

有馬が首を振った。

「そんな綺麗な話じゃないよ。僕はね」

色素の薄い瞳が悲しげに揺れる。

「一人になるのが怖かったんだ。……母は死を願うほどに苦しんでいたのに、孤独が怖くて手を下せなかったんだよ」

罪の告白でもしているような声音に、紅の胸が引き攣れる。

「そのくせ、一人になっても大して寂しくなかった。

むしろ、安堵したんだ。僕は、最低な人でなしなんだよ」

「違う！」

紅は叫んだ。

「有馬はなにも悪くない！　なんにも、悪くないじゃないか！」

どうして有馬が罪人のような顔をしなくてはならないのか。理不尽だ。人間の母子愛というものを紅は知らないが、知らなくたって分かる。悪いのは、愛情を逆手に取ろうとした母親だ。

有馬が瞠目する。

「……どうして泣くんだい？」

有馬の指が頬に触れて初めて、紅は自分が泣いていることに気が付いた。

「知るか。勝手に出てくるんだ」

自覚した途端、次々に涙が零れる。ぼんやりと歪む視界の向こうで、有馬はいつも通りの優しい微笑みを浮かべた。

「なんだよ、笑うなよ」

「馬鹿にしているんじゃないよ」

分かっている。突っかかるような言葉は、ただの照れ隠しだ。

「嬉しいんだ」

「嬉しい？」

「僕のために泣いてくれる人は、いなかったから」

また新しい涙が、身体の奥から湧いてきた。そんなに悲しいことを、そんなに穏やかな顔で言わないでほしい。全て諦めてしまったような声で言わないでほしい。

「お、俺、昔から泣き虫で揶揄われてばっかりで嫌な思いもしたけど」

いつもの癖で飲み込みかけた涙を、紅は流れるままにすることにした。

「有馬は俺が泣くと、嬉しいのか？」

それなら、泣き虫もそれほど悪くはないのかもしれない。

「君を泣かせたいわけじゃないんだよ」

有馬が濡れる紅の頬を拭う。

「僕を想って泣いてくれる人がいるということが、とても嬉しくて切なくて、……愛おしいんだよ」

ぎゅう、と胸が締め付けられる。あまりの苦しさに、紅は眩暈を覚えた。

「最初に会った時、なんて言ったか覚えてるかな」

有馬の問いに、紅は目を眇めた。

なにか言っただろうか。思い出そうにも、思考が綯い交ぜになって定まらない。

「僕に会えてよかったって、君は言ったんだよ」

——アンタに会えて、よかった。

思い出した。あの時、紅は本当にそう思ったのだ。

「そんなことを言った人は初めてだった。生みの母でさえ僕を必要とはしなかった。母の死後も盥回しにされて、どこでも僕は邪魔者だったんだよ」

どうして自分がそばにいてやれなかったのだろうと、詮無いことを思う。いてやれなくて当たり前だ。その頃の紅は毎日、呑気に退屈していた。

「僕は、もう一度君に会いたいと思った。だから君に住所を渡したんだ」

有馬の指が、涙で濡れそぼった頬を拭う。

「君が家に来て、また会いたいと思った。次も、その次もね。そんなことは初めてで、とても不思議だったよ」

その気持ちには、覚えがある。

「どうしてそんな気持ちになるのか、自分でもさっぱり分からなかった。薄っぺらい人間関係しか築いてこなかった弊害だね」

有馬の手が、紅の頬を包み込む。心地よい。そう感じた瞬間、唇が重なっていた。びり、と全身に電気が走ったように、身体が震える。瞳が勝手に幾度も瞬き、指一本自分の意志では動かすことができない。石のように固まっていた身体を、ゆっくり押し倒される。気が付くと、有馬に見下ろされていた。

「有馬？」

有馬は答えないまま、紅の首筋に顔を埋める。吐息が耳朶を掠めた。全身が心臓になってしまったようにドキドキしている。

ふふと、有馬が耳元で笑った。

有馬が顔を上げる。嬉しそうな、それでいて苦しそうな顔だった。紅と同じ息苦しさを、有馬も感じているのかもしれない。

再び、唇が重なった。

6

翌日、雨が降った。勢いのない、しとしととした雨だったが、連日の暑さを和らげるには充分なものだった。

有馬の家には行かなかった。元々、怪しまれないよう、訪問は二、三日に一度と決めていた。昨日の今日ということもあり有馬の怪我が心配ではあったが、どんな顔で会えばいいか分からないでいた。

唇を合わせるという行為がどういう意味を持つか、紅でも知っている。

「ほら、碧。そっちのを取ってください」

「ええ？　これ入れちゃっていいの？」

「樹がちゃんと順番を教えてくれたでしょう」

「まるで沙翁の世界だな」

「さ、おう……？」

「It is to be all made of sighs and tears」

聞きなれない音の流れに、紅の思考はますます攪拌される。

「『As you like it』という作品の一節だよ。つまり、切ない気持ちでいっぱいという意味だね」

頭の中の疑問符は増えるばかりだ。全身が熱くて、身体の奥が苦しい。息が浅くなるような感覚がある。有馬の言葉が、うまく頭の中で処理されない。

「紅くんも、時間がある時に色んな本を読んでみるといいよ。これからの日本で、知識と情報はより力を持つようになる」

「あ、有馬、重い」

照れ隠しに、有馬の胸を押す。掌の下に、ドクドクと脈打つ心臓を感じた。早い。先ほどの男たちから紅を守ろうとした時と同じくらい、いや、それ以上に早い。

「紅くん」

「忘れちゃった。紫はすごいね」

小鬼たちが平和なやり取りをしている。手にしているのは乳鉢と乳棒だ。卓袱台の上には、骨や木の葉のようなものが並んでいる。朝食後、「暇なら偶には本当に手伝え」と樹に命じられて、今日一日は樹の手足を務めることになっていた。

店の方からは、樹が客と話している声が微かに聞こえてくる。

明け方から降り続く雨は、昼を過ぎてもやむことを知らず、あっという間に夕方になった。作業を終えて片付けていると、樹が茶色の封筒を持って居間へとやってきた。

「おい、紅。お前宛てだ」

封筒を受け取り、紅は首を傾げる。しかし、ひらりと封筒を裏返して、ハッとした。覗き込んだ碧が「有馬！」と嬉しそうな声を上げる。紫も興味深げに覗き込んできた。

温かい唇の感触が蘇り、カッと頬に血が上った。

すぐに中を確認したかったが、どうしても樹の前で開ける気にはなれない。もたもたしていると、「樹さぁん！」と樹を呼ぶ声がした。客だろう。樹は仕方ないと言わんばかりの顔で、店の方へと戻っていく。

手紙は、それほど長いものではなかった。

【先日はみつともないところをお見せして、失礼致しました。お詫びをしたく存じます。】

流れるような字で始まる文章は、ほんの数行で終わっている。

【以前、涼しくなつたら街歩きをしませうと誘つたことを覚えて居ますか。明日、時間があれば昼十一時に横浜駅で会ひませう。都合が悪ければ来なくてよいです。僕は本屋で本を見繕つて帰るので、また碧、紫と一緒に遊びに来て下さい。

有馬 朔】

覗き込んだ紫が「デエトみたいですね」と呟いた。

「ねぇ、紫。デエトってなに」

「デエトは逢い引きのことですよ」

紫は黙り込んだ後、「逢い引き⁉」と紅を凝視した。

「紅さま、逢い引きに誘われています……！」

紅は赤みの残る顔をふるふると横に振った。

「紫。ちゃんと読んだか？　逢い引きとも、デエトとも書いてない」

「いえ、でもこの文面は、有馬の家で盗み見た小説と似ています。逢い引きというのは相愛の二人が行うものと書かれていました。相愛とはつまり想い合うということで、」

「紫」

紅は小さな口を片手で塞いだ。

「頼むから、少し黙ってくれ」

珍しく碧を置いてけぼりにして一人で盛り上がっていた紫がハッと大きな目を見開く。

「す、すみません」

生真面目な小鬼はシュンと肩を落とした。

「いや、落ち込まなくていい。でもデエトとか逢い引きとか、そういうんじゃないんだ。それから、有馬の許可を貰ってない小説を勝手に読まないように」

「……はい。申し訳ありません」

落ち込む紫の背に、碧が抱きつく。

「紅さま、今回はぼくたち我慢するね」

「どうして」

「だって、逢い引きは二人でするものなんだよね」

「だから、違うって」

碧が小首を傾げる。

「でもぼくたち、街歩きの話、知らないよ」

あの時、二人は多江から有馬の情報を聞き出そうとしてくれていたのだった。

「だから、有馬は紅さまと二人のつもりかもしれないよ？」

いつになく、碧の発言に突っ込みどころがない。

「ぼくと紫は、いい子にしてるから、大丈夫だよ！ね。紫！」

紫はぶんぶんと首を縦に振る。

「留守番は、お任せください！　樹のお手伝いでもお掃除でもお洗濯でも、二人で完璧に熟してみせますっ」

大きな瞳は使命に燃えていた。

翌日、紅は小鬼たちに背を押されて一人で横浜駅へと向かった。

横浜駅にやってきたのは、外界に出てきた日以来だ。相変わらず人通りが多い。馬車や人力車の車夫が駅舎から出てくる人々に陽気に声を掛けている。

「紅くん」

声に反応して振り返り、紅は驚きに目を丸くした。

有馬は洋装だった。髪も丁寧に撫でつけられている。写真集で見た紳士そのものだ。いや、写真集の紳士と全く同じではない。胸元は僅かに寛げられており、上着と帽子を脇に持っている。捲られた袖口からは筋張った腕が覗いていた。

所々から覗く隙が、色香を漂わせている。写真集の紳士よりずっと見栄えがいい。

「ど、どうしたんだ、その恰好」

「偶にはね。おかしいかな?」

「いや、似合ってる。……すごく」

「ありがとう」

いつもの笑みも、数割増しで甘く見える。漂う大人の色気に、紅は動揺して視線を泳がせた。

「碧と紫は来なかったのかな?」

「あ、えっと、今日はいいって」

「なるほど。察してくれたんだね」

「察した?」

有馬は悪戯げに片目を瞑る。

「あの文は、紫が読んでいた小説を真似て書いたんだ。彼ならもしかしたら気が付くかもしれないと思って。いや、もちろん四人でもよかったんだよ」

有馬は少し考えて、「というのは、嘘だな」と付け足した。

「嘘……?」

「後半はね。できれば紅くんと二人きりがよかったんだ。初めてのデエトだからね」

「……デエト……」

紫の興奮した顔が脳裏に浮かぶ。本当にデエト、つまり逢い引きだったのか。

――逢い引きというのは相愛の二人が行うものと書かれていましたが……。

いやいやいや、と紅は頭の中で紫の言葉を否定する。紫が正しいのだとすれば、紅と有馬は相愛の仲ということになってしまう。

そんなはずがない。有馬は標的であって、想い人などではない。

ふいに唇の感触を思い出して、紅は口元を押さえた。口付けもまた、想い合う二人がするものだ。

「紅くん？」

ひょい、と覗き込まれて、喉がひくついた。

「けっ……！」

「け？」

「け、け、そう、怪我は、もういいのか!?」

ああ、と有馬が頷く。

「見た目ほど酷くなかったよ。さすがに万歳三唱は無理だけどね、普通に生活する分には問題ないさ」

「……なら、よかった」

「うん。それじゃあ、行こうか」


有馬は辻馬車を一つ摑まえて、紅を乗せた。車夫に告げている行き先は横文字で、紅にはうまく聞き取れない。辻馬車は、紅が初めて乗った時よりずっと揺れが少ない。辻馬車にも種類があるのか、あるいは道が均されているからか。

しばらくすると、海が見えた。貨物を乗せた大型船が波の上に浮いている。

「港に行くのか？」

「港近くの、知り合いの店にね」

答える有馬は、悪戯を企んでいるような、珍しい表情をしていた。

辻馬車が横付けしたのは、洋館を模した造りの洋装品の店だった。店内には、有馬が身に着けているような形の良い服がずらりと並び、洋反物も揃っている。

紅は圧倒されてしまう。店と言えば、町屋に並ぶ商家が当たり前で、こんなに現代的な建物は見るのも入るのも初めてだ。

「お待ちしておりました、有馬さま」

店の奥から、髭を生やした紳士が出てくる。

「お連れ様のお洋服をとのことでしたが」

うん、と頷いた有馬が紅の肩を抱き寄せる。

「彼に合いそうなものを見立ててほしいんだ」

「畏まりました。何点かお持ちしますね。奥の部屋でお待ちください」

案内された部屋には背の低い豪奢な洋卓と細長い椅子が並んでいた。腰を下ろすと、ふわふわと尻が沈む。きょろきょろと周囲を見渡しているうちに、先ほどの紳士とは別の店員が飲み物と茶菓子を持ってきた。

紅は隣に座る有馬にそっと耳打ちをする。

「なんかすごい、お殿さまみたいなんだけど」

「お殿さま？」

「こんなに、よくされるのってそのくらいなんじゃないのか。この店の感じなら王さまか？」

「紅くんくらいの歳なら、王子さまだろうね」

そういうことを言っているのではない。しかし、言い返す前に、髭の紳士が戻ってきた。

「ご用意できました」

髭の店員の後ろから、数人の店員が洋服を手にして部屋へ入ってくる。彼らは手にしていた服を棚に並べて、すぐに退室してしまった。

有馬が立ち上がり、棚に並ぶ洋服を見比べる。紅も釣られるようにしてついていき、後ろから覗き込んだ。

「これは少し落ち着いているかな。整った顔をしているからね。もう少し色のあるものでも映える。青よりは茶色かな。ストライプは悪くないね」

縦縞の入った袖のない服が肩に当てがわれる。有馬は満足げに頷いた。

「ベストはそれにしよう。ジャケットとスラックスは無地がいいね」

「こちらですね」と店員が素早く選び出す。紅はされるがままだ。やがて、髭の店員は紅を部屋の隅に設置された、幕で囲まれた部屋に促した。

「こちらでお着替えください。洋服を着られたことは？」

「ない、です」

「この丸いもの、釦と申しますが、これをこうして穴に入れて留めるのです。この靴下は足に履く足袋と同じものです。こちらが指先でこちらが踵ですね」

　こくこくと頷いて、服を受け取る。幕が閉められて、紅は一人きりになった。

「なにかありましたら、遠慮なくお呼びください」

　紅は帯を足元に落として着物を脱ぐ。洋服はいつか着たいと思っていたが、まさかこんなに突然、その機会に恵まれるとは想像もしていなかった。

　教えられた通りに釦を止める。布がパリッとしていて、おかしな感触だ。渡されたものを一通り身に着けて、そっと幕の内側から有馬たちを窺う。

「着た、けど」

「失礼しますね」と髭の店員が幕を端に寄せてしまった。全身を現した紅に、有馬が笑みを深くする。

「うん、いいね。あとは、……ネクタイより、ストールの方がいいかもしれないな。蝶ネクタイも悪くないけれど」

　意味の分からない横文字が飛び交う、まるで呪文だ。色とりどりの布をいくつも紅の首元に当て、有馬はやっと納得のいくものを見つけたようだった。

「これだね」

　有馬が選んだのは、臙脂色の布だ。紅の首に器用な手つきで巻き付ける。紅はじっと有馬を見つめていた。いつも笑顔の有馬だが、今日は一層、楽しそうだ。

「やっぱり、名前の通り赤い色がよく似合うよ」

　有馬が顔を上げ、紅の視線に気が付く。

「どうかしたかな」

「いや。……楽しそうだな、と思って」

「楽しいからね。ほら、座って」

　幕が寄せられた脇に置いてあった椅子を引き寄せ、有馬は紅を座らせたかと思うと、その場に跪いた。

「え、え？」

　戸惑う紅の足を取り、そっと靴を履かせる。丁寧な仕草は、召し使いか恋人のようだ。

　驚く紅の足を離し、有馬は再び立ち上がった。

「お手をどうぞ、王子さま」

王子さまは、有馬の方だ。ほうっと見惚れているうちに、手を取られて姿見の前に促された。姿見に映った自分は、いつもと全く違う。

「どうかな？」

「えっと、これ、似合ってるのか？」

「よく似合っているよ」

息苦しいように感じて、少し臙脂の布に触る。察した有馬が首元を緩めてくれた。

「脱いだ着物は、君が住んでいる薬屋に届けてもらおう。そうだね、邪魔になるだろうし、ジャケットも預けてしまおうか」

心得たとばかりに、髭の店員は荷物を纏め始める。

「さて、準備も整ったし、次に行こうか？　それほど遠くない場所だから、ゆっくり歩いていくのもいいね」

「次？」

有馬に先導されるままに、店を後にする。

着馴れない服で歩くのはおかしな感じだった。首元や手首、足先まで布に包まれている違和感はもちろん、靴で土を踏む感触の、一歩一歩が新鮮だ。

「居心地が悪いかな？」

紅はふるふると首を振る。

「うまく言えないけど、不思議で」

楽しい。そう、楽しいのだ。驚きばかりに飲み込まれていたが、知らないことを知るのは、やはり新鮮で嬉しい。

次に有馬が連れていってくれたのは、海の見える食堂だった。港の望める窓辺の席に通されて、次々と料理が運ばれてくる。生野菜の和え物に焼きたてのパン、ビーフシチュー。そして、最後はアイスクリン。初めて食べるものの連続に、紅はただただ驚き感動するばかりだ。

ふぅ、と紅は持っていた匙（さじ）を置いた。

「美味しかったかい？」

微笑ましげな顔で紅を見ていた有馬が尋ねる。紅は深く頷き、空になった硝子食器を眺めた。つい先ほどまでそこにあったアイスクリンの味を反芻（はんすう）する。

冷たくてほんのりと甘い、舌に乗せると滑らかに溶ける、魔法のような食べ物だった。

有馬の前では珈琲が湯気を上げている。先ほど少し分けてもらったものの、アイスクリンの甘さを即座に打ち消す猛烈な苦さだった。紅茶の時は二度、三度と口にする気になれたが、珈琲は一口で充分だ。

紅は頬杖をついて、指先で硝子食器の縁をなぞる。

「すごいな。こんな食べ物、誰が考えたんだろう」

「明治の初めの頃に、外国から伝わってきたらしいけどね。誰が考えたかまでは知らないなぁ」

有馬でも知らないことがあるらしい。

「世界って、広いんだな」

「そうだね。これから先、もっと広がるし、同時に狭くもなっていく」

「どういうことだ？」

世界が広がるという理屈は理解できる。屋敷の中が全てだった時よりもずっと、紅の見る世界は広がった。知らないものに見て触れて、自分の中がどんどんと豊かになっていくのを感じる。

「狭くなるって？」

「便利になればなるほど、手に届くものが増えるからね。ずっと遠かったものが近くなり、当たり前になっていくんだよ」

「よく分からない」

「たとえば、そうだね」

有馬はそっと窓の外に視線を移す。眼下には人々が行き交っている。港の近くだからだろう。外国人の姿がいつもより多い。

「僕たちはさっき馬車に乗ったけど、江戸の頃、人々は基本的に自分の足で移動していた。馬や駕籠もあったけれど、高額な賃金に加えて酒手まで要求されたからね。時には請求に暴力を伴うこともあったそうだよ。当時は結局、自分の足に頼るのが最も安全で確実だったんだ」

その手の話は、他の鬼たちから聞いたことがあった。

「そこに黒船来航だよ。ペルリ提督が小型蒸気機関車の模型を持ち込み、この国の移動手段に革命が起こった。今や鉄道の普及は政府にとって火急の課題だ。日本中に線路を張り巡らせることができれば、かつては数日数十日かかった距離を、ほんの数時間で行き来できるようになる。ここから東京だって、ほんの数十分で行けるようになるかもしれない」

「まさか」

疑いの表情を隠そうとしない紅を、有馬が不快に感じている様子はなかった。

「技術というものはある時を境に躍進するんだ。僕は今がその時だと思っているよ。米国では今、空を飛ぶ乗り物が開発されているらしい」

「空ぁ⁉」

紅は思わず腰を浮かし、窓から見える空を見上げた。青い空を飛ぶのは、野生の鳥ばかりだ。

「空は陸のような制限がない。だとすれば、世界中を飛び回ることができるようになるかもしれない。あるいは、宇宙まで」

「宇宙？　宇宙って、あの星が浮いている空の向こうってことか？」

「そうだよ」

胡散臭すぎる。人間が飛ぶなんて、想像もできない。もちろん、そうなれば楽しいとは思うが、陸蒸気でさえ未知の紅にとっては、途方もない話だった。

「まぁ、僕が生きているうちは無理かもしれないな。生まれ変わらないと」

生まれ変わりという感覚は、鬼の紅には理解できない。

「輪廻の輪から抜け出せないことは苦行とされているけれどね、僕は何度だって生まれ変わってみたいと思っているよ。そうしていつか、宇宙にだって行けたら楽しそうだと思わないかい？」

最先端の技術と古くからの思想を合わせて語る有馬は、紅にはあまりに不思議な存在だった。有馬こそが、紅にとっては未知だ。知れば知るほど、知りたくなる。

有馬の話を理解しきれない自分に、焦りにも似たもどかしさを感じる。そのもどかしさを誤魔化すようにして鼻先を鳴らした。

「俺は、宇宙より先に東京だな」

有馬は目を瞬かせた後、「それはそうだね」と破顔する。

「一緒に行こうか」

「え……？」

「前に言ったかもしれないけど、数カ月に一度、父に顔を見せに行くんだ。君さえよければ連れていくよ。路銀や宿の心配はしなくてもいいし、どこにだって案内するよ」

「どこにだって？」

「凌雲閣にだって銀座にだってね。そうだな、来月の終わりなんてどうかな」

盛り上がっていた気持ちがすっと静まる。

来月の約束を、有馬とできるはずがない。その頃はもうとっくに、紅の成人の儀式は終わっていなければならない。紅は頭の中で指折り数え、さっと青くなった。期限の終わりまで、あと十日ほどしか残っていない。いつの間に、こんなに時間が経ってしまったのだろう。

紅は有馬を凝視する。

有馬を食べる。この優しい人を。食べたら、どうなるか。有馬は紅の一部となり、この世から消えてしまう。

それは、いつの間にか考えないようにしていたことだった。

「紅くん？」

「……いや、なんでもない」

答える声はしわがれていた。

「行けたらいいなって思っただけだ」

「もちろん、行けるよ」

行けない。どうしたって、行けるはずがない。

少しして、有馬が立ち上がった。

「帰ろうか」

「え？」

「具合が悪そうだよ」

「違うんだ。ちょっと、」

「帰ろう」

優しいが、有無を言わさぬ口調だった。それでも、紅は「でも」と食い下がる。

あと十日。そう考えると、有馬と一緒にいられる時間は一秒でさえ、あまりに貴重だ。

有馬が宥めるように紅の肩に手を置く。

「また、いつでも来ることができるよ」

そうであればいいのに、と紅は奥歯を噛み締める。残された時間の少なさに、ジクジクと胸が腐っていくようだった。

会計を終えて、店を後にする。停まっている辻馬車に有馬が声を掛けようとしたその時、逆に「有馬さま」と声を掛けられた。

有馬を呼んだのは、三人の少年たちだった。少年といっても、見た目の年齢は紅より僅かに下に見える程度だ。十代も後半だろう。道を挟んだ向かい側から、真っ直ぐ有馬の元に駆けてくる。

その姿に、紅の胃がざわざわと蠢いた。それが不快感であると、すぐには気が付くことができなかった。

「お久しぶりですね！」と、有馬に向かう笑顔に見覚えがある気がして、もやつく胃の辺りを押さえながら、紅は三人のうちの一人を凝視する。

「洋装なんて珍しいっ」

「すごく似合ってますよ」

盛り上がる少年のうち、紅がじっと見つめていた少年が「あれ」とこちらを覗き込んだ。

「あの日の迷子じゃないか」

そう言われて、やっと思い出す。有馬に初めて会った日、有馬と一緒にいた少年だ。

「あの日が縁で？ 捕まえたの？ 見かけによらず、ヤリ手だなぁ！」

少年の口調に、紅は眉根を寄せた。今度は、不快だとはっきり分かった。

「こらこら」

有馬がしきりに感心している少年の腕を引いて、紅から引き離す。

「彼は、そういうのじゃないよ」

「じゃあ、どういうのなんですかー？」

「僕たちも遊んでほしいなぁ。最近、全然連絡くれないし」

じとりと責めるような視線の少年たちを笑顔で諫め、有馬は少年たちと紅の間に割って入った。

「悪いけど、もう遊べないんだ」

少年たちは、「ええっ」と驚きの声を上げる。周囲に響き渡って、通行人がこちらを窺った。

「どうしてですか！」

「特別な人ができてしまったからね。彼に誤解されるようなことはしたくないんだよ」

一人が、「そんなぁ」と嘆くように悲しげな顔になる。もう一人も「困ります」と続けたが、以前に会った少年は大して動じた様子もなかった。

「しつこくするなよ。みっともない」

冷静な声に二人がハッとして、有馬から一歩遠ざかった。

「ごめんなさい。有馬さまは援助の見返りを求めたりしない、貴重な方だったから」

「みんなに分け隔てなかったし、すごく助かってたんです」

しゅんと肩を落とす二人の少年の背を、一喝した少年が励ますように軽く叩く。

「それじゃあ、有馬さま。俺たち、これで失礼します。今までありがとうございました」

「うん。頑張ってね」

ひらりと手を振った有馬にそれぞれ頭を下げ、三人は揃って駆けていってしまう。

「さて、今度こそ帰ろうか」

いくつか聞きたいことがあったが、押し黙って頷いた。少年たちが去っても、こちらを窺うような周囲の目がまだ残っていたからだ。腹の不快感も微かに残っていたが、こちらは気にするほどのものではなくなっていた。

改めて有馬が摑まえた辻馬車で、帰途につく。樹の店まで行こうかと尋ねられたが、謹んで辞退した。樹と有馬を会わせてしまったら、きっと樹は言うだろう。いつ、有馬を食べるのかと。

答えられない。有馬との一分一秒を貴重に感じる自分に気が付いてしまった、今の紅では――。

横浜駅で、馬車を降りた。

「さて、行こうか」

有馬が紅の手を引いて、歩き出す。

「ど、どこに？」

「紅くんの世話になっている、親戚の店だよ」

「でも、」

「嫌なら、店の前までとは言わない。近くまで送らせてほしい。……心配なんだよ。さっきからずっと、顔色が優れない」

紅は強く拒否することができずに、歩き出した有馬に続く。馬車から降りてしばらくしても、有馬は手を離そうとしなかった。紅は、繋がれた手を凝視する。有馬の掌は紅より大きく、指も長い。筋張っていて、うっすらと血管が見える。そこに流れる血を、いつか啜ることになる。考えただけで、心臓が嫌な音を立てる。

「気になるかな？」

「え？」

顔を上げると、有馬が繋いでいた手を軽く振った。

紅は誤魔化すように首を横に振る。

「嫌じゃないけど。人が見てる」

それは本当のことだった。ただでさえ、見栄えのいい有馬は目立っている。横浜駅からずっと、こちらを窺う夫人や女子学生の姿を、紅は見逃していなかった。

「仲の良い兄弟かなにかだと思うさ」

そうだろうか。自分と有馬はちっとも似ていないのに。疑いが顔に出ていたのだろう。有馬が「放してほしい？」と首を傾げた。

卑怯な尋ね方だ。

紅は、ぎゅっと有馬の手を握り返す。温かい。

町屋通りに入って少ししたところで、ふいに、「みぃつけた！」と甲高い声が響いた。驚いて声の方を見ると、ちょうど小鬼たちと同じような背丈の子供たちが戯れていた。箱車の下に潜っていたらしい子供が引っ張り出されている。

「次の鬼はねぇ」と、子供の一人が上げた声に、紅の肩がピクリと反応する。あからさまだっただろうかと有馬を仰ぎ見たが、有馬は子供たちの方に目を向けていて、紅の様子には気づかなかったようだ。

　有馬は、昔を懐かしむような遠い目をしていた。

「あ、有馬もしたのか？」

「うん？」

「かくれんぼ」

　紅は、したことがない。そもそも、遊んでくれる相手は時おり屋敷に顔を見せる樹しかいなかった。二人でできる遊びは、双六(すごろく)や面子(めんこ)、貝独楽(べいごま)、写し絵がせいぜいで、屋敷の外で駆け回った思い出など皆無だ。

「そうだね。僕は、専ら鬼だったけど」

　また、ドキリと胸が跳ねる。

「鬼？」

「そう、鬼。僕は見つけるのが、すごく上手だったんだよ」

「鬼ごっこって、見つかったヤツが今度は鬼になるんじゃないのか」

　一人が鬼ばかりするなど、おかしな話だ。

「母が、隠れるのが好きだったからね」

「有馬の、お母さん？」

　有馬に殺してくれと頼んだ、酷い母親だ。よい印象はない。

「晩年はほとんど心神喪失状態でね、夜中に家を抜け出してどこかに行ってしまうことがよくあったんだ。そのたびに、僕は母を捜した。見っともなく泣き叫びながら」

　有馬が母親を失ったのは、十五の時という話だった。生まれて十五年といえば、紅は驚くほどに幼くて、泣いてばかりいた。どうして自分だけがつらいのだと周囲を責めたが、あの頃の紅の幼稚な悲しみは有馬の比ではなかっただろう。

「そんな悲しい顔をしなくてもいい」

　穏やかな声が、紅を慰める。

「もう、十年以上前の話だよ」

「……うん」

　しんみりとした空気が流れる。町屋の終わりが見えてきて、その向こうに住宅街が現れる。

「あの頃の名残なのか、僕は捜し物が得意なんだよ。多江さんが耐えられないと言うほどに散乱した部屋でも､目的の本をすぐに見つけることができるしね」

自室が散乱している、という自覚はあるらしい。

「だから、紅くんがまた迷子になっても、僕が見つけてあげるよ」

有馬の笑顔に流されるように頷きかけて、紅はハッと首を振った。

「お、俺は迷子になんてなったことない」

「ほら、最初に会った時だよ」

「あれは、俺が迷子だったんじゃない！」

「そうだったかな」

あはは、と有馬が声を立てて笑う。先ほどまでの暗く悲しい雰囲気が一気に吹き飛んだ。いや、吹き飛ばしてくれたのだろう。

「薬舗 斎堂」に向かって、ゆっくりと歩いている
この道程は、最初に出会った日と同じだった。

「迷子じゃ、ないからな」と、しつこく言い訳するも、有馬は笑うだけなので、紅はもうその点には触れないでおくことにした。代わりに、先ほどからずっと気になっていたことを尋ねてみる。

「さっきの三人は友達なのか？」

最初に会った日のことを思い出すと、どうしてもあの少年の顔も出てきてしまうのだ。

有馬は苦々しい顔で笑った。

「いや、……うーん。まぁ、遊ぶという意味ではそうかもしれないけれど、金銭が間に入るからね。少し違うかな」

「金銭？」

「彼らはみんな役者の見習いなんだ。僕みたいな人間を顧客にして、援助を受けながら舞台に立っているんだよ」

説明を聞いてもよく分からない。初めて有馬の家に行った時、多江が嘆いていた記憶がある。先ほど、少年たちをチラチラと見ながら通り過ぎていった人々も良い顔はしていなかった。あまり褒められた遊びではないのかもしれない。

「……色子遊び」

紅はぽつりと呟く。有馬が片眉を上げた。

「そんな単語、誰に聞いたんだい」

「最初に会った時、本人が言ってただろ」

――どうせ有馬さまは本当の意味で色子遊びなんてされないし。

「なるほど。これが因果応報というやつだね」

有馬が嘆息する。

「こんな形で君の耳に入るなんて、計算外だった」

「計算てなんだよ」

「なにを言っても言い訳になってしまうけどね」

有馬は珍しく歯切れが悪い。

「彼らは金銭さえ渡してしまえば、余計なことはしないし聞かない。なにも考えずに遊ぶには、都合のいい相手だったんだよ」

少し、呆れてしまう。それではまるで、少年たちを好きに利用していたようだ。

「……有馬は、軟派なんだな」

「硬派ではないね」

あっさりと肯定されてしまう。

「でも、もうやめるよ」

特別な人。有馬は遊べない理由を、そう言っていた。紅はしばらく黙り込んだが、やがて思い切って唇を開いた。

「特別な人って、……俺のことなのか」

自意識過剰だろうか。しかし、あの状況で紅以外のことを言っているとも思えない。

有馬は、やはりあっさりと頷いた。

「そうだよ」

紅は固まってしまう。足が止まった。有馬も歩みを止めて、紅に向き直る。

「どうして驚くんだい」

「どうしてって、」

有馬に、特別に思われている。その事実は、紅を極楽に昇るような気持ちにさせ、同時に奈落の底へ突き落すような気持ちにもさせた。

「僕はね、君に恋をしているんだよ」

紅は、言葉を失う。なにか言わなければとなぜか震えそうになる唇を開いたその時、「紅！」とよく知る声に呼ばれた。

咄嗟に、繋いでいた手を離す。話に夢中になって気が付いていなかったが、いつの間にか、樹の店が見えるところまで来ていた。

樹が駆けてくる。見たことのないほど、険しい顔つきをしていた。樹は近寄るなり紅の腕を掴んだ。

「おかしな店からお前の着物だのなんだのが届いた。心配してたんだぞ!?」

「え？　あ、ごめん」

「なんだ、その恰好は」

鋭い声に、腰が引けそうになってしまう。こんな樹は初めてだった。

「いつも遊びに来てくれるお礼に贈らせてもらったんですよ」

樹は有馬を睨み上げた。

「アンタが、有馬某(なにがし)か」

尋ねる声は初対面の相手に向けているとは思えないほどに鋭利だったが、有馬は笑みを崩さなかった。

「有馬　朔です」

「紅が随分と世話になってるみたいだが」

「世話になっているのは僕の方ですよ」

二人の間にバチバチと見えない攻防が飛び交った、ように見えた。

「こんな高価なものを貰っても困る」

「貴方に贈ったわけではないのに？」

有馬は相変わらずにこやかだったが、言葉尻には明らかに挑戦的な響きがある。樹がますます顔を険しくして、紅はおろおろと交互に二人を見た。

紅の視線に気が付いた有馬が、口調を柔らげる。

「心配せずとも、大した額ではありませんよ。実家が反物を扱っているので、この手の店には顔が利くんです」

樹は答えずに、「帰るぞ」と紅の腕を引いた。ぐいぐいと引く力は強く、靴が足元の土を削る。

「え、おい。ちょっと、樹」

静止しても、樹は止まらない。大人の鬼に、力で敵うわけもなく、紅は有馬を振り返った。

「ごめん、有馬」

有馬は「またね」と、手を振った。

樹に摑まれた腕が痛む。顔を歪める紅に構わず、樹は店の中まで引っ張っていき、居間へと向かった。

「紅さま」と紫が顔を輝かせ、「おかえりなさい」と碧が続く。駆け寄ってくる二人を無視して、紅は樹に食って掛かった。

「なんなんだよ、突然！」

有馬が驚いていたじゃないかと、言外に言わずとも伝わっただろう。樹は一歩も引く様子を見せず、

「それはこっちの台詞だ！」と怒鳴り返した。

紅は、思わず言葉を失う。樹の怒号を聞くのは初めてだった。情けないことに、目の奥が熱くなる。涙の気配を察して、ぐっと目に力を入れた。

真っ赤な目で睨み上げられた樹は、苦虫を嚙み潰したような顔になる。

「紅」

先ほどとは比べ物にならない、静かな声だった。願うような、諭すような気配を感じる。

「あの男は人間だ」

分かっている。

「その上、お前の標的なんだぞ。お前は近いうちにあいつを食うんだ」

分かっていると返そうとして、けれど紅は声を詰まらせた。

「惑わされるな。あいつは、お前が鬼になるための獲物だ」

分かっている。けれど、分かりたくない。

「それだけは絶対に、忘れるな」

樹の目は真摯で、だからこそ紅はもうなにも言い返すことができなかった。

7

樹は、昔から間違ったことを言わない。周囲の鬼にいじめられてばかりだった紅に優しくしてくれたのは樹だけで、樹が外から帰ってくるたびに幼い紅は樹に纏わりついたものだった。紅にとって、樹は唯一信頼できる仲間だった。

ある日、樹がひどく憔悴した様子で屋敷に戻ってきた。左近を失ったのだと、他の鬼たちがヒソヒソと声を潜めて噂していた。鐵の小鬼たちなどは、「自分の小鬼を守ることさえできないなんて」「お館さまにご迷惑をおかけして」と聞こえよがしに口にしていた。責めているようであり、嘲笑っているようでもあった。

いつも自分を守ってくれる樹の一大事に、紅はなにもできない自分が歯痒くてたまらなかった。

樹の左近は、陽気で飄々とした気の良い小鬼だった。「ふらりとどっかに遊びに行っちゃあ、気が付くと帰ってきてやがる」と、いつだったか樹が溜息交じりに言っていた。愚痴に違いなかったが、苦笑には愛情が滲んでいた。

まだ乳角の残った紅に、小鬼を失った樹の心痛は計り知れなかった。それでも、なんとか慰めようと懸命に紅は樹に向かった。

「あのな、樹。小鬼って、主人のことだけを信頼してるんだって」

樹は、木戸で塞がれた祭壇の前に立っていた。小鬼の生まれる場所だ。雨が降っていたが、濡れることなど気にしていない、それどころか気づいてさえいないようだった。

「俺は小鬼じゃないけどさ、でも樹の左近と同じくらいに樹のこと大好きだよ」

だから、そんな悲しい顔をしないでと、樹の指を握る。樹が、そっと紅を見下ろした。

「本当だよ。樹、俺は立派な鬼になる」

鬼ならば、小鬼のように簡単に消えたりしない。

「ずっと、樹と一緒だ」

樹は、くしゃりと顔を歪め、自分と同じほどに濡れそぼった紅の身体を抱きしめた。

「この先、なにがあっても俺はお前の味方だからな」

樹が紅の耳元でそう呟いてから、五十年。

樹は、一度だって紅のためにならないことは言わなかったし、しなかった。それは、きっとこの先もずっとそうだろう。

樹は、正しい。

けれど――

碧がひょいと顔を覗き込んでくる。

「紅さま？」

「うわぁっ」

紅は驚いて、大きく仰け反った。文机にどん、と膝が当たってしまい、蓋が開けっ放しになっていたインク壺がぐらりと揺れる。紅は手にしていたペンを放り出して、慌ててインク壺を取り押さえた。

「こら碧。紅さまを驚かしたりしてはいけません」

後ろからやってきた紫が、碧をズルズルと引きずる。

「紅さまは、大事な考え事をされているのですよ」

小鬼にはそう言って静かにしているように命じたものの、半紙は真っ白だ。考え事など、ただの言い訳だ。ただ、ぼうっとする時間が欲しかった。

「でもでも、紅さま」

碧が食い下がる。

「ここ数日、元気がないよ？　有馬の家に行ってないから、楽しくないの？」

ぎくりと、身が竦む。紅は二人を凝視した。幼いようで、よく見ている。当たり前だ。彼らは紅の小鬼なのだから。

有馬には、横浜駅で待ち合わせた日を最後に、四日も会えていない。長いようで短い四日間、紅はずっと有馬のことを考えていた。

有馬が、自分を好きだと言った。恋をしていると。

恋。

もちろん、意味は知っている。色だとか情だとか言われる類いのものだったはずだ。恋い慕い合う男女はお互いを伴侶とし、新たに家族を築く。家族も伴侶もありはしない鬼には、縁遠い感情だった。

――僕はね、君に恋をしているんだよ。

有馬の言葉を思い出すと、頭も身体も自分のものではないかのようにあやふやに感じる。ふわふわと浮遊しているような感覚だ。胸の鼓動だけが激しくて、痛いほどに主張している。しかし、いずれ有馬が自分の腹に収まることを考えると、一気に思考が沈む。

あの優しい瞳をしゃぶり、長い指を噛み千切り、白い肌の奥に隠れている真っ赤な血を啜る。

ぞわり、と身体中に寒気が走った。紅の身体中を覆ったのは、興奮ではない。それは、

「……っ」

恐怖だった。

怖い。そんなことは、とてもできない。有馬を食べるだなどということは。

心配そうな二人を置いて、逃げるように部屋から出る。紫はともかく碧ならば追いかけてくるかもしれないと振り返るが、襖が開く様子はなかった。

ホッと息を吐いて、居間へと向かう。居間は直接、店へと繋がっている。間を仕切る戸がこの季節は開け放たれたままで、店の様子は丸見えだ。

ちょうど、樹が客を見送ったところだった。去っていく客の背に、紅の視線が止まる。

樹が振り返って、「紅か」と呟いた。少し、疲れているような顔をしている。

「今の、……知ってる気配だった……」

樹はガリガリと頭を掻き、店の出入り口を閉める。店内に差し込んでいた太陽の光が遮られ、途端に周囲が暗くなった。

「屋敷の使いだ」

樹は答えると、店と居間の境に腰を下ろした。

「それよりどうだ。目途はつきそうなのか」

「目途?」

問い返したのは、ただの時間稼ぎだ。なにを問われているかなど、分かりきっていた。

「有馬 朔だ。分かってるだろう」

重ねて問う口調は強かった。

「あ、いや、その、」

思わず口籠ってしまう。

「まだ、全然。有馬は秘密主義で、自分のこと全然話さないし、なかなか一人にならないし、住み込みの女中がいて隙がないし」

不自然に言葉が走る。咄嗟に吐いた慣れない嘘が、ピリピリと紅の良心を刺激した。

「へぇ」となおざりな相槌を打つ樹は、表情が読めない。暗がりだからではない。樹は意図的に感情を面に出さないようにしているようだった。

「つまりお前は、まだなんの情報も手に入れられてないのか？」

「なんのってこともない。えっと、実家が東京にあって、呉服屋をやってて、姪っ子がいるんだ。あと、弟とはそんなに仲が良くないみたいで」

役に立たなさそうなことばかりを懸命に挙げる。

「秘密主義の割にペラペラ喋ってるみたいだな」

語るに落ちたりとはこのことだ。

「い、いいだろ？　まだ時間だってある」

六日。もう六日しかないが、最後の六日が残っている。たかが数日の間になにができるか分からないが、少なくとももう、紅は有馬の喉笛を食い千切ることなどは考えられない。ただ、逃げたい。この場から逃れて消えてしまいたい。

いつから、こんな風になってしまったのだろうか。思い出されるのは、優しい唇の感触。

幸せだと思ってしまったのだ、あの瞬間に。時間が止まってしまえばいいのに、と。

樹がじっと紅を見つめる。紅も瞳を逸らさないように全身の神経を集中させて見つめ返した。しばらく無言の時間が続く。

やがて、樹がふっと、嘆息した。

「時間なんかねえよ。三日以内にカタをつけられないなら、お館さまが出てくる」

紅は一瞬、言葉の意味が理解できなかった。

「さっきの使いは、その連絡だ」

「……え……？」

紅は言葉を失う。

「感謝しろよ。本当なら、明日にでも来るって話だった。お前が嫌がるだろうと、三日の猶予を貰ってやったんだ」

呆けたままの頬を、樹がぺちりと叩いた。ハッと我に返る。

「無茶言うなよ！　三日って、なんでそんないきなり……！」

「紅」

樹が、紅の両肩を摑む。爪が食い込むほどの力に、紅は顔を歪めた。

「三日以内にカタをつけろ」

「無理だ！」

渾身の力で樹の腕から逃れようとするが、中途半端な力しか身体に残していない紅が敵うはずもない。見っともなくもがいただけで、樹はびくともしなかった。

「どうしてだ？」

「それはこっちの台詞だ！　まだ時間は残ってるのに、どうしてお館さまが出てくるんだよ！」

話が違うではないかと、紅は激しく頭（かぶり）を振る。

「お前は、双角を目覚めさせた。それだけ期待も掛かってるってことだろう」

樹がそっと紅の肩から手を放した。解放されてなお、摑まれていた場所が疼くように痛む。

「とにかく、自分のことだけを考えろ。無事に成人して、立派な鬼になることだけをだ」

少なくとも、二週間前の紅にとって、樹の台詞は至極当たり前だった。しかし、今はもう頷くことができない。

樹は、いつも正しい。けれど、いつも正しいことに従えるとは限らないのだ。紅は、例外を知ってしまった。正解よりも大切なものを得てしまった。

樹はこれ以上話すことはないとばかりに立ち上がり、再び店の扉を開けた。陽が差し込んでくる。無意識に眇めた目から、ぼろりと涙が零れた。樹に悟られまいと、急ぎ二階へと戻る。階段の上で、待っていたかのように小鬼たちが紅を見下ろしていた。

「……聞いていたのか」

小鬼たちは答えない。沈黙は、肯定だった。

とてとてと碧が降りてきて、紅の指を摑んだ。そのまま部屋へと引っ張っていく。紅はされるがままだった。

碧、紅と部屋に入り、最後に紫が襖を閉める。

「ねぇ」と紅の袖を引いた碧の声があまりに小さかったので、紅は身を屈めた。

「紅さまは、有馬を食べたくないの？」

碧の表情はいつもと変わらない。大きな目はあまりに純粋だった。二人のやり取りを見守る紫も、冷静な顔をしている。

「あのね、紅さま。食べたくなければ、食べなかったらいいんだよ」

「……え？」

紅は思わず碧を凝視する。

「無理して食べることないよ。泣いちゃうくらい嫌なんだもん。有馬を食べるのはやめて、一緒に逃げちゃえばいいんだ」

簡単なことだと言わんばかりだ。紅は瞬きを繰り返す。睫毛を濡らしていた涙が、ハタハタと振り払われた。

「一緒に逃げちゃえばって、……でも、有馬は俺の正体を知らない」

碧はパッと両手を広げた。

「全部、言っちゃおうよ！」

「全部？　そんなのは無理だ」

「どうして？」

「……嫌われる」

今の時代、鬼などもうほとんど信じられていないが、人ならざるものであることを証明することは簡単だ。この身を傷つけてみせればいい。傷口はたちどころに塞がってしまう。

しかし、有馬は紅に恋をしていると言ってくれた。口付けをした。

真実を話せば、甘やかなあの時間は全てなかったことになってしまうかもしれない。

「大丈夫だよ」

碧はあっさりと答えた。

「どうしてそんなことが分かる？」

思わず尋ねる声が詰問口調になってしまう。碧相手に大人げないと自覚していたが、不安を抑えることができなかった。

「だって、有馬すごく紅さまのこと好きだもん」

「……え？」

「有馬ね、いーっつも紅さまのことばっかり見てるんだよ。ビスケット食べた時もチョコレイト飲んだ時も、本を読んでる時も活動写真の時だって！」

「嘘だ。だって、見てたのは俺だ」

「紅さまが見てたのと同じくらい、それよりももっと、有馬も見てたよ！」

紅は言葉を失う。ずっと有馬のことを見ていたつもりで、その実、ずっと見られていたというのか。

「あのね、ぼく、思ったんだ。きっと有馬もぼくたちと同じくらい紅さまのことが大好きで、紅さまも有馬のことが大好きなんだなって」

紅は瞠目したまま、唇を震わせた。喉が詰まってうまく声が出ない。

「とにかく、有馬と話してみてはどうでしょう」

ずっと黙って成り行きを見守っていた紫が、口を開いた。

「……お前も、碧に賛成なのか？」

「有馬がいなくなったら、わたしも碧も寂しく思います。でも、誰よりも寂しいのは、紅さまだと思います」

小鬼たちは、確信しているようだ。

「楽天がすぎるのも考えものですが、今は時間がありません。とにかく有馬と話し合って身の振り方を考えることが、紅さまにとって最善だと思います」

紫が微笑む。発言とは対照的な子供らしい表情だった。僅かに、自慢げにも見える。

「したいようになさってください。わたしたちは、それをお手伝いするのが使命ですから。そうですよね、碧」

「だよね、紫！」

無条件で味方をしてくれる存在のありがたさに、また涙が溢れてくる。小刻みに震える両手を伸ばして、紅は小さな身体を思いきり抱きしめた。

8

その夜、小鬼たちの協力を得て、紅は深夜近くに樹の店を抜け出した。

夜道を駆け抜けながら、紅は思い返していた。有馬に出会ってから今日までのことを。たった二十日程度のことだ。六十年生きてきた中の、二十日。けれど、生きてきた中で一番楽しくて、嬉しくて、心躍る時間だった。

ああ、と紅は心の中で呻いた。

有馬ともっと一緒にいたい。触れたい。触れられたい。鼓動はいつも大きく紅の身体に響き、いっそ止まってくれとさえ願うこともある。そしてなにより、――有馬が欲しい。

そう。紅は、最初から有馬が欲しかった。だから、有馬を標的に決めたのだ。けれど、それは食欲だったろうか。

違う。これは、恋だ。だって紅はもうずっと、有馬を食べることなどできやしない自分に気が付いていた。気が付いていて、でも見ないふりをしていた。正面から向き合ってしまったら、とんでもない現実にぶつかることになってしまうと分かっていたからだ。

けれどもう、時間切れだ。都合のよいことばかりに目を向けていられる時間は、終わってしまった。

「……有馬……！」

玄関の扉を叩こうと手を伸ばした瞬間、内側から扉が開いた。そこには、手燭（てしょく）を持った浴衣姿の有馬が立っていた。有馬は紅と目が合うと同時に破顔する。

「やっぱり紅くんだ。びっくりしたよ。二階から誰か走ってくるのが見えて、まさかと思って」

「ごめん」と有馬の言葉を遮る。

「こんな時間にだけど、話があるんだ。あんまり、時間がなくて」

紅の様子が只事でないと感じたのか、有馬の顔からすっと笑みが消える。

「いいよ。おいで」

夜の有馬家は、初めてだった。暗い廊下は、昼間と全く別の顔をしている。明るい時には気にならない階段の軋みが大きく聞こえた。

相変わらず本だらけの部屋に入ると、有馬は手燭を文机の上に置いた。紅が来るまで読書していたのだろう。分厚い洋書が開きっぱなしだ。その向こうには道具箱と、見慣れない一輪挿しが置いてあった。生けてあるのは、真っ赤な花だ。細長い花弁と雄蕊が放射状に広がっている。

「彼岸花だよ」

紅の視線を追った有馬が言う。

「畦道に咲いているのを見つけてね、つい一輪持って帰ってきてしまった」

有馬は窓枠に腰を下ろす。夜風が髪を揺らしていた。今日も、風鈴の音がする。

「母が、好きだったんだ。輪廻転生を意味する花だからとね」

静かで、穏やかな夜だ。危険が迫っているなんて全く感じられないが、安穏としていられる時間はない。ここに来るまでに考えたことは山ほどあったが、そのせいでなにをどう話すべきか分からなくなっている。

紅が迷っているうちに、有馬が口を開いた。

「来てくれて嬉しいよ。会いたかったんだ」

「……楽しい話を持ってきたわけじゃない」

「それでもいいよ。実は、明日にでも君のところに顔を出してみようと思ってたんだ」

有馬が気の長い性質（たち）で助かった。樹と有馬が再び顔を合わせるなんてぞっとしない話だ。幼い頃から世話になった兄貴分は、今や紅にとって敵とも味方とも言い難い。

「僕の気持ちが不快だったのなら謝って、また以前のように気軽に出かけられるような友人関係に戻ってほしいと願うつもりだった。でも」

言葉を切った有馬は、ふっと笑った。寂しげな、あるいは苦しげな笑みだった。

「駄目だね。君を前にすると、そう思う」

「駄目って、なにが駄目なんだ」

「友人なんかには戻れないということだよ」

こうして向き合って見つめ合っていると、紅もどこか苦しいような気持ちになってくる。恋とは、苦しいものなのかもしれない。

「僕は知識を頭に詰め込むばかりで、なに一つ分かっていなかった。いい歳してなにを言っているんだと自分でも思うけどね。……僕は知らなかったんだよ。誰かともっと一緒にいたいと思ったり、近くにいたら触れたいと思ったり、心臓が跳ねて胸が壊れそうで、いっそ壊れてしまえばいいと思ったり」

有馬が手を伸ばしてくる。

「僕だけのものにしたいと思ったり」

頬に触れる指の感触に、紅は目を細くした。

「そんな感情、なにも知らなかったんだ」

紅も知らなかった。有馬に出会うまでずっと、誰かを想うなんてしたことがなかったのだ。六十年も生きていたくせに。

そっと唇が重なり合う。眩暈がするほどに優しい口付けだった。自然と、瞳から涙が零れる。

「どうして泣くのか、聞いてもいいかな」

尋ねる有馬の胸をそっと押して、距離を取る。

「……俺は、有馬に話さなきゃならないことがある」

「うん」

意を決していても、次に口を開くまでに少しの時間を必要とした。

「有馬は、鬼ってのが本当に存在すると思ってるか？」

有馬は虚を突かれたようだった。

「鬼？　赤鬼とか青鬼とか？」

「そう。角が生えてて人を食べる。この辺には鬼隠しって言葉も残ってるって、初めて会った時に警官が言ってたよな。……鬼の存在を、信じるか？」

よほど予想外の方へと話題が飛んでいったからだろう。有馬は戸惑い交じりに答える。

「草双紙に、その手の話は山ほど残っているね」

「作り話なんかじゃない。現実の話だ」

派出所の警官は、鬼の住処（すみか）が近くにあったらしい、と話していた。その通りだ。この街には舗装された道も、洋風の建物も、陸蒸気の停まる駅もある。それほどに文明開化の進んだ街でありながら、少し外れた場所に出れば今度は田畑が広がっていて、人間が耕した土地のその向こうに鬼たちは住んでいる。本当は、ずっと間辻馬車でほんの数十分の距離だ。本当は、ずっと間近にいるのだ。屋敷を出るまで、紅だってこれほど近くに人間が住んでいるとは思わなかった。

しばらく考え込んだ有馬は、「僕はね」と口を開いた。紅があまりに真剣な顔をしていたからか、慎重な口調だ。

「輪廻転生を信じてる。人によっては馬鹿らしいと感じるかもしれないけれど、本当に信じているんだ」

文机の上に飾られた彼岸花が途端に存在感を放つ。

「この世に人知を超えたものは存在する。だから、鬼もいるかもしれないね。僕が知らないだけで」

「有馬は鬼を知ってる。まだ半人前だけど」

自分でも信じられないほどにあっさりと紅は言った。

「俺が、そうなんだ」

有馬が目を瞬かせる。さすがに、反応に困っている様子だった。

「ええっと、……気持ちを受け入れられないのなら、正直にそう言ってもらった方がいいんだけど、……そういうことじゃない、のかな……?」

歯切れが悪い。こんな風に話す有馬は初めてだった。

「違う」

紅はふるふると首を左右に振る。

「違うから言ってるんだ。だって、本当の俺を知ったら、有馬は俺のことなんか好きじゃなくなるかもしれない」

自分で口にしておきながら、紅は有馬に嫌われる可能性に怯む。今なら、冗談にしてしまえる。けれど、冗談にしてしまった先に待ち受けているのは鐵たちが立ち塞がる行き止まりだ。

紅は思い切って、文机の上に置かれていた道具箱の中からペーパーナイフを掴み取った。有馬が反応する前に、畳の上に手を置き甲に思いきりナイフを突き刺す。

「なにをしてるんだ！」

「——っ」

痛みがないわけではない。突き刺された場所からは血が溢れ、その奥に肉と骨が見えている。

「手当てを、」

　紅はナイフを引き抜いて放り出し、立ち上がった有馬の手首を掴んで引き留める。

「いいから、見ててくれ」

「なにを、」

　有馬は紅を責めるつもりだっただろう。しかし言葉は途中で立ち消えた。時間を戻したかのように、痛みと傷口がみるみると小さくなっていく。肉も骨も見えなくなり、そう時間が経たないうちに残るのは溢れてしまった血のみとなった。紅は手の甲に口を当て、血を舐めとる。錆びた鉄のような味に眉根を寄せながら、綺麗になった手の甲を有馬に見せた。

「ごめん。畳、汚した」

　紅の謝罪に、有馬は反応しない。有馬は中腰のまま紅の手の甲を凝視して固まっている。

「手品とかじゃないんだ」

　有馬も、紅の行為に嘘がないことは分かっているだろう。文机に放り出されたナイフには血がついたままだ。

「………ごめん」

　二度目の謝罪は汚したことへではなかったが、意図が有馬に通じたかは分からなかった。

「鬼は、人間を食べる」

　有馬はなにも言わない。紅の手は有馬の手首を掴んだままだ。

「大人になるためにこの街に来た」

　傷口の塞がった手の甲をじっと見つめていた有馬の瞳が、紅を見た。その瞳から、感情を読むことはできない。今度は紅が視線を逸らす。

「俺、有馬を食べようと思ったんだ。初めて会った日、有馬がいいと思った」

　この人間を、自分の一部にしたいと感じた。

「それを、俺は食欲だと思った。でも、違った。だって、有馬がいなくなるなんて、嫌だ」

　リリン、と風鈴の音が聞こえて、窓から入り込んできた生温い風が二人の間をそっと吹き抜けていった。寒さの欠片もないのに、いつの間にか紅の身体は震えていた。

「有馬が、好きなんだ」

情けない声だった。嫌わないでくれ、否定しないでくれ、恐れないでくれと、懇願が言外に滲んでいる。

「怖いか？　もう俺のこと、嫌になった？」

しばらく答えはなかった。限界まで早まった鼓動が五月蠅い。遠くで聞こえる風鈴の音をかき消してしまうほどに。

どれくらいの時間が経っただろう。紅にとっては長すぎるほどだったが、実際はそれほどでもなかったのかもしれない。

有馬がゆっくりと紅の前に腰を下ろした。

「怖い？」

有馬の声は、己に問いかけているようでもあった。

「僕のために泣いてくれた君が？」

また、少しの沈黙が落ちる。相変わらず、紅の身体はガタガタと震えていた。紅の方が、よほど怖がっているようだ。

有馬の手首を摑む紅の手の上に、そっと有馬の空いた片手が重ねられる。紅は息を飲み、顔を上げた。いつもの優しい面差しが、そこにはあった。

「驚きはしてるし、まだ衝撃から立ち直れないけどね。でも、……怖くはないよ。嫌でもない」

「……本当に……？」

「うん。もし紅くんが僕を食べなきゃならないなら、それでもいいよ。幸い、僕を惜しむような人はいないからね」

有馬が笑う。

心臓が痛い。手の甲の傷が心臓に移ったように、ズキズキと痛む。

「有馬」

呼ぶと同時に、瞳から涙が零れた。

「俺は、有馬を食べない」

ひっくと、子供のようにしゃくり上げてしまう。

「食べたくないから、だから話したんだ。き、嫌われるかもしれないと思ったら、こ、怖くて」

あれほど身の竦む思いをしたのは初めてだ。

「泣き虫だね」

熱い涙を有馬の優しい指先が拭う。

「な、泣き虫じゃない」

「自分で言っていたんだよ。泣き虫だったたって」

「今は違う」

弱いと思われたくなくて湧き上がってくる熱を飲み下そうとするが、なかなかうまくいかない。

痛みで、胸が張り裂けそうだ。

「有馬。このまま人間を食べなければ、俺は人間になれる」

人間に*なれる*。そんなこと、一度だって考えはしなかった。自分たちは捕食する側であり、人間はされる側だった。今、この瞬間までは。

「……人間に……」

紅は息を飲む。ふいに、自分の中に流れる血管という血管が脈打つのを感じた。ドクドクと流れる血は、悠久の時を生きる鬼と短い時間で人生を終える人間とを隔てている。

「人間に、なろうと思うんだ」

隔たりを超える。二十年前、外界に焦がれて屋敷の塀を越えた日のように。あの時は失敗してしまったが、今度は大丈夫だ。紅は一人ではない。

「だから、一緒に逃げてほしい」

有馬が訝しげな顔で首を傾げる。

「逃げる?」

「このままだと、屋敷の鬼たちがやってくる」

不甲斐ない紅を手伝うために。あるいは、裏切りを咎めに。

「鬼は、裏切り者を許さない」

「許さないって、どうなるんだい」

「俺は、無理やり人間を食わされる。それで鬼になった後、」

きっと焼き殺されるだろう。心臓だけが残り、そこから新たな鬼が生まれる。しかし、そこまで有馬に説明する必要はない。

「……鬼として、生きていくことになる……。有馬をうまく逃がすことができたとしても、俺は有馬と一緒にはいられない」

紅は必死に言い募る。

「だから、有馬。一緒に逃げよう」

自分を好きだと言ってくれるのなら、怖がらずについてくれるのなら、それが二人にとって一番いいはずだ。しかし、有馬は頷いてくれなかった。考えるようにして黙り込んでしまう。

「どうして迷うんだよ。嘘なのか？　俺のこと、好きだなんて。

しかし、皆まで言う前に、有馬が首を横に振った。

「そうじゃないよ。そうじゃなくて、僕と逃げれば君は追われる身になるんだろう？」

「でも、逃げなきゃ俺は人間を食わされることになる！　分かってくれよ、俺は、」

紅はごくりと唾を飲み込む。その一言をはっきりと口にするためには、大きな決意と勇気を必要とした。

「俺は、鬼にはなりたくない」

有馬と一緒がいい。

「俺のためを思うなら、俺と一緒に逃げてくれよ。……頼むから」

有馬はまた黙り込む。しかし、今度の沈黙は先ほどより短かった。

「もし、見つかった時」

「見つからないように逃げるんだって」

「分かっているよ。もしもの話だよ。その時は、僕を食べることができるかい」

紅は瞠目する。

「……有馬を」

無理だ。もう無理だから、逃げようと言っているのに、有馬はどうして分かってくれないのだろうか。

「でも、だって食べたら有馬は死んで、俺は鬼になる」

「うん。でもそうしたら、また会えるかもしれない」

「……また？」

「そう。生まれ変わってね」

視界の端に、彼岸花が入った。毒々しいまでに鮮やかな花。物知りな有馬ならば、あの花が死人花と呼ばれていることを知らないはずがない。

「そんなの嫌だ。だって、有馬が生まれ変わるまで俺は独りで待ってなきゃいけないってことになる」

　有馬が眉を寄せて笑う。駄々っ子を諌めるような顔だった。

「もちろん、そうならないように逃げようって君が言ってるのは分かるよ。だからこれは、本当にもしもの話だ」

　もしもなんてあってたまるとかと内心で答えながらも、紅は首肯する。これ以上、聞き分けのない子供のように扱われるのは嫌だった。

「全部、有馬の言う通りにするから、だから一緒に逃げてくれよ」

　早ければ早いほど、足取りを消すことができる。紅たちが逃げたと察した鬼たちがどこまで追いかけてくるかは想像もできない。しかし、彼らにだって生活がある。草の根を掻き分けてどこまでも追ってくるなどということはないだろう。

「分かったよ」

　有馬は今度こそ、迷わずに頷いてくれた。

「碧と紫も、紅くんと同じなのかな」

「似たようなものだ。あの二人は俺の身体の一部から生まれた。俺に仕えるための存在なんだ」

　背を押してくれた小鬼たち。紅と有馬の逃避行に二人を巻き込むことは躊躇われるが、置いていったところで他の鬼たちに良い待遇をされるとは到底考えられない。二人も、紅と離れることは考えていないだろう。

「二人も連れていきたい」

「もちろんだよ。君を攫ったら、きっと一生恨まれてしまうからね。あんなに可愛らしい子たちを悲しませることもしたくない」

　有馬は当然だと言わんばかりに笑う。

「伊豆に、父の所有している別荘がある。一時期、母と一緒に住んでいたんだ。とりあえず四人でそこに行って、当面の身の振り方を考えよう」

「分かった」

「二、三日、時間を貰ってもいいかな?」

「三日じゃ駄目だ、お館さまたちが来る」

「それなら二日。できる準備はしてから出た方がいいからね。僕は、急ぎ父のところに行ってくるよ」

「東京に？」

「さすがに無断で別荘を借りるわけにはいかないからね。分店で多江さんを雇ってもらえるようにお願いしてこないとならないし。ついでに、纏まった金も工面してくるよ」

　有馬はやおら立ち上がり、積み上がった本をバサバサと押しのけ始めた。何冊、何十冊という本の向こうに桐箪笥(だんす)が現れる。どうやらさっそく旅立つ準備に取り掛かるようだ。

「せっかくの東京に、連れていってあげられなくてごめんね」

「そんなの、いい。俺こそ、なにからなにまで任せてごめん」

　逃げようと自分から言い出しておきながら、紅には具体的な展望がなかった。

「二日後、またここに来ればいいか？」

「待ち合わせた方が効率がいいね。駅の出入り口に、乗り合い馬車の停留所があるのは分かるかな？　あの裏手に車夫(しゃふ)たちの休憩所がある。そこで待ち合わせしよう。辻馬車を手配しておくから」

「分かった」

「できるだけ誰にも目撃されない方がいいね。夜、十時はどうかな」

「うん。大丈夫だ」

　紅は、心の底から安堵していた。ここ数日、ずっと胸に掛かっていた靄が晴れている。

「ありがとう」

　聞こえるか聞こえないか分からないほどの小さな声だったが、有馬は振り返って掠めるように口付けをした。

9

　街は闇に沈んでいる。瓦斯灯も消え、辺りを照らすのは半分になった月と夜空一面に散らばる星ばかりだ。

「樹、帰ってこなかったね」

　大きな鞄を抱えるようにして座る碧が、残念そうに呟く。ここに来た時に持ってきた鞄だ。中身も来た時とほとんど同じだった。

　有馬の家から帰ってきた紅の話を聞き、荷造りをしてくれたのは紫だ。紫の周りでウロウロとしていた碧は、役に立たなかったという自覚があったらしい。出発まで荷物の番をすると言って、先ほどからずっと鞄を抱え込んでいる。

「これから逃げるのですから、それでよかったんですよ」

　紫が居間の棚に置かれた時計に目を向ける。九時半を回ったところだった。

「もう行かないとな」

　安堵と落胆の入り混じった複雑な感情を抱きながら、紅は呟く。

　樹は朝から出かけてしまっていた。遅くなるかもしれないとは言っていたが、まさかこんな時間まで帰ってこないとは思わなかった。樹が帰ってきたら、屋敷に戻ってお館さまと話をすると嘘を吐いて逃げ出すつもりだった。無駄な嘘を吐く必要はなくなったのだから都合はいいが、損得勘定だけでは測れない気持ちが胸に蟠（わだかま）っていた。

　準備しておいた手紙を卓袱台の上に置く。出ていく旨と謝罪だけを書いた、簡素な手紙だ。

「行こう」

　碧から荷物を受け取り、立ち上がる。

「逃げた先で、お前たちのこともちゃんと考えるからな」

　紅が人間になっても、小鬼たちは今のままだ。小鬼は不死ではないが、不老ではある。紅が人間になってしまえば、二人はいずれ取り残されることになってしまう。

　紫は首を振って立ち上がった。

「そんな先のことはいいですから、行きましょう」

「行こう！」

　碧が先陣を切って駆け出す。しかし、小さな手が木戸を空けたその先には、

「――あ……っ」

紅は息を飲んだ。突然喉笛に包丁を突き付けられたような気分だった。

「愚かなことだな、紅」

顔を覆い隠す黒い布に、額から生えた赤黒い角。月明かりに照らされて、鬼が――鐵が立っていた。

「……お館、さま……」

自然と奥歯がカタカタと震えた。

鬼が変化（へんげ）もせずに人の世界に踏み込んでいる。異常な光景だった。鐵の後ろには二匹の小鬼が、さらにその後ろには数人の鬼が並んで立っている。

「とんだ間抜けですね、紅」

鐵の左近が唇を歪ませる。

「監視されていたことに気が付かないなんて」

高い声で鐵の右近が笑った。

自分の小鬼たちが紅を嘲笑するのを無視して、鐵が温もりの籠もらない声で漏らす。

「時おり、人間のようなか弱い存在に惑わされてしまう愚か者が現れる。それが双角を目覚めさせたお前であったとはな」

「違います！」

惑わされてなどいない。

「紅さま、お下がりください」

「紅さまをいじめないで！」

小鬼たちが、威嚇する猫のように目をつり上げて紅の前に立つ。しかし、所詮は鬼の付属物でしかない彼らは、鐵に容易に払い除けられてしまう。

「碧、紫！」

荷物を放り出して二人に手を伸ばしたが、両の手は幼い身体に届く前に捩じり上げられてしまった。

「――っ」

鐵の後ろに控えていた鬼たちによって、紅はあっという間に拘束される。抵抗の隙は一切与えられないまま、荒縄で土間の支柱に縛り付けられた。

「紅さま！」と叫ぶ小鬼たちも同じように容赦なく手首を縛りつけられ、薄く小さな口に猿轡（さるぐつわ）まで噛まされた。

「そいつらは俺に従っただけだ！」

「そうだろうとも」

　鐵が当然のように頷く。

「小鬼とは、そのような存在だ。愚かな主人に巻き込まれて、気の毒なことよ」

　ぐっ、と紅は唇を噛む。否定できない。代わりに、地面に転がされた小鬼たちが抗議の呻き声を上げたが、二人を気にする者はいない。鐵の双角がちらりと見て笑っただけだ。

「……さて」

　鐵が横に手を差し出す。鐵の横に従っていた鬼が、真っ白な手の上に黒光りする長いなにかを差し出した。それは、鞘に納められた日本刀だ。

「その身にはまだ鬼の力が残っている。つまり、多少無茶をしたところでお前は死なぬ。いや。死ねぬ、と言った方がよいか」

　静かな声で言ったかと思うと、鐵は鞘から刃を抜いて一切迷いのない動きで紅の腹に突き刺した。

「――あ、あああっ!!」

　腹が、燃えるように熱い。床に転がっていた小鬼たちは喉が裂けそうなほどの叫びを上げた。猿轡のせいで言葉にならない声は痛々しく周囲に響く。小鬼たちのそばに立っていた鬼が、「黙れ」と小さな身体を押さえつける。

「好きにさせておけ」

　鐵が紅を見つめたまま命じた。

「どうせ、外には聞こえぬのだ」

　結界を張ってあるのだろう。たとえばこの場所で永遠に拷問が行われたとしても、人々が気が付くことはない。何百年と屋敷が人間の目から隠れてきたように。

「小鬼たちと、どこに行くつもりだったのだ」

　鐵が尋ねる。紅は唇を噛み締めたまま答えない。あまりにも強く噛み締めたせいで、口腔内に鉄臭い味が広がった。

「有馬 朔と、どこで会う約束をしている？　あの男はここ数日、家に帰っていない。どこかで落ち合う約束をしているのだろう？」

　今度も紅は答えない。殺されても、答える気はなかった。

「なるほど」と鐵が呟く。同時に、腹に刺さってい
た刃がぐるりと捩じ込まれた。

「あぁぁあああっ!!」

痛みに頭の中が破裂する。ぼたぼたと足元に血が
滴り落ちた。紅の絶叫が嗄れても、鐵は腹を抉る手
を緩めずに、後ろの鬼たちに命じた。

「猿轡を取れ」

小鬼たちの唇を白くしていた猿轡が外される。

「やめてよぉ!」

碧が泣き叫ぶ。紫は言葉を発することができない
ほどにしゃくり上げていた。

「お前たちでも構わん」

鐵が震える小鬼たちを睥睨する。

「有馬 朔はどこにいる」

「言うな……っ!」

紅は身体に残る気力を振り絞って叫ぶ。途端、さ
らに腹を抉られる。

「あぁぁあ……ッ!」

「紅さまぁ!」

絶叫したのが碧だったのか紫だったのか、紅には
分からなかった。

「言わなければ紅はもっと酷い目にあうことになろ
う。……誰か、火を持ってこい」

火。それは鬼の命を消す、たった一つのものだ。

碧が大きく首を左右に振った。

「やめてよ! 言う! 言うから!!」

「……っ、駄目だ、碧……!」

「有馬 朔はどこだ」

「言うな!!」

鐵の言葉を打ち消すようにして叫ぶが、小鬼たち
の目からはもう戦意が消えていた。

「……駅、です。車夫たちの、休憩、所……」

可哀想なほどにガタガタと歯を鳴らせて答えたの
は、紫だった。絶望に眩暈を覚える紅を、鐵が振り
返る。

「有馬 朔は私たちで始末する。お前はここで待っ
ているがよい」

ずず、と紅の腹に埋まっていた刃が引き抜かれる。

血肉と内臓が混じったようなものが床に飛び散った。深すぎる傷は即座に修復の気配を見せはしない。血が足りず、身体に力が入らない。それでも紅は両脚に力を入れて怒鳴る。

「やめろ……！　有馬に手を出すな!!」

鐵は答えず、扉に向かって歩いていく。他の鬼も鐵に続いた。小鬼たちが「ごめんなさい、ごめんなさい」と繰り返しているが、そちらに意識を向けられる余裕はない。

「有馬に近づくなって言うならもう金輪際近づかない！　関わらないようにするから!!」

鬼の中の一人が、「もう遅いんだよ」と吐き捨てた。やめてくれと、紅は絶叫し続ける。

「お館さま」

鐵の右近が、主人を呼び止めた。右近の言わんとすることを察した顔で、左近が鐵に耳打ちをする。

「ああ、……そうか。……そうだな」

鐵は呟いて踵を返したかと思うと、床に転がって泣いている小鬼たちの脇に立ち、どす、どす、と二度続けて身体に刀を突き刺した。

「碧！　紫！」

紅さま、と小さな唇が動いた。大きな目から、光が消えていく。

「碧!!　紫っ!!」

紅の叫びも空しく、次の瞬間、二人の身体はさらさらと砂のように崩れて、消えた。

粉々になった二本の乳角が床に散らばっている。主を失った碧色の着物と紫色の着物が、折り重なるようにして落ちていた。

「これは、人間なんぞに惑わされた罰だ」

鐵の声には、一切の感情が備っていない。

「その身体と魂に刻み込め。裏切りなど、馬鹿な行為だと。……行くぞ、右近、左近」

鐵の言葉に、二対の高い声が答える。

「畏まりました」

「参りましょう」

今度こそ、鐵は外へと出ていく。現れた時と同じように、鐵の小鬼たちと他の鬼たちが続いた。扉は開け放たれたままだ。紅一人を残して、鐵たちは闇夜に消えていく。

　紅は床に散らばる乳角の欠片から目が離せなかった。

「……碧、……紫」

　優しい子たちだった。祭壇に並ぶ二人を見た時の驚きと感動は、深く胸に刻まれている。この先ずっと一緒にいられるのだと思っていたのに。

　鐵の言っていた通りだ。愚かな主人に巻き込まれて、可哀想に。

　全部、自分が悪いのだ。

　恋に落ちた。有馬を大事だと思ってしまった。人間になりたいと願ってしまった。鬼として生を受けた紅の身から生まれ落ちた小鬼たちは、そんな愚かな紅を最期まで慕ってくれた。

　紅の身を盾に脅されて、どれほど怖かっただろう。

「……怒鳴って、ごめんな」

　謝罪を聞き届けてくれる二人はいない。もしこの場に二人がいても、きっと謝罪合戦になってしまっただろうが。

　唇が歪む。悲しみに浸っている場合ではない。

　行かなければ。彼らが有馬になにをするか、分かったものではない。どうせ自分は殺されるのだ。この身を抛(なげう)ってでも、有馬だけは助けなければならない。

　荒縄から抜け出そうと、身体を捩る。深く抉られた傷口に縄が食い込んだ。

「——ぐ、あっ」

　しかし、どれほど痛みに耐えても縄が緩む気配はない。再生しかけていた皮膚がすり切れる。ぽたぽたと再び血が滴る。力の抜けそうな足を精一杯踏ん張り、もがく。この際、身体が真っ二つに千切れてしまっても構わなかった。

「紅！」

　開け放たれた扉から、誰かが駆け込んでくる。顔を上げた紅は瞠目した。

「…樹…」

　樹は汗だらけだった。肩で息をしている。所々着物が汚れていて、洞窟かどこかから逃げ出してきたかのように見える。

「クソッ、遅かったか」

腹から血を流している紅と床の上で砕けた乳角を見て、樹は頭を掻き毟る。

「……すまん……。できれば、こうなる前になんとかしてやりたかったが、足止め食らっちまった」

そう言いながら、樹は紅を縛り付ける荒縄を解く。あれほど苦労した拘束は、あっさりと消えた。

「どこに行くんだ！」

駆け出そうとした紅の肩を、樹が強い力で摑んだ。

「有馬のところに決まってる！」

紅は樹の手を振り払って怒鳴りつける。

「行っても、無駄だ」

「無駄じゃない！」

自分の命を懸けてでも、有馬だけは助けてみせる。今や、紅がこうして息をしている意味はそれだけだった。

「絶対に、無駄じゃない！」


まだなにか言い募ろうとする樹を突き放し、紅は闇夜に飛び出した。

暗闇の中、待ち合わせ場所へと急ぐ。腹の傷はまだ癒えきっておらず足を踏み出すたびに鋭い痛みが全身を駆け巡ったが、全力で走った。

早く、もっと早く、と自分を叱咤する。

駅の前を通り過ぎて車夫たちの休憩所へと回り込む。木造りの簡素な小屋の裏手に、有馬の姿はあった。有馬だけではない。鐵たちの姿もある。有馬は、両側から鬼に押さえ込まれるようにして捕まっていた。

「有馬ぁ！」

叫びながら駆け寄り手を伸ばすが、その手が届く前に鬼たちに捕らえられてしまう。

「放せ！」

拳を振り上げ足を蹴り上げたが、鬼たちは大して動揺しなかった。

紅と有馬を隔てるようにして、間に鐵が立つ。その手には、先ほど紅を串刺しにした長い日本刀が握られている。

「愚かなことだ」

鐵は呟くようにして言う。

「お前が来たところで、なにができるでもない」

「有馬はなにも悪くない！」

紅は鐵の言葉を遮るようにして叫んだ。

「有馬は関係ないんだ！　だから放してくれよ‼

人間を食えと言うなら食うから‼」

その後、紅を裏切り者として断罪すればいい。焼き殺して別の鬼を手に入れればいい。なにも問題ないはずだ。

しかし、鐵は紅の懇願になんの反応も示さずに静かな動作で鞘から真剣を抜く。紅の血は、すっかり拭い取られていた。ギラギラと鈍く光る刃が紅の焦りを煽る。

「お館さま‼」

全力でもがく。しかし鬼たちの手は、僅かも緩むことがない。

「紅くん」

場に不似合いな、落ち着いた声が紅を呼ぶ。鐵が振り返り、静かな動作で有馬の脇に立った。しかし有馬は、真っ直ぐに紅を見ている。

「ツルゲーネフの『片恋』にね、自分はあなたのものだと愛の告白をするシーンがある」

「なに言ってるんだ、有馬！」

有馬は、場の緊張感を全く理解していないようだった。

「二葉亭四迷はそれを「死んでも可いわ」と訳したんだよ。意訳がすぎると思っていたけれど、そんなことなかったみたいだ」

「は？」

にこりと有馬が笑った。いつもの笑みだ。

「だからね、死んでもいいんだ」

「紅くん。彼岸花だよ」

「……彼岸花……？」

輪廻転生の花。

「言ったね。僕は、見つけるのが得意なんだ。必ず見つけてみせるよ」

緊張感を理解していないのではない。有馬はもう、覚悟を決めてしまったのだ。

　紅は改めて鐵を仰ぎ見た。

「殺さないでください！　なんでもする、なんでもする、なんでもするから!!」

　自分でもなにを言っているのか分からないほど、必死に懇願する。この場を覆せるのは、鐵だけだ。

　鐵は「紅よ」と静かに応えた。

「お前は、この男を食らう運命なのだ」

「うん、めい……？」

「人間と鬼が共に生きることなどできぬ。絶対にな」

　残酷な声が続ける。

「お前も結局、この道を選ぶ他ない」

　ふわりと風が吹いて、鐵の被る布を揺らした。一瞬、金色の瞳が見える。

「それならば」

　ゆっくりと声を発する赤い唇は、

「食うがよい」

　弧を描いていた。


　どす、と鈍い音がした。有馬の身体が揺れる。紅は己の目が信じられなかった。信じたくなかった。

「有馬ァ……ッ!!」

「ぐ、――ア……ッ」

　有馬の薄い唇から鮮血が零れる。腹から鈍く光る刀の切っ先が飛び出ていた。藍色の着物の色が次第に濃くなっていき、有馬の足元もボタボタと赤色に染まっていく。

　紅は必死にもがく。しかし、どれほど力を込めても、紅の身体を押さえている鬼を突き飛ばすことができない。

　有馬の腹からすっと切っ先が抜ける。有馬を両脇から支えていた鬼たちが手を離し、有馬はそのまま膝から崩れ落ちた。

「有馬、有馬！　有馬ぁあぁ!!」

「殺してはおらん。人間はひどくか弱い生き物ゆえに、死に至るかもしれんがな」

　鐵の凪いだ海のような声音は、紅には届かない。紅は狂ったように有馬を呼び続ける。紅の必死の叫

びに答えるように、有馬の指先が動いていた。

鐵はどうでもよさそうに、「放してやれ」と紅を押さえている鬼に命じた。すっと、身体に掛かる重圧が消え、紅は力を込めたままの勢いで倒れ込むようにして有馬の傍に駆け寄った。有馬の身体を抱き起こして、顔や身体についた砂利を必死に払う。しかし、血と交じった砂利はなかなか綺麗に落ちてはくれない。有馬の身体から止めどなく流れ続ける血が紅の腕や着物を濡らした。

「有馬、有馬？」

「この、……身は、」

ヒューヒューと小さな穴から風が漏れるような呼吸のせいで、声がうまく聞こえない。

「君の、も、の、……だ……よ、……」

有馬の胸からは真っ赤な血が溢れ続けている。紅は両手で必死に堰き止めた。

「嫌だ！　有馬ぁ……!!」

指の間を這うようにして、どんどんと零れていく。命が零れていく。有馬は真っ直ぐ紅を見つめ続けていたが、もうなにも言わなかった。少しずつ、目から光が失われていく。

「待って、行かないでくれよ！　俺を置いていかないで……！　東京に、連れてってくれるって言ったじゃないか！　案内してくれるって!!」

有馬と行きたい場所が山ほどある。見たいものも、したいことも、食べたいものも。紅が驚き喜ぶたびに、有馬も嬉しそうに微笑んでくれる。そんな未来があったはずなのに。

薄い唇から漏れる呼吸音は次第に小さくなっていき、やがて聞こえなくなった。

「有馬？」

紅は有馬の身体を優しく揺らす。

「ねぇ、ありま？」

そっと頬に触れる。真っ白な頬に、真っ赤な跡がついた。紅を優しく見つめてくれた瞳はもう、ただの硝子玉のようだった。

ここにもう、有馬はいない。

そう感じた途端、全身が燃えるように熱くなった。

目の奥も喉も腹も、指も腕も胸も足も、全身が燃えるように熱い。しかし、一番熱いのは頭だ。熱すぎて、思考が回らない。

気道が閉まるような感覚に、紅は喘いだ。苦しい。うまく息ができない。肩が上下して身体が揺れる。眩暈がした。視界がぼやけて、有馬の姿も霞む。

ぐらりと倒れかかった紅の身体を後ろから支える手があった。

「紅」

冷たい声が頭上から落ちてくる。しかし、紅は声には反応せず、身体に充満する熱と渦巻く苦しさに身を震わせ続ける。

「食え。その人間はもう、ただの肉の塊だ。お前が食べなければ、腐って無駄になるだけのこと」

紅は答えない。

「食え」

何度か、同じ言葉を繰り返される。そうしている間に、少しずつ身体の震えが治まってきた。

「紅！　いい加減返事をしなさい！」

「お館さまを無視するとは何事か‼」

叱責の言葉が飛んできてやっと、紅はのろのろと振り返った。鬼たちは、一斉に息を飲む。鐵も例外ではなかった。

そこに、彼らの知る紅はもういなかった。生意気で意地っ張りで、けれど誰より素直だった鬼の子は、一切の喜怒哀楽を宿さない虚ろな目で鬼たちを見上げている。

鬼たちの中で真っ先に我に返ったのは、鐵だった。

「紅。食えぬか」

紅はやはり表情を変えない。

「いえ」

答えたのは、静かな声だった。鐵よりも、ずっと冷たい声。

「食べます。だから、一人にしてください」

鐵は僅かに黙り込み、しかし「よいだろう」と頷いた。

「元々、人食いは一人で行わねばならぬ儀式だ」

そう言って、鐵は身を翻す。空気を割るように振られた日本刀の先から血が飛んで、地面に散った。

「朝までに帰ってこい」

「逃げるなよ」と、他の鬼が言った。

「逃げません」

逃げる意味など、もうなくなってしまった。

「紅」

鐵の声が、冷たく響く。

「誰しも、運命からは逃れられぬ」

運命。なんて、残酷な響きだろうか。その一言で、全てに決着がついてしまう。

鐵はそれ以上はなにも言わず、闇に紛れる。他の鬼たちも次々と夜の中へと消えた。残されたのは紅と、そしてつい先ほどまで有馬の魂を宿していたはずの身体。

「…………俺のせいだな」

紅の小さな声を聞き届ける者は、誰もいない。

「俺のせいで、みんないなくなった」

碧も紫も、そして有馬も。

「有馬。……有馬、ごめん……」

自分などと出会ったばかりに、親切にしたばかりに、恋されてしまったばかりに。

「痛かったよな」

まだ温かい血を流し続ける腹をそっと撫でる。

「会えてよかったなんて、言わなければよかった」

あの一言が、誰にも必要とされてこなかった有馬の心を縫い留めてしまった。あんなことさえ言わなければ有馬は紅に住所など教えなかっただろう。紅も、別の標的を探したかもしれない。それとも、有馬を追いかけただろうか。

それならば、出会わなければよかったのだ。あの日、小鬼たちを捜して無駄にさまよい歩いたりせずに、真っ直ぐ樹の店に向かえばよかった。そうすれば、きっと今頃自分は適当な人間を食って立派な鬼になり、両脇では碧と紫が笑っていた。有馬は、あの本だらけの部屋で風鈴の音を楽しみながら、静かに読書をしていただろう。

「有馬」

薄い唇に触れる。

――だからね、死んでもいいんだ。

この唇がそう言ってから、まだ僅かな時間しか経っていないというのに。

「俺もね、死んでもよかったんだ。有馬のためなら、死んでもよかった」

冷たい唇に、口付ける。血の味がした。

「約束、したよな」

そっと唇を放して、囁く。

「だから俺、待ってるよ」

有馬は、見つけてくれると言った。だとしたら、いつまでだって待っている。どんなに悲しくても苦しくても、耐えてみせる。どんなことをしても、生き続けてみせる。

次第に体温を失っていく有馬の首筋に、紅は抱きつくようにして顔を埋めた。

生き続ける。有馬が再び紅の前に現れるまで。

肌に纏わりつくような血を啜る。次いで、優しく喉笛に歯を立てた。ぶつり、と歯が肉を食い破る。甘い。そして、苦い。

ぼろぼろと涙が頬を伝い落ち、有馬の血と混ざっていく。

――泣き虫だね。

優しい声が響いて、消えた。

＊＊＊

派出所は朝から夜までひたすらに忙しい。人の多い街であればあるほど、引っ切り無しに誰かが押し掛けてくる。落とし物、迷子、盗難、火事や喧嘩と毎日のように事件は起こるのだ。

二等巡査になったばかりの佐野(さの)は、溜まった書類の処理に追われて、その日は派出所の硬い椅子で眠っていた。ドンドン、と扉を叩く音で目を覚ます。時計を確認するが、まだ五時を回ったところだ。定時までに本部に顔を出さなければならないが、充分に二度寝できる時間だった。薄い毛布を身体に掛け直すが、扉を叩く音は止まらない。佐野は仕方なく立ち上がる。

机の上に放り出されたままになっていた書類の一枚が床に落ちた。以前に受け持った、迷子に関する書類だった。双子の迷子を捜しているのだと悲壮な顔で呟いていた少年と、励ますように肩を叩いてやっていた青年。長い髪に着流しという締まりのない姿ではあったが、身なりに反して上品な雰囲気を纏った青年だった。特別よく印象に残っているのは、後日、青年が菓子折りを持って挨拶に来たからだ。

大抵の人間は事件が起これば駆け込んでくるが、収束したことを報告には来ない。こちらも流れ作業で放置している案件が山ほどあるため、お互いさまではあるのだが。

「お巡りさぁん！」

扉を叩く音に、今度は声が加わる。

「……ったく」

仕方なく、佐野は「待っていろ！」と声を上げた。書類を机に戻し、代わりに避けてあったサーベルを手にする。扉を開けると、駅員姿の男が立っていた。顔は真っ青だ。

「どうしたんだ、こんな早くに」

「血がねぇ、あったもんですから。ちょっと怖くてね、調べてほしいんですよ」

「血ぃ？」

がりがりと頭を掻き、帽子を被りながら駅員の後についていく。

「なんだか不吉でしてね。もしかしたら動物でも死んだのかもしれないんだけど」

「はぁ？　もしかしたら？」

「だって、よく分からないんですよ。とにかく見てください。あ、こっちですよ」

駅員が手招きしたのは、乗り合い馬車の車夫たちのための休憩所だった。裏手に回り込んだ瞬間、むわ、と鉄の臭いが鼻につく。

駅員が指さした先を見て、佐野は息を飲んだ。先ほどまで頭を占領していた眠気は、一瞬にして消えてしまった。

「なんだ、こりゃ」

そこには、なにもなかった。大量の血を吸ってどす黒く染まった土以外は、なにもなかった。

二章

運命という言葉が嫌いだ。

万物の行く末が予め定められているなんて、自分と彼の結末があれ以外になかったなんて、到底受け入れられない。行動次第で、想い次第で、あるいは環境次第で、どんなことも変えていけるのだと信じることができなければ、きっとどこかで挫けてしまっただろう。

十年、二十年、五十年、八十年、百二十年――

とうに涙は涸れ果てた。今はただ、待っている。ひたすらに待っている。

1

公共図書館には様々な人が集まってくる。大抵、朝一番にやってくるのは新聞目的の老人だ。ほんの十年二十年前までは家を失った浮浪者が屋根のある場所を求めてやってくることも多かったが、国や市職員の努力の賜物か、最近はさっぱり見なくなった。昼過ぎまでは中高年が閲覧席の大半を占め、午後に入ると親子連れや学校帰りの子供たちがやってくる。幼児用のスペースで読み聞かせが始まるのもこの時間だ。

図書館のスタッフが絵本を掲げて、「読みますよ～」と、子供たちを集めている。脇の机で表紙に『浮雲』と記された文庫を読んでいた紅は、ちらりとそちらを確認してからそっと立ち上がった。

空いている席は他にない。今日はもう、帰った方がよさそうだ。

「あ、待って！　ぼくも聞くっ」

「ぼくも、ぼくも！」

入り口から兄弟と思しき男児が二人、駆けてくる。そのうちの一人が勢い余って紅の足にぶつかり、こて、と尻もちをついてしまった。

「だ、大丈夫？」

後から追いかけてきた男児が尋ねる。転んでしまった男児は驚いた顔のまま、紅を見上げていた。きょとんとした大きな瞳に、紅はすっと目を眇める。男児はぴくりと慄き、次の瞬間には飴玉のような瞳にぶわりと涙が溜まった。

「う、うえっ」

しゃくり上げ始めた男児の横を、紅は無言で通り過ぎる。わっ、と大きな泣き声が辺りに響いたが、気にすることなく手にしていた文庫をカウンターに差し出した。

「貸し出し、お願いします」

カウンターに座っていたスタッフが、不快げに眉根を寄せた。後ろでは、「大丈夫？ おいで」と大人が泣く子に話し掛けている。先ほど読み聞かせを始めようとしていたスタッフの声だ。

「期限は、二週間です」

事務的に差し戻された文庫を黙って受け取り、紅は図書館の出口へと向かった。

後ろから、ヒソヒソと囁く声が追いかけてくる。

「なに、あの子」

「いつもいるわよ。くらーい顔して、明治時代の文学だの資料だのばっかり読んで」

「さっきの態度、酷すぎない？」

「前も同じようなこと、あったのよ。その時は母親が一緒で文句を言ってたけど、知らぬ存ぜぬで感じ悪いったら」

非難の声はいつものことで、少しも気になりはしない。もうとっくに、慣れたものだった。

図書館を出ると、容赦のない陽差しが目に飛び込んできた。蟬の声が五月蠅い。読み聞かせなど始まらなければ、日暮れまで涼んでいられたはずだ。思わず、溜息が漏れる。

子供は苦手だ。どうしても重ねてしまうのだ。かつて、自分のために犠牲となった幼い姿を。楽しそうな声は束の間の平和を、泣き叫ぶ姿は無残な最期を思い出してしまう。

再び溜息が零れた。

「また随分と憂鬱そうだな」

ふいに射した影に、紅はゆっくりと顔を上げる。

そこには、長髪で褐色肌の男が立っていた。百年以上前から変わらない、昔馴染みの男だ。

「……樹……」

樹がぽん、と紅の肩を叩く。

「相変わらず、辛気臭ぇ顔をしてるな。こんなにいい天気なんだから、もっと楽しそうにしろよ」

紅は肩に置かれた手を払った。

「暑いだけだ。別に楽しくもなんともない」

取り付く島のない紅に、樹は慣れた様子で苦笑する。

「久しぶりだってのに、ひでぇ態度だな」

樹はこの数十年の間は海外に渡ってばかりで、ほとんど日本にいない。今回も、最後に会ったのは半年前だった。

「どこに行ってたんだ」

「そんな風に、どこでもいいって顔して聞くんじゃねぇよ。中国だ」

「またか」

同じ問いに、同じ答え。このやり取りをした回数を数えるのに、両手両足の指だけでは足りない。

「そりゃあ、どうしたって多くなるだろうが。なにせ本場だ」

百二十年前から今も変わらず、樹は「薬舗 斎堂」を営んでいる。評判が上々なのは、店主が頻繁に海外に赴いては、変わった薬を手に入れてくるからだろう。

紅は樹の横をすり抜けて歩き始める。冷めた態度を気にする様子もなく、樹は隣に並んだ。

「今回は、なかなかでかい収穫があったんだ」

大通りを抜けて、駅や商店街などが連なる栄えた場所とは逆へ逆へと進んでいく。

「グウェイに会った」

「グウェイ?」

「あっちの鬼だ。すげぇ警戒心でな。何十年も探して、やっと会えた」

樹は本願叶ったとでも言いたげだ。

へぇ、と打った相槌(あいづち)は、ほとんど付き合いのためだった。他国の同種にあったところで、それがなんだというのか。

民家の間の細い路地を抜けると、巨大な緑地が見えてきた。入り口には、数十年前に車止めとして設置されたポールが並んでいる。そのポールに寄り掛かって、樹はポロシャツから煙草を取り出した。

「面白かったぞ、あっちは本家本元だからな」

どうしても話したいようだ。紅は仕方がなく付き合うことにする。

「本家本元って」

樹が煙草を咥えて火を点ける。鬼の身でありながらライターを持ち歩くなど、きっと樹くらいなものだろう。昔から市井で生きているせいか、樹は炎に対する恐怖心が希薄だ。

「俺たちの祖先、……まぁ、鬼に祖先なんて言い方が当てはまるか分からんが、そいつらだって元々は大陸から移り住んできたんだからな。覇権争いで負けた勢力がこっちに来たらしい。お館さまはその頃のメンバーだったみたいだな」

覇権争いだの渡来だの何百年も前の話には、なんの興味も引かれない。しかし、饒舌な様子を見るに、樹にとっては面白い話だったのだろう。

「向こうは小鬼を二匹従えている鬼なんて、珍しくないそうだ」

再び小鬼たちが脳裏に蘇る。紅は思わず眉を顰めた。やっと頭から消し去ったばかりだったというのに。

天真爛漫な碧と、しっかり者の紫。可愛い二人だった。可哀想なことをしてしまったと、今でも口惜しくなる。あの時の自分に知恵なり力なりがあれば、二人はあんなことにならなかっただろう。

「小鬼を失った鬼と主人を失った小鬼で組むなんてこともあるらしい。べらべらとよく話をしてくれた小鬼がいたんだけどな、そいつが自分を連れて帰れって、まぁ、うるせぇ」

「……気に入られたなら、よかったじゃないか」

「さすがに、縁もゆかりもないような小鬼を引き取ろうとは思わねえよ」

小鬼にとって主は唯一無二だが、鬼にとっても小鬼は特別な存在だ。そう簡単に新たな関係を築くことができるはずがない。樹も同じように感じたのだろう。でなければ、きっとその小鬼を連れて帰ってきたに違いなかった。

「他にも色々と、興味深い話を聞いた。珍しい薬も譲ってもらえたしな」

樹はふうっと息を吐き出す。紫煙がゆらゆらと空へと揺蕩っていく。

「まぁ、しばらくはゆっくりするつもりだ」

「そうか」

「偶には、遊びに来いよ」

「……そのうちな」

樹は百二十年の間に何度か転居を繰り返している。百二十年前に紅が間借りさせてもらった家は、都市開発によって商業施設に姿を変えていた。今、樹が根城にしているのは、図書館から数分歩いた場所にある商店街の、さらに裏路地に入った雑居ビルの三階だ。

つまり、樹は自分の住処(すみか)とは真逆の方向にも関わらず、ここまで紅についてきたのだ。よほど、中国で得た情報を話したかったのだろう。

「なぁ、紅」

樹がぽつりと言った。

「ウチに来い」

「だから、そのうちって言ってるだろ」

「そうじゃない。分かってるだろ？　一緒に住めって言ってるんだ」

紅は失笑した。

「またその話か？」

今まで何度、同じ誘いを受けたか、もう忘れてしまった。

樹は店の上の階を居住区として借り切っている。部屋の数に余裕があるのだろう。何度も何度も空き部屋に住めと誘われては、誘われた回数と同じだけ断っていた。

樹が緑地の奥へと視線を移す。

「屋敷に住み続けるのは、お前にとってよくない」

自分を心配している。それは分かっているが、過保護に感じずにはいられない。

もう、とっくに子供ではないのだ。樹が頻繁に気にかけてくれたなにもできない紅は、百二十年前に消えてしまった。

「俺は自分で望んであそこにいるんだ」

「最初は、有馬の家に住んでただろうが」

紅は図書館で借りてきた文庫を握る手に、ぎゅっと力を込めた。

大小様々な本があちらこちらに積み重なる日本家屋。有馬がいなくなった後、紅は鬼の力を使って人々を騙し、あの家を手に入れた。あの家で、有馬を待っているつもりだったのだ。しかし、――

紅は溜息を吐く。

「しょうがないだろ。燃えたんだから」

真っ青な空には、飛行機雲が走っている。

飛行機雲が平和の象徴のようになったのは、最近のことだ。ほんの七十年前、人々は空を走る轟音に恐怖し、逃げまどっていた。大地も人々も焼けた。

有馬の家も、例外ではなかった。周囲は戦火に飲まれて、有馬家のみならず一帯の住宅街がほぼ焼け野原になった。紅は、自分が生き延びるだけで精いっぱいだった。

その後、かつて住宅街だった焼け野原には図書館が建てられた。書籍が山のように詰め込まれた施設が、有馬の住んでいたあの場所に建った偶然に、紅は今でも感謝している。

図書館が開館した日からこちら、紅はずっと通い詰めている。子供の声に胸が痛もうと、スタッフに気味悪がられようと関係なく、毎日だ。

「俺のところに来ればよかっただろ。なんで、よりによって屋敷なんかに戻る必要がある」

「それがいいと思ったからだ」

樹が眉を顰める。

「どうしてそう、自分を追い詰める選択ばっかりするんだ。つらい目にあうことが贖罪になるなんて考えてるなら、大馬鹿だ」

「追い詰められてなんかないし、つらいことなんてなにもない」

強がりではない。本当のことだ。あの夜――、そう、ちょうど今日のように太陽が燦々(さんさん)と輝き晴れ渡った日の夜だった。昼間の熱を残す生温い風が吹いていた、あの最悪な夜に比べれば、つらいことなどなにもない。

「じゃあ、帰るから」

「おい」と引き留める声は聞かなかったことにした。樹もそれ以上は追いかけてこなかった。無駄だと知っているからだ。

視線を背中に感じながら、紅は緑地の奥へと続く緩やかな坂を上っていく。数メートル歩いてから振り返ってみると、樹はまだその場で煙草をふかしていた。

過保護、おせっかい、有り難迷惑。そう感じながらも邪険にしきれないのは、昔からの情のせいだ。樹が紅を気に掛け続ける理由も同じだろう。

大丈夫だと言外に込めて、軽く手を上げる。樹は一呼吸置いて、やっとポールから腰を浮かせた。紅も、歩きなれた坂を再び上り始める。

やがて、水の音が聞こえてきた。

此方と彼方を分断するように流れる水。

ここが境界だ。人の世界と鬼の世界の境目。

さらに上流に向かうと、緩やかな弧を描く石橋が現れる。見た目はまるで京都(きょうと)の一条戻橋(いちじょうもどりばし)だ。戻橋の由来は死者の蘇りにあるが、もちろんこの橋にそんな力はない。もしあったなら、形振り構わずに縋っただろう。百二十年前に――。

橋を渡ると、途端に周囲が暗くなった。まだ昼間だというのに、うっすらと辺りを窺える程度の明るさしかない。漂う空気は薄ら冷たく、とても夏の気温ではない。

これが、鬼の暮らす世界だ。

境界を行き来することをひどく特別に感じていた昔が懐かしい。今はもうなんでもない日常の一部だ。かつての自分が知ったら羨むだろうか。それとも、嘆くだろうか。もう、分からない。

しばらくすると、紅の帰るべき場所が見えてきた。塀に囲まれた、広大な屋敷。日進月歩で変貌していく外の世界とは対照的に、ここはなにも変わらない。重苦しい空気の中で、けれど紅は微かな安堵も覚える。

　昔は、外にばかり目を向けていた。新しい文化に心を躍らせ、なにからなにまで新鮮だった。それも遠い過去だ。目まぐるしいほどの変わり様に、最近はもう麻痺（まひ）している。それくらいでちょうどいい。いちいち驚いたり懐かしんだりしていては、疲れてしまう。それに、変わらないものの方がずっと貴重であることを、今の紅は知っていた。

　ずくり、と額が疼く。いつの間にか、そこには二本の赤黒い角が生えている。長さは十センチほど。先端は尖っている。額との結合部分は根が張ったように血管が浮き出ており、見ようによってはグロテスクだ。先ほどまで黒々としていた目は、暗がりで金色に輝く。耳は尖り、口からは犬歯（けんし）が覗いていた。

　もしこの姿で街に出たら、いったいどんなことになるのだろうか。案外、特殊メイクとして見過ごされるのかもしれない。今は、そういう時代だ。

　知らず知らずのうちに紅は失笑する。

　——俺は、鬼にはなりたくない。

　そう願った日を、昨日のことのように覚えている。

　紅は鬼になった。誰よりも鬼らしい鬼に。

2

　相変わらず茹だるような暑さが続いている。紅は読み終わったばかりの『雪中梅』を閉じて、ふっと息を吐いた。すでに何度も読んだ小説だ。

　物語の舞台は、明治百七十三年。荒唐無稽（こうとうむけい）な年代は、作品が政治小説に類するものだからだ。言論弾圧の激しい当時、こうしてあり得ない舞台を設置することによって政治的な主張をカモフラージュしたのだ。主人公の青年が国政のために奔走するという内容は、紅にとってそれほど面白いものではない。それでも何度も読みたくなってしまうのは、有馬の部屋にあった小説だからだ。加えて、作中のヒロインは「富豪の子」であり、「読書家」であり、そして行方不明になってしまった「将来を約束した相手を捜している」。他に類似点はない。性格は似ても似つかないし、最終的には主人公と結ばれてしまう。それでも、微かな有馬の気配を求めて、何度も手に取ってしまうのだ。

　有馬の趣味が読書で、本当によかった。単行本が文庫になり、紙がデータになっても、物語は変わらずに存在する。有馬が触れたものに紅も触れ続けることができる。

　閲覧席を後にして、文庫を返却専用の棚へと戻す。

　さて、次はなにを読もうか。『雪中梅』の続編である『花間鶯』も有馬の部屋にはあったはずだが、こちらはマイナーすぎて文庫化されていない。『二人比丘尼色懺悔』、あるいは作者繫がりで『金色夜叉』。それとも海外文学にするべきか。シェイクスピアを上梓された順に読んでいけば、相当な暇潰しになる。

　そう、紅にとって、毎日はただの暇潰しだった。

今日、この時まで――

　書棚を眺めながらウロウロと歩いているうちに、靴先が硬いなにかに思いきりぶつかった。

「……っ」

　爪先に鋭い痛みが走り、咄嗟に屈み込む。眼前に厚い本がゴトリと落ちてきた。その脇には鉄の脚。脚立を蹴ってしまったようだった。脚立から落ちてきた本を拾おうと、靴先を押さえていた手を伸ばす。

「申し訳ない」

　頭上から落ちてきた声を聞いた瞬間、紅の身体は雷に打たれたように固まった。

「怪我をさせてしまったかな」

　どこか甘みがあり、上品な響きを持つ声音。

　紅の前に、男性ものの靴が立つ。一目で上等と分かる形のよい靴だ。

　骨ばった手の長い指が、紅が手を伸ばしかけていた本を拾った。

「大丈夫かい？」

　紅は、恐る恐る顔を上げる。

「――、あり、」

そこには、有馬がいた。

グレーのウエストコートに揃いのスラックス。糊の効いたシャツの胸元を緩め袖も捲っているというのに、粗暴にもだらしなくも見えない。生粋の品の良さを感じる佇まいだった。横浜駅で待ち合わせた日の彼、そのままだ。

「いつか、いつか」と思って生きてきた。百二十年、千四百四十カ月、四万三千八百余日。ずっと期待していた。けれど「今日かもしれない」とは考えていなかった。いや、いつの間にか考えなくなっていた。有馬の家に住んでいた頃は、家の前に人の気配を感じるたびに落ち着かなくなったものだが、時代が変わり、家を失い、そうしてまた時代が変わった頃にはもう、「いつか」と未来に期待するだけになっていたのだ。

うっすらと唇を開けたまま動けないでいる紅を前に、有馬も瞠目している。瞳には、明らかな動揺があった。

時間が止まってしまったようだ。

開ききった瞳孔でお互いの顔をじっと見つめ、眉の一つさえ動かすことができない。動かない身体に反して、心臓だけは破裂しそうなほどに激しく鼓動している。

すっと、有馬の目から一粒の透明な雫が落ちる。

「見つけた」

紅くん、と続けて呼ばれた気がした。

――必ず見つけてみせるよ。

胸が苦しい。身体が熱くて、喉の奥が痛む。

大声を上げて、子供のように泣いてしまいたい。そう感じるのに、瞳は驚くほどに乾いていた。喜びと悲しみと切なさが一緒くたになったような感情が迫り上がってきて、けれど出口を知らずに身体の中に渦巻いている。

紅の感情の捌け口が移ってしまったかのように、有馬の瞳から次々に涙が零れる。

「あ、の」

声が掠れて、うまく音にならない。しかし、紅の発した声に、有馬はハッと我に返ったような顔になった。

濡れた自分の頬を拭い、「なにを言っているんだ、僕は」と呟く。茫然としていた紅も、唐突に現実に引き戻された。

「驚かせてしまって申し訳ない。君が、あまりにも知っている人に似ていたものだから」

「知っている人……？」

鸚鵡返しの問いに、有馬は答えなかった。

「見っともないところを見せてしまったね」

「いえ。あの、……全然」

「足は大丈夫だったかな」

「平気、です」

気まずい沈黙が落ちた。双方、なにか言わねばと思いつつなにも言えず、あるいはなにを言えばいいか分からず戸惑っているようだった。

こほんと、有馬が咳払いで沈黙を埋める。

「君は、この辺の学生なのかな？　確か、近くに大学があるね」

「いや、俺は、」

紅は少し逡巡してから、小さな声で「高等遊民です」と答えた。

「高等遊民？」

「……家でダラダラしたり、外をフラフラしたりするのが仕事なんです」

ふっと有馬が笑う。

「確かに、それなら高等遊民だね」

有馬は、覚えていないのだ。

ここに至って、紅はやっと確信した。

有馬は前世について覚えていない。「見つけた」などと言われたものだから、一瞬、錯覚してしまった。

しかし、落胆するようなことはなかった。可能性は考慮していた。そしてむしろ、覚えていなければいい、とさえ考えていた。

二人の思い出が紅だけのものになってしまうことに、寂しさを覚えないと言ったら嘘になる。しかし、これでいい。非業の死の記憶など、消えていた方がいいのだ。暗い過去の記憶より、明るい未来の可能性の方がよほど大切なはずだ。

「えっと、あなたは、」

「僕は、東京の大学で民俗学を教えているんだ」

「……東京……」

男はウエストコートの胸元を漁り、銀色の薄いケースを取り出した。ケースの中から一枚、差し出されたのは名刺だ。大学名と学部の横に、准教授と書かれている。さらにその下に印字された名前に、紅の唇が震えた。

「あ、有馬、啓(はじめ)、さん……」

「うん。君は、」

「紅です。くれないと書いて、紅。遠野、紅」

「紅くん」

今度は幻聴ではなかった。

目の前の男に両手で縋りつきたいという衝動が、紅を襲う。頬に、胸に、腕に、脚に、ありとあらゆるところに触って、確かめたい。有馬が生きているということを。

ぐっと唇を噛んで衝動を抑える紅の反応を、有馬は勘違いしたようだった。

「馴れ馴れしかったかな。学生を名前にくん付けで呼ぶ癖があって。受け持っているゼミ生たちと同年代に見えたから、つい」

「いいえ。大丈夫です」

呼んでほしい。何度でも。

「お若いのに、准教授なんてすごいですね」

ははは、と有馬が笑う。

「それほど若くもないかな。三十過ぎだからね」

紅は有馬の顔を凝視する。色素の薄い瞳、形のよい鼻梁(びりょう)に薄い唇。有馬は、確かに有馬だ。ただ、髪は記憶より短い。よく見れば、記憶にある姿より少し老成しているようにも見える。

「研究者の中では若輩扱いには違いないけど、君みたいな子からしたらいい歳のオジサンだね」

「そんなこと、ありません」

必死に首を振る。喜びに、胸が震えていた。

かつての有馬は三十路に届いていなかった。目の前にいる有馬は、かつての有馬の未来図なのだ。

研究者とは、なんて有馬に似合いの職業だろう。高等遊民も様にはなっていた。しかし、本だけに囲まれて目的のない毎日を過ごすことに、有馬は虚しさを感じていたに違いない。

有馬と出会ったばかりの頃、紅はあまりに未熟で有馬の想いや考えに鈍感だった。いつも湛えていた笑みに諦めが含まれていたことに気が付いたのは、有馬がいなくなってからのことだ。

あれだけ賢くて品を備えた人だったのだから、生い立ちさえ違っていれば有馬の前には無限の可能性が広がっていたはずだ。その中の一つが、今こうして紅の前に示されている。

「東京の先生が、なんでこんなところに？」

「この辺りの郷土資料を調べているんだよ」

「郷土資料、ですか？」

「国会図書館にも一通り揃ってはいるんだろうけど、フィールドワークも兼ねてというところかな」

「なるほど」と呟き、紅は黙り込む。

せっかく有馬と再会できたのだから、これで終わりにはしたくないし、するつもりもない。しかし、どんな理由を付ければ大学で教鞭を取るような人物と関わりが持てるのか分からない。

この百二十年、誰とも深く関わることなく生きてきた。そのせいか、人間関係の作り方がさっぱり分からない。

「どうしたんだい」

「え？」

気が付くと、有馬がこちらを覗き込んでいた。紅は品のあるブラウンの瞳をじっと見つめ返す。

あなたと関わりを持ちたいのにどうすればいいか思いつかないのだと、正直に打ち明けたら一体どんな顔をするだろうか。驚き戸惑い、その後が想像できない。気味悪がられたり距離を取られたりしてしまったら最悪だ。

「ねぇ、紅くん」

引き続き黙り続ける紅をどう思ったのか、有馬が腕時計を確認して言った。

「お昼はもう食べたかな」

「……お昼？」

「まだなら、さっきのお詫びになにかご馳走させてほしいんだ」

「……お詫び、ですか？」

なんの、と聞こうとしてできなかった。有馬ならば、言うことは分かっていたからだ。

「怪我をさせそうになってしまったお詫びだよ」

紅が勝手にぶつかったのであって、有馬はむしろ被害者だ。しかし、今も昔も、有馬は自分が悪い体でこちらに手を差し伸べてくれる。

「どうかな。ちょうど昼食を取りに行こうか考えていたところだから、君に付き合ってもらえると嬉しいんだけど」

「行きます」

紅の即答に、有馬は表情を緩め、「じゃあ、行こうか」と、手にしていた本を棚に戻した。

有馬が選んだのは、図書館から歩いて五分ほどの場所にあった、小洒落たイタリア料理の店だった。

厨房と客席を隔てるようにガラス扉のワインセラーが置いてあり、数えきれないほどのワインが並んでいる。昼時を少し過ぎているからか、それほど広くない店内でも、ぽつぽつと空席があった。

店員に差し出されたメニューを前に、紅は固まってしまう。

有馬との時間を引き延ばせることに気を取られて二つ返事で誘いを受けてしまったが、紅はもう長いこと食事などしていない。人間の中に交じって生きるならば人間と同じように生活した方がいいと、かつて樹が教えてくれた。しかし、どうしてもなにかを食べる気にはなれなかったのだ。

最後に口にしたのは、――

「紅くん？」

対面に座る有馬が、不思議そうな顔をしている。後方では、店員がちらちらとこちらを窺って注文のタイミングを計っていた。

「決まったかな」

「有馬さんは？」

「僕は、パスタランチにするよ」

「じゃあ、俺も同じでお願いします」

中身も確認せず慌てて合わせる。どうせ、どれでも変わらない。

しばらくして運ばれてきたのはジャガイモの冷製スープとトマトソースの掛かったショートパスタ、温野菜の付け合わせだった。

食べ物の匂いをこんなに間近に感じるのは久方ぶりだ。調味料や香辛料の混ざった、複雑な香りがする。人間であれば食欲を刺激されるのだろう。

「いただきます」と手を合わせた有馬に倣って、紅もフォークに手を伸ばす。螺子(ねじ)のような形をしたパスタを刺して嫌な予感を覚えた。微妙な弾力が気持ち悪い。

「うん、美味しいよ」

スープを飲んだ有馬が頷く。紅は思い切ってパスタを口腔内に詰め込んだ。

途端、一面に広がる血の海が脳裏に浮かぶ。噎(む)せ返るほどの鉄臭さの中で、視界を埋めるのは血と肉と内臓だ。絵の具を散らしたように、きれいだった。

全身にぱっと鳥肌が立つ。

形のあるものが舌に乗る感覚、柔らかいものに歯が食い込む感覚、匂いが鼻に抜ける感覚。全てが気持ち悪かった。

思わず立ち上がる。椅子がガタリと大きな音を立てて、近くに座っていた客や店員が何事かとこちらを振り返った。有馬も驚いている。

「紅くん？」

怪訝そうな有馬を置いて、席を離れる。真っ直ぐ「お手洗い」と書かれた扉に駆け込んだ。

「う、……ぐっ」

便器の中に、口内のものを吐き出す。一度だけ咀(そ)嚼(しゃく)されたパスタと胃液のようなものが、水の中にポタポタと落ちた。

「……っ」

腹の底から迫り上がってくる不快感に、顔を上げることができない。吐き出すものなどありはしないはずなのに、吐き気が治まらない。情けない声が喉から漏れそうになり、飲み込もうとするたびにさらに気持ち悪くなった。

そっと、背を撫でられる。いつの間にか、有馬が後ろにいた。吐き気に気を取られて、触れられるまでまったく気が付けなかった。

有馬は心配そうに眉を寄せている。

「アレルギーかな。救急車を呼ぼうか？」

ふるふると紅は首を横に振った。

「違います。その、」

摩られている背中が温かい。有馬に触れられているだけで、気分が僅かに落ち着いた。

「すみません。俺、……食事に慣れていないんです」

「食事に？」

うまく説明できず、頷くだけにしておく。

「その、精神的なもので」

曖昧な紅の言い訳に、しかし、有馬は追及する様子を見せなかった。

「無理をさせてしまったね」

「いえ、そうじゃないんです」

有馬のせいではない。

もしかしたら、とは前々から微かに感じていた。もしかしたら、自分は食べるという行為に嫌悪を覚えるようになっているかもしれない、と。

百二十年、なにも口にしていなかった。食べたいと感じることは一度もなく、それどころか食べ物のある場所は意図的に避けていた。しかし、有馬の誘いを断ることなど論外だった。パスタを前にしても、有馬と一緒であれば大丈夫かもしれないという希望的観測があった。さすがに、そこまでうまくはいかないようだ。

少しして、紅は大きく深呼吸をして立ち上がる。

「もう大丈夫です」

「本当に？」

「普段、流動食とか栄養剤とかそんなのばっかかだから、身体が驚いただけなんです」

それでも心配そうな有馬に、紅は努めて穏やかそうな笑みを浮かべる。

「むしろ、気を遣われる方が気になるっていうか。

だから、気にしないでください」

有馬は逡巡したが、「分かったよ」と頷いた。

「じゃあ、先に出口で待っていてくれるかな。僕は会計を済ませてくるよ」

「え？　でも」

運ばれてきた食事には、有馬もほとんど手を付けていなかったはずだ。

「いいから」

今度は有馬が譲らない。「ちゃんと待っているんだよ」と言い含められて、こくりと頷いてしまう。ジロジロとこちらを見る店員の目を気にしながら、紅は外に出た。

真っ青な空に、綿菓子のようなもくもくとした大きな雲が浮いている。

すぐに、有馬が店から出てきた。

「お待たせ」

「……すみません」

「いいんだよ。僕が強引に誘ったのがいけない」

「そんな！」

紅は思いきり首を左右に振った。

「俺、嬉しかったです。すごく……！」

有馬は、紅が困っているといつも歩み寄ってきてくれた。今回も同じだと知って、どんなに嬉しかったことか、救われたことか。

「悪いのは俺の体質で、昔はもっと……色々と食べたんですけど……」

ビスケット、牛鍋、あんぱん、ビーフシチューにアイスクリン。全て有馬が食べさせてくれた。どれもこれも美味しくて、一口食べるだけで幸せになれたものだった。あれやこれやと無邪気に食べていた頃の自分が、懐かしい。

「栄養剤や流動食が大丈夫ということは、飲み物は大丈夫なのかな？」

「そうですね、たぶん」

恐らく、形あるものの舌触りや歯触りが、受け付けないのだろう。レストランでも、食事が運ばれるまでに水は何度か口にした。

ミンミンと蟬が五月蠅い。

せっかく涼しい店内にいたのに、食事もままならないままに炎天下に連れ出してしまったことが、申し訳なくてたまらない。自己嫌悪に陥る紅の前で、有馬は少し考えてから、「気分転換に、なにかさっぱりするものを飲もうか」と言い出した。

「さっぱりするもの、ですか？」

「レモネード、サイダー。そうだ、ラムネもあるね」

「ラムネ……！」

暗澹（あんたん）とした気分が一気に吹き飛ぶ。紅の様子に、有馬が微笑んだ。

「好き？」

「はい」

初めて口に含んだ時も、暑い空の下だった。

──今の季節にちょうどいいんだ。

自然と、唇が緩んでしまう。

「好きです。今みたいに、暑い時は特に」

「うん。夏にはよく合うね。買いに行こうか」

有馬が駅の方へと歩き出す。紅も慌てて後を追った。

「どこに行くんですか？」

「昨日、駅前のスーパーで並んでるのを見たんだよ。ちょうど、夏だなぁと思ってたんだ」

「昨日？　昨日もこの辺りに来てたんですか？」

「昨日は駅の周りをウロウロしてたんだ。夏休みを使って、とことんこの辺りを調べようと思ってね。ウイークリーマンションを借りたんだよ」

一筋の光明が紅の心の中を照らす。

「じゃあ、もしかして、しばらくこの街に？」

有馬は期待通り、「そうだね」と頷いた。

こんな幸運が重なっていいのだろうか。灰色だった百二十年が、くるりと反転して突然、薔薇色に彩られたようだ。

「この辺りは、都会すぎず田舎すぎずで過ごしやすいね。商店街は賑やかで、スーパーの品揃えも悪くない。大きな道以外は車通りも多くないし、海も山も近くにある」

ずっとこの街にいる紅よりも、有馬の方がよほど周辺を知っているようだ。

図書館と屋敷の往復が毎日だった紅は、商店街にもスーパーにも行ったことがない。有馬に街を案内されているような気分になる。

「ほら、あそこのスーパーだよ」

有馬が指したのは表一面が出入り口となっている地域密着型のスーパーだった。レジが外から見える場所にあり、道に面した場所に目玉商品が並んでいる。入ってすぐが野菜売り場、奥に生鮮食品売り場だ。

ラムネは、飲み物コーナーに並んでいた。季節ものだからだろうか。ずらりと並べられ、他の飲み物よりも明らかに幅を取っている。

「買ってくるね」

有馬は瓶を二本取り出してさっさとレジへと向かってしまう。紅はどうしていいか分からずに、店員と談笑する有馬の姿をじっと見つめていた。

支払いを済ませた有馬が手招きをする。揃ってスーパーを出たところで、水滴の付く青い瓶が一本差し出された。

「ありがとうございます。あの、お金」

紅もさすがに一文無しではない。有馬の家を買い取る際に、屋敷の蔵にあった家財を売り払って金を作った。今でもいくらかの残りがある上に、樹が時々まとまった金を押し付けてくる。日常で使う機会は皆無だが、ジーンズのポケットには常に千円札が突っ込んであった。

くしゃくしゃになった千円札を掴み出すものの、有馬は笑って受け取ろうとしない。

「でも、さっきも払ってもらいました」

「年長者と一緒の時は、そんなことは気にしないものだよ」

そう言われてしまうと、強引に押し付けるわけにもいかない。紅は仕方がなく、千円札をポケットに戻した。

「店員のオジサンが随分と陽気な人でね、涼める場所を教えてくれたよ。行ってみようか」

「はい」と頷いて、ラムネの瓶を片手に有馬の横を歩く。それだけで、紅の胸はいっぱいだった。

有馬が店員に教えてもらったという場所には、人工河川があった。ベンチの周辺には木材で組まれた屋根があり、絡んだ蔦と葉が木陰を作っている。

「ちょうどいいね」

　有馬が腰を下ろし、紅も少しだけ距離を取って座った。少し離れた場所には噴水もあり、水遊びをしている子供たちの甲高い声が聞こえた。

「ラムネなんていつぶりかな」

　懐かしげに目を細めながら、有馬が付属の部品でビー玉を押した。ぽん、と小気味よい音がして、炭酸水が泡立つ。

「子供の頃は、妹と一緒によく飲んだよ。ビー玉をなんとか取り出してあげたくて、四苦八苦したものだったな」

「妹さんがいらっしゃるんですか」

「あまり兄扱いしてもらえていないけれどね」

「えっ」

　一瞬、以前のように拗れた関係なのだろうかと不安になったが、杞憂のようだった。

「兄さんはお人好しがすぎるだとか、もっと貪欲に生きなくては駄目だとか、いつもお説教ばかりされているよ」

「仲が、いいんですか」

「そうだね。自慢の妹だよ」

　衒いのない表情にほっとする。

　紅も、有馬がしたように部品を取り出してビー玉に当てた。昔は部品など付いていなかったし、瓶口の内側にゴムが取り付けられていて、ゴム部分にビー玉が嵌め込まれていた。ラムネ一つ取っても、百二十年で進化しているようだ。

　有馬がしていたように、掌で部品を押し込む。音がしたところまでは同じだった。しかし、シュワシュワと泡立った炭酸水は止まることを知らずに、瓶の口から零れ始めた。

「うわぁっ」

　狼狽えて、立ち上がる。

「ど、どうしよう」

　瓶を伝った泡がぼたぼたと地面を汚した。数滴、などという可愛らしい量ではない。

ははは、と有馬が笑った。

「アタリだったね」

「あ、アタリですか？」

「ハズレとも言うかな」

　明らかに後者だろう。泡の勢いは徐々に弱まったが、瓶の中身は随分と減っていた。

「小学生の時、駄菓子屋で思いきりラムネの瓶を振って逃げるっていう度胸試しが流行ったんだ。見つかるとすごく怒られるんだよ」

「そんなこと、してたんですか」

　子供染みた悪戯をする有馬など、想像がつかない。少し、見てみたい気もする。

「僕は、まんまと買ってしまう方だったな。でもほら、自分で買ったら勿体なくてできないだろう？だから、アタリだと思ってたんだ」

　紅は肩を揺らして笑った。

「なんですか、その理論」

「変かな？」

「変ですよ」

　変だが、愛しい。零れるラムネを楽しそうに眺める少年の有馬を想像すると、胸が温かくなる。

「まぁ、そういうことだから」

　有馬が自分のラムネを差し出す。

「はい、どうぞ」

　紅は目を丸くした。

「え？　いえ、いいです。そんな」

「だって、好きなんだよね？」

「……好きです」

　有馬を見つめたまま、もう一度告げる。

「すごく、好きです」

「うん。だったら、こっちをどうぞ。僕は久しぶりのアタリを貰うよ」

　有馬は紅が持っていた瓶をひょいと取り上げて、自分のものと交換してしまう。戸惑う紅の横で、半分近くまで減ってしまったラムネに口を付けて、「美味しい」と笑う。

　その横顔に、紅はぎゅっと奥歯を噛み締め、大好きだ、と心の中で呟いた。

＊＊＊

ほう、ほう、と遠くで梟の鳴く声がする。

紅は開け放った窓の木枠からだらりと左腕だけを外に放り出して座っていた。紅の手前には文机があり、灯りと二十センチほどの桐の箱が並べて置かれている。

紅は、膝の上に重ねて置いた碧色と紫色の着物をそっと撫でた。

「やっと会えたんだ」

空いた片方の手で、藍色の空にラムネの瓶を掲げる。割ったように見事な半円を描く月が、瓶越しにぐにゃりと歪んだ。カラカラ、とビー玉が鳴る。

「またラムネを飲んだんだよ。すごいだろう?」

ビー玉の輝きは小さく弱いが、きれいだ。星よりも月よりも、紅の瞳には美しく映る。

「出会い方まで、前と似てて、……」

まるで、運命だ。

「……違う……」

運命などありはしない。

――誰しも運命からは逃れられぬ。

「絶対に、違う」

始まりも終わりも、決まってなどいない。今度こそ、幸せになるのだ。どんなことがあっても、有馬を犠牲にするような未来だけは選ばない。

いつの間にか、紅の後ろに静かな気配が現れていた。紅は僅かに身を竦ませたが、すぐに振り返って相手を睨み上げる。

「もう誰にも、邪魔はさせません」

応えはない。

「運命なんてないって、俺が証明します」

やはり、応えはない。聞こえるのは、梟の声ばかりだ。

3

カラリと、瓶の中でビー玉が揺れた。

翌日から、図書館で有馬と顔を合わせる毎日が始まった。

有馬はいつも開館時間である九時に合わせてやってくる。紅は少しでも早く有馬に会えるよう、毎朝八時四十分には図書館の前に立つようになった。開館準備をする図書館員に、訝しげなあるいは煙たげな顔をされるが、気にはならない。有馬に会えるというだけで、「おはよう」と笑いかけてもらうだけで、他のことはどうでもよかった。

有馬は大抵、閲覧室の一番奥に座って研究資料と向き合う。紅は対面に座って読書をする体で、有馬を観察する。時おり顔を上げた有馬と目が合うが、慌てて誤魔化そうとする紅に対して、有馬は微笑むばかりで、責めたり鬱陶しがったりしない。

紅は、ただただ幸せだった。昨日と同じ今日を、今日と同じ明日を、ひたすらに願い続けていた。

ブーン、と自動販売機が低い音を立てている。図書館の二階に併設された休憩スペースには数台の自動販売機とベンチが置いてあるだけで、あまり利用者は見かけない。紅も、有馬と会うようになって初めて利用した場所だ。

缶コーヒーを片手に、有馬が欠伸をした。気の抜けた珍しい表情に、紅は釘付けになってしまう。よく見ると、目の下にうっすらと隈が浮き出ていた。心なしか、顔も白い。

「寝てないんですか」

「職場に行かなくていいと思うと、夜遅くまで本を読んでしまうんだよ」

「仕事のですか」

「イエスともノーとも言い難いね。僕の場合、仕事がほとんど趣味を兼ねているから」

わざわざ夏季休暇にウイークリーマンションを借りてまでやっていることだ。確かに、仕事のためだけの行動とは思えない。

「子供の頃からそうなんだ。早く寝なさいと怒られて、布団の中に懐中電灯を持ち込んだりしてね」

想像して、笑ってしまった。

「勉強熱心なのはいいことですけど、少しは息抜きした方がいいんじゃ……？」

少なくとも、睡眠は充分に取るべきだ。人間にとって、睡眠と食事が重要であることは、いくら紅でも知っている。しかし、有馬は「そうだなぁ」と気のない返事をするだけだった。懐中電灯は布団に持ち込まないまでも、きっと今夜も遅くまで資料に向き合っているに違いない。

「紅くんは、そういうことはない？」

「深夜まで読書に没頭することですか？　あまりないです」

「意外だな。希少な文学青年が」

「希少ですか？　大学になら、たくさんいそうですけど……。文学部だってありますよね」

「本当に文学が好きで文学部に来る学生は少ないよ。最近は言わずもがな、僕の世代でもそうだった。色んな娯楽があるからね。その中で文学を選ぶのは明らかな少数派だ」

明治の頃、小説などに耽溺（たんでき）する人間は変わり者扱いだった。当時の紅は気づかなかったが、有馬も近所や親類から変人扱いされていたはずだ。明治後半から大正、昭和の初期に掛けて文学は人々の生活に浸透していき、そしてまた遠のき始めている。

「でも、俺なんか全然ですよ。何度も同じ本ばっかり読んでるし、最近の小説には興味がないし」

読む本は全て、有馬の部屋にあったものばかりだ。明治の終わりから現代までの文学に関しては、タイトルさえ知らないものが多い。

ペットボトルの紅茶に口を付ける。不自然なほどに甘い。初めて飲んだ紅茶は、有馬が淹れてくれた、渋みのある味だった。小鬼たちに負けじと飲んだものだ。

さっくりとしたビスケットの味が懐かしい。凪月堂は健在のはずだ。近々探して買いに行ってみようか……、とまで考えて、紅はハッとする。

食欲めいたものを感じたのは、久方ぶりだった。食べたい、という欲求は記憶の彼方だったはずだ。

「紅くん？　どうかした？」

有馬の問いに、慌てて首を振る。

「あ、いえ。そう、甘いな、と思って。紅茶が甘くて、驚いてました」

「甘いのは苦手？」

苦手なはずがない。有馬の用意してくれる菓子を、紅はいつも楽しみにしていた。

「……昔は、すごく好きだったんです。甘いものって、幸せの象徴みたいなもので」

甘味が少なく貴重な時代だった。砂糖は信じられないほど高価で、洋菓子など誰でも頻繁に食べられるものではなかったはずだが、有馬はいつもなにかしら用意してくれていた。小鬼たちと一緒に、「美味しいね」「甘いね」と食べた時間には、ただただ幸せだけが詰め込まれていた。

「食べてみようか」

「え？」

有馬は缶コーヒーを飲み切って立ち上がる。

「飲み物は大丈夫と前に言っていたよね。あれから、少し考えたんだ。たとえば、アイスクリームのようなものはどうかなって」

「……アイスクリーム……」

紅の脳裏に、海の見えるレストランが浮かぶ。着慣れない洋装。きちんと身なりを整えた有馬に、紅は始終ドキドキしていた。

「駅の反対側に、評判のいいジェラート専門店があるみたいなんだ。ダメそうなら、見るだけで帰ってきたらいい」

どうかなと首を傾げた有馬の誘いに、紅は頷く以外の選択肢を持ってはいなかった。

ジェラートの店は細い路地裏にひっそりと建っていたが、有馬と紅が行った時には四、五人の客が並んでいた。店の正面に、ずらりと十種類ほどのジェラートが並んでいる。みんな、紙カップに氷山のように盛られたジェラートを受け取って嬉しそうにしている。順番が回ってくると、紅はミルク味を、有馬はエスプレッソ味を頼んだ。

「すみません」

咄嗟に謝った紅に、有馬は不思議そうな顔をする。

「どうして？」

「甘いもの、あんまり好きじゃないですよね」

どうしていつもこうなのだろう。有馬に誘われると思考が飛んで二つ返事で答えてしまうが、一呼吸置いてもっときちんと考えるべきなのだ。

有馬は甘いものは得意ではないと言っていた。

有馬のことはなにからなにまで覚えている。アイスクリンを食べた時に、有馬がコーヒーを飲んでいたことだって、もちろん覚えていた。

「よく知っているね。そんな話、したかな」

「……はい。少し前に」

アイスクリンを食べない有馬は、もちろんジェラートとて好んで食べないはずだ。わざわざ、紅のために調べて連れてきてくれたとしか考えられない。

有馬が肩を竦める。

「一人じゃ食べないから、いい機会なんだよ。それに、なにを食べるかよりも誰と食べるかの方が、僕にとってはずっと重要だよ」

有馬はスプーンを氷山の一角に差し込む。紅も倣うようにして、ミルク味のジェラートを頬張った。

甘く、冷たく、そして溶ける。かつて食べたものよりずっと、牛乳の香りも味も濃い。

「こっちも食べてみるかい」

有馬がエスプレッソ味のジェラートを差し出す。ドギマギしながら一口分けてもらったが、口に入れた瞬間、紅は眉を顰めた。

「苦い」

はは、と声を立てて笑う有馬の前で、急いでミルク味のジェラートを口に入れる。エスプレッソとミルクが混ざって、苦味はうまく中和される。適度な甘味加減はアイスクリンに似ていて、紅はきゅっと唇を嚙み締めた。

少し歩こうという有馬の提案に乗って、紅たちはラムネを飲んだ人工河川のそばまでやってきた。

今日は、先日よりずっと人が多い。ベンチはすでに埋まっていた。あぶれた人たちが、噴水前にでんと構える階段に腰を下ろして、紅たちのようにジェラートをつついたり飲み物を飲んだりしている。

「『ローマの休日』みたいだね」

太陽の光に目を細めながら、有馬が階段の中腹に座る。高価なスーツだろうに、地面に座ることへの抵抗はないようだ。紅も隣に腰を下ろす。

「映画、でしたっけ」

「そうだよ。映画は見ない？」

「そうですね、あまり……。俺は専ら本を読むばかりで」

「ほら、やっぱり文学青年だ」と有馬が笑う。

「シェイクスピアは、好きなんです」

溶けかけのジェラートを頬張りながら答える。ジェラートは、もう半分ほどになっていた。吐き気も気持ち悪さも全く感じない。

「さっき読んでいたね。『お気に召すまま』」

「あ、は、はい」

あからさまに動揺してしまう。

『お気に召すまま』、つまり『As you like it』は、紅にとってひときわ特別な作品だ。有馬の口から作品名が出ただけで、胸が高鳴る。

「……特に、好きなんです」

「また珍しい作品が好きなんだね。僕のような門外漢からすれば、シェイクスピアといえば四大悲劇がまず頭に浮かぶよ」

「騒動は起こるけど、牧歌的で最後はハッピーエンドで、そういうところがよくて。……でも、悲劇も嫌いじゃないですよ」

有馬の家と共に戦火に飲まれてしまい今は手元にないが、明治の終わり近くに出た坪内逍遥訳『沙翁傑作集』は四十冊全て持っていた。四大悲劇に始まるメジャー作品はもちろん、マイナー作品も余すところなく一度は読んでいる。

「今、『ロミオとジュリエット』の新作映画が上映しているはずだよ」

『ロミオとジュリエット』も、もちろん読んでいる。ただ、読んだのは一度だけだった。登場人物も展開も、紅にとってはあまり望ましいものではなかったからだ。

「数年前に現代版やらミュージカル版やらをやっていたけど、今回は原点回帰しているみたいだ。よくＣＭを見るよ」

有馬は相変わらず博学だ。

――これからの日本で、知識と情報はより力を持つようになる。

かつての有馬もそうだったように、今も有馬は様々なことにアンテナを張っている節がある。文学や美術など専門性の高い分野に始まり、対応の良いクリーニング店や明日の天気など日常的なことまでよく知っていた。

「これから、見に行ってみようか」

「えっ」

一瞬、なにに誘われたのか分からなかった。すぐに映画の話だと気が付く。

「映画館にですか？」

「そう。この時間なら、きっとまだ大丈夫だよ」

有馬は空になったジェラートのカップを置いて、携帯電話を取り出した。

携帯電話は紅にとって未知の道具だ。一度、樹に無理やり押し付けられたことがあるが、必要性を感じずに数カ月で押し返してしまった。

「うん。電車で十五分ほどの映画館でやってるみたいだ。席も充分に空いているよ」

有馬が「どうかな」と尋ねる。

紅が答えに窮(きゅう)したのはもちろん嫌だったからではなく、以前、活動写真に連れていってもらった時のことを思い出したからだ。

あの時は、碧と紫がいた。泣いてしまった紅を、二人が懸命にフォローしてくれたのだった。

「紅くん？」

「あ、はい！　映画ですよね」

「うん。ほら、紅くんもさっき息抜きはした方がいいって言ってただろう。僕の息抜きに付き合ってくれないかな？」

もちろん、断れるわけがない。

「俺でよければ」

「君がいいんだよ」

はっきりと言い切られ、恥ずかしいような擽ったいような、不思議な気分になる。

いつか、有馬が街案内を買って出てくれた時に同じような会話をしたが、立場は逆だった。紅が「有馬がいい」と言った時、有馬は微かに驚いていたようにも見えた。あの時の有馬は、今の紅と同じ気持ちだったのだろうか。だとしたら、嬉しい。過去の自分を思いきり褒めてやりたいほどだ。

有馬は立ち上がると、階段を数歩下りて振り返り、少し演技がかった動きで手を差し出した。

――お手をどうぞ、王子さま。

もちろん、幻聴だ。しかし、紅の耳には確かに聞こえた。

胸がぎゅっと締め付けられたような感覚を顔に出さないように気を付けながら、紅は差し出された手を取る。「デエトですよ！」と小鬼たちが騒いでいる気がして、あり得ない自分の想像に紅はそっと自嘲した。


『ロミオとジュリエット』は、恐らく現代の日本で、あるいは世界で最も有名な悲恋話だろう。実際にシェイクスピアの作品に触れたことがなくとも、誰もがあらすじを知っているはずだ。

まだ十代の若い恋人たちが死を選ぶ結末に多くの人が涙する。しかし紅は、彼らの若さゆえのすれ違いと過ちに感情移入することも同情することもできない。結末に納得できないわけではない。ただ、さも運命には抗えないと言いたげな展開に、悲しみより怒りを覚える。運命という強い言葉で強引に納得させられてしまうことに、恐怖を感じる。

長い長いエンドロールが流れ終わり、劇場に灯りが点った。

紅はしばらくぼうっとしたまま、現実に返ってくることができないでいた。若い恋人たちの嘆きが、耳の奥でこだましている。

「紅くん？」

紅があまりに真剣な顔で固まっていたせいか、有馬が僅かに申し訳なさそうな顔で尋ねた。

「あまり、好みじゃなかったかな」

「えっ、いえ！　そうじゃないです！」

紅は慌てて首を振った。

「ただ、その、」

「その？」

「……どうして、」

逡巡した紅から言葉が出てくるのを、有馬は根気強く待ってくれた。

「どうして二人とも、死を選ぶんだろうって」

紅がもし人間だったなら有馬の後を追っただろうか。その方が、幸せだっただろうか。百二十年間の孤独の後にこうして再び出会えた現状と天秤にかけたら、一体どちらの皿が沈むのだろう。

「だって、俺は、俺なら、……一緒に生きたい」

「でも、死んでしまってるよ。ジュリエットは生きていたけど、少なくともロミオは死んでしまったと思い込んでいるわけだしね」

「それでも、たとえばもう少しだけロミオの心が強かったら、ほんの少しの時間だけでも待つことができたら、二人は幸せになれたのに」

なにも百二十年待てというわけではない。

なるほど、と有馬が頷く。

「ジュリエットが目覚めてハッピーエンドというわけだね。カタルシスや運命からは少し外れるけど、そんな終わりも悪くないかもしれない」

「……運命」

紅は顔を上げて、じっと有馬を見上げた。

「運命ってなんですか」

「難しいことを聞くなぁ」

いつの間にか、劇場には紅と有馬だけになっていた。ゴミ袋を持ったスタッフが見回りに来てやっと、紅は席から立った。連れ立って、映画館を後にする。外はもう、暗くなっていた。

大きな道の上に架かった、駅に続く歩道橋を渡る。足下の信号から一つ向こうの信号まで、車のライトが連なっていた。

歩道橋の中ほどまで来て、有馬が足を止める。

「たとえば」

紅も止まって、有馬を見つめた。

「僕は、君によく似た人を知っている」

唐突な話の意図が読めない。戸惑う紅に、しかし有馬はそのまま続けた。

「でも、その人の名前も顔も知らないんだ」

「なのに、似てるって思うんですか？」

随分とおかしな話だ。雰囲気や佇まいの話なのだろうか。どちらにせよ、よく分からない。有馬にとって自分が誰かの類似であることも、あまり愉快には思えなかった。

「そうなんだ。自分でも不思議なことにね」

そこで有馬は、一度言葉を飲んだ。いつの間にか信号が青に変わり、クラクションの音がする。停滞していたライトが流れ始めていた。

「野暮ったいな、僕の考えることは。……でも、思ったんだ」

有馬が目を細める。切なげな、あるいは愛おしげな顔に見えた。

「運命だってね」

運命、と心の中で反芻する。先ほどスクリーンで見たばかりの、折り重なって亡くなる恋人たちの映像が脳裏に浮かびすぐに打ち消える。

運命という言葉が嫌いだ。

──運命なのだ。

鋭い言葉の棘が、今も紅の胸に刺さったまま、抜けない。

──人間と鬼が共に生きることなどできぬ。絶対にな。

そんな言葉は、到底受け入れられない。信じたくもないし、信じる謂れもない。運命など、馬鹿らしい。けれど今この瞬間だけは、運命という言葉に感謝していた。有馬が自分を見つめ、特別なのだと告白してくれた、この瞬間だけは──。

＊　＊　＊

ほんの少しずつ細くなっていく下弦の月を、紅は毎晩見上げている。まだ乳角が落ちなかった頃にそうしていたように。

「今日は、映画を見たんだ」

手にしているのは、『ロミオとジュリエット』と印字された半券だ。膝の上には相変わらず、二枚の着物を大事に抱えている。文机の上には、灯りと桐箱も並んでいた。

「無声じゃないし弁士もいない。画面に字が出てくるんだ。吹き替えっていうのもあって、役者が日本語で声を当てるんだ」

知らず知らずのうちに口元が笑ってしまう。

「ジェラートも食べたんだ。アイスクリンよりも甘くて、驚いた」

ガラス食器に盛られていたアイスクリンと違って、量も随分と多かった。渡された時は、また吐き出してしまうんじゃないかと僅かに躊躇いがあったが、杞憂(きゆう)だった。ジェラートの甘味と食感が引き出してくれたのは吐き気ではなく、思い出だ。

ラムネの時もそうだった。食べ物の味は、百二十年前のなんにでも興味のあった感性豊かな紅を、いとも簡単に現代まで引き寄せてくれる。

ふいに、部屋の前の廊下に小さな気配が二つ現れた。紅は震えかけた唇をぎゅっと噛み締める。

「……脅したって、無駄だからな」

周囲に独り言を拾う相手はいないが、気配が消える様子もない。

相手の思惑は分かっている。紅を不幸の底へ突き落したいのだ。そう望まれても仕方がないが、紅とて大人しく突き落されてやる気はない。

「俺は、有馬と幸せになるんだ」

半券を握る指に力が入る。

「今度こそ、なるんだ」

くしゃりと半券に皺が寄ったが、紅はしばらくそのことに気が付かなかった。

4

有馬が「待った」と制止する。箱から取り出した茶色の物体をそのまま鍋に放り込もうとしていた紅の手が止まった。

「火は一度止めて、ルゥは割り入れるんだよ」

ぐつぐつと煮える鍋には、細かくカットされたジャガイモと玉葱が浮いている。

「どうして火を止めるんですか」

「温度が高すぎると、だまになってしまうんだ。ルゥを割るのも同じだよ。滑らかに溶かすためには、こうするのが一番いい」

ルゥが溶けてスパイシーな匂いを漂わせる鍋に、有馬は先ほど擂り下ろしたばかりのリンゴとニンジンを投入した。

「あとは、とにかく煮込むんだ。煮込めば煮込むほど、ジャガイモも玉葱も溶けてしまうからね」

「なるほど」と、紅は呟く。

「有馬さんは、料理もできるんですね」

「一人暮らしが長いからね。でも、ルゥを使ったカレーなら、誰でも作れるよ」

「……俺は作れません」

「慣れだよ。知らないことは誰だってできない」

答える有馬はいつもと同じくきっちりとした服装だったが、今日はウエストコートの代わりに黒いエプロンを身に着けている。惚れ惚れするほどに似合っていた。有馬がどんな格好でも様になるのか、それとも惚れた欲目なのか、紅には判断が付かない。

紅もまた、シャツの上にデニム生地のエプロンを着けているものの、こちらは違和感ばかりだ。腹の上で紐を結ぶタイプのもので、着方が分からず有馬の手を煩わせてしまった気恥ずかしさも、未だに尾を引いている。エプロン一つまともに扱えないなんて、きっと呆れさせてしまっただろう。加えて、野菜も満足に切れず、ルゥの投入さえ代わってもらう始末だ。しかし、有馬は嫌な顔一つしない。それどころか、楽しそうでさえあった。

「紅くんだけに教えてあげよう」

秘密だよ、と有馬が片目を瞑る。

「火を止めないとだまになってしまうことを知っているのは、僕が過去に同じ失敗をしたからだ」

「有馬さんが？」

「そう。横着をして、そのまま放り込んだんだ。食べられないほどじゃなかったけどね、所々ザラザラしたものが残って、とても美味しいとは言い難かったよ」

有馬でも失敗することがあるらしい。新鮮な事実に、紅は嬉しくなってしまう。

「さて、いい感じだね」

鍋の中を有馬の横から覗き込む。とにかく、香辛料の香りが強い。キッチンだけではなく、カウンターの向こうのリビングダイニングにまで広がっているだろう。

ここは、有馬の借りているウイークリーマンションだ。部屋は物が少なく、生活感がない。ローテーブルの上に広げられた仕事用らしき資料が唯一、日々の暮らしを感じさせるアイテムだ。キッチンとリビングダイニングが十畳ほどの空間にぎゅっと詰め込まれており、さらにもう一部屋あるようだが、そちらは寝室のようで閉め切られていた。

「座って、テレビでも見ている?」

きょろきょろとする紅に、有馬が尋ねる。

「いいえ。鍋を見ていてもいいですか?」

どうせ一緒にいられるなら、有馬の横にいたい。

「いいけど、あとは焦げ付かないように掻き回すだけだよ」

「俺、やります」

木べらを有馬から受け取り、鍋をそっと混ぜてみる。一層、香りが増した。見た目は、かつて食べたビーフシチューに似ているが、匂いは全くの別物だった。

カレーを作ろうと言い出したのは、有馬だ。

事の始まりは、近ごろ眩暈を覚える、という軽い雑談だった。

「夏バテ気味でね」と、図書館の休憩所で苦笑した有馬の顔は、確かに以前より疲れて見えた。

「普段、研究室に引き籠もってばかりいる弊害だな」

確かに、今年の夏は去年よりずっと暑い。図書館に朝一番にやってきて新聞を読む老人たちも、あまりの暑さに「暑いですねぇ」「本当に」を壊れたラジオよろしく毎日のように繰り返している。

「夏バテって、食欲がなくなるんですよね？　寝不足に加えてまともに食べないなんて、絶対にダメですよ」

紅の強い口調に、有馬は「その通りだね」と苦笑した。

他人に注意できるような生活はしていない紅だったが、有馬とは逆に最近は上がり調子だ。有馬に出会えたことが、驚くほど紅の心と身体にいい影響を与えているようだった。

「そうだ」と、相も変わらず缶コーヒーを飲んでいた有馬が言った。

「紅くん、料理はできる？」

「……したこと、ないです」

樹の家にいた頃に、味噌汁を掻き回すぐらいのことはしたが、その程度だ。あれは料理のうちに入らないだろう。

「一緒に、カレーを作ろうか」

「……カレー、ですか……？」

「紅くんでも大丈夫なように工夫するから、一緒に作って食べてみないかな。紅くんが一緒なら、食欲も戻ってくるような気がするんだ」

もちろん、有馬の提案を断るという発想など、紅は持ち合わせていなかった。

日暮れまで図書館でいつも通りに過ごし、ラムネを買ったスーパーで、今度はカレーの材料を買った。例の陽気な中年店員にキッチン用具を扱う店を教えてもらい、紅用のエプロンも買った。選んだのは、有馬だ。よく似合っていると言ってくれたが、正直なところ紅にはよく分からない。

「それにしても、なんでカレーなんですか？」

紅は、冷蔵庫から取り出した麦茶をグラスに注いでいる有馬に尋ねる。

「夏は、カレーが一層美味しいからね」

一般常識なのか、有馬特有の感覚なのか分からず、紅は曖昧に頷くだけにしておく。

「うちは母が台所に立たない人でね。食事はお手伝いさんが作ってくれていたんだけど、偶のカレーだけはいつも母の手製だったんだ」

　木べらを握る手に力が入る。母という単語に、嫌な予感がした。

「お母さん、……病弱だったんですか……？」

　恐る恐る尋ねる。

「母が？」

　有馬が目を瞬いた。

「いや、風邪も引かないような人だよ。台所に立たないのは、それくらい忙しかったからなんだ」

「そう、なんですか」

　ほっと息を吐く。

「どうして？」

「……いえ、……」

　下手に濁してしまったせいで中途半端な沈黙が落ちる。次の話題を探す紅をしり目に、有馬がなみなみと麦茶の注がれたグラスをひょいと紅の頬に当てた。

「つ、つめた……っ」

　咄嗟に首を竦ませる。有馬が声を立てて笑った。

「ぐるぐる考え込んでばかりいるのはよくないよ。とりあえず、麦茶をどうぞ」

「か、揶揄わないでください」

　グラスを受け取って俯く。微笑ましげな有馬の視線が、ひどく恥ずかしい。麦茶のグラスに、困ったような照れているような顔がうっすらと映っている。

「ごめんね。紅くんは反応が可愛いから、つい」

「可愛いっていうのは、間違ってます。可愛いっていうのは、もっと、こう子供とか、動物とか」

　瓜二つの小鬼とか、と頭の中で付け加える。

　顔の赤みを誤魔化そうと俯く顔に、さらりと髪がかかる。有馬の長い指が、顔に影を落とした髪を丁寧に梳いて、耳の後ろに掛けた。

「愛す可しと書いて、可愛い、だよ」

　簡単に言わないでほしい。その言い様は、有馬が自分を愛しているように聞こえる。

「だ、台所に立てないくらいに忙しいって、なにをやってるんですか」

　咄嗟に、話題を戻してしまう。戻してしまってか

ら、もっと食い下がればよかったと後悔した。自分をどう思っているのか。可愛いというのは、どの類いの感情なのか。

けれど、良い返事があれば舞い上がってカレーどころではなくなるし、悪い返事なら落胆して、やはりカレーどころではない。

今はこれで正解だと自分に言い聞かせて、麦茶を嚥下する。するりと喉を通る冷たさに、少しだけ落ち着きを取り戻した。

「うちはそれなりに歴史のある呉服屋でね。父親が経営に専念して、母親が表で商売するという形だったんだ。店が開いている時は店に出て、そうでなければ、お得意さんと食事だ歌舞伎だと走り回っていたよ。普段は人に任せているけど、着付け教室もいくつか持っていてね、月に何度か顔を出しているみたいだし」

「そ、それは大変ですね」

予想以上の忙しさだ。病弱とは程遠い。

「今は妹夫婦に引き継いだけどね、それでも毎日店に立ってるよ」

「妹さんが？　お店を？」

「うん。五年ほど前に、婿養子を取ってね。ついでにってことで、店の方も世代交代になったんだ。……と、そろそろ火を止めようか」

鍋の中身はほとんど液状で、野菜の影は見えない。時おり、溶けかけのジャガイモや玉葱らしき物体が覗くが、ほんの欠片だ。匂いも気にならない。ぐるぐると鍋の中を混ぜているうちに、すっかり慣れてしまったようだ。

真っ白な皿に、カレーが注がれる。二人分の皿は、紅がテーブルまで運んだ。

「甘口と中辛を混ぜてるから、それほど辛くはないと思うけど」

有馬が手を合わせる。慌てて紅も両手を合わせ、「いただきます」と呟いた。

ゆっくりと銀色のスプーンをカレーの中に差し込む。身体が微かに緊張していた。液体に近いとはいえ、液体ではない。ジェラートのように、口の中で溶けてなくなったりもしないだろう。

そっと、スプーンを口の中に運ぶ。想像以上に、さらりとした舌ざわりだった。ピリピリと感じる刺激は、香辛料だろう。辛みの中にほんのりと甘みも感じる。小さなジャガイモの欠片を、奥歯がゆっくりと磨り潰した。

「……どうかな?」

有馬は自分の皿には手を付けず、紅の様子を見守っている。紅はスプーンを皿に置いて、「美味しい」と呟いた。

嘘ではない。パスタを口に入れた時に感じた、腹の底から迫り上がってくる吐き気はなかった。ジャガイモに続いて溶けかけの玉葱をさくりと噛んだが、やはり不快感はない。

「本当に、……美味しいです」

有馬はほっと息を吐く。

「それはよかった」

「有馬さんも食べてください」

紅に促されて、有馬もスプーンに口を付ける。

「うん。美味しいね」

「ですよね……!」

遠い昔に食べたビーフシチューと同じくらいに、もしかしたらそれ以上に美味しい。

「カレーでそんなに喜んでもらえるなんて、なんだか悪いなぁ」

手を止めない紅に、有馬が微笑む。

「もしよかったら、今度はもう少し手の込んだものを作ってみようか」

「いいんですか?」

「もちろんだよ。ジェラートの時にも思ったんだけどね、どうやら僕は、紅くんの食べている姿を見るのが好きなんだ」

「……え?」

紅は手を止めて、有馬を見た。最初の一口以降、有馬はずっと紅のことを見ていたようだった。

「美味しそうに食べる姿を見てると、こっちまで楽しくなるよ。あれもこれもと、薦めたくなってしまうけど、無理は禁物だからね」

紅と小鬼たちのために、色んな食べ物を用意してくれたかつての有馬。あの時の彼も、同じ気持ちだったのだろうか。

有馬と一緒にいると、あの頃には見えなかったものが、どんどんと見えてくる。有馬が語らなかったことも多いが、紅が子供すぎて気づけなかったことも同じくらいに多いはずだ。

もう、昔とは違う。状況も環境も、有馬も紅も。

「一緒に色んなものを食べてみよう。少しずつ」

「……はい……っ」

有馬の優しい提案に、紅は唇を噛み締めてゆっくりと頷いた。


余ったカレーは冷蔵庫行きとなり、食器は紅が洗うと申し出た。役立たずの汚名を雪いでおかなければという保身からだったが、洗剤の量やスポンジの使い方が分からず、結局、有馬の手を借りることになってしまった。

「泡が付いているよ」

有馬が頬を拭ってくれる。

「すみません。俺、なにもできなくて」

紅は泡まみれのスポンジをぎゅっと握った。じわじわと泡が排水口へ流れていく。

「そんなことないよ。紅くんは、少し自分を卑下しすぎるきらいがあるね」

有馬はそっとスポンジを紅の手から取り上げて、スポンジと紅の手を洗った。

「君は、素敵な人だよ」

素敵な人。それは有馬のことだ。紅は素敵でもなければ、人でもない。

ブラウンの瞳が、じっと紅を見つめている。吸い込まれそうなほどの深い色に、紅はなにも言えなくなってしまう。長い指が頬に触れる。今度は、泡を拭うためではない。

鼓動が逸る。耳元にまで、自分の心臓の音が響いてきた。有馬の顔が近い。

「紅くん、僕は君を、――」

しかし、有馬の言葉をドン、と大きな音が打ち消した。

「な、なんですか今の」

「外からだったね」

窓辺に向かう有馬を、紅も慌てて追う。

開けられたカーテンの先では、厚い雲に覆われた星も月も見えない真っ暗な空が、大きな雨粒を次々と零していた。

「随分と唐突だね。通り雨かな」

有馬が呟く。再び、どん、と音がする、今度はゴロゴロと続いた。

「そういえば、しばらく安定しない天気が続くって、天気予報でやっていたな。夕方まで降らなかったから大丈夫だと思ってたけど、まさか今になってこんなに降るなんてね」

もう九時近いことに、初めて気が付く。これ以上長居するのは迷惑だろう。

さっさと片付けを終わらせて帰ろうとする紅を有馬が押しとどめた。

「少し様子を見た方がいい。なにか飲もう」

有馬は再び台所に向かった。

「コーヒー、……はダメだな。紅茶と緑茶、どちらがいいかな」

「……紅茶でお願いします」

「紅茶が好きなんだね」

不意の指摘に、紅は「え？」と首を傾げた。

「ほら、休憩所でもいつも紅茶だからね」

好きも嫌いもない。有馬が教えてくれた味だ。それだけで、紅には大きな意味がある。

「今度は、もう少しいい茶葉を用意しておくよ」

そう言った有馬が用意してくれた紅茶は、充分にいい香りだった。

揃いのカップを手にして、リビングのソファに並んで座る。ベンチや階段に座った時よりもずっと近い距離に、紅はドギマギしていた。

「えっと、さっきの話なんですけど」

迷いに迷って、料理中に立ち消えになってしまった話を切り出してみる。

「さっきの話？」

「妹さんが継いだっていう店の、……有馬さんは、家を継ぎたくなかったんですか」

「ああ、なるほど。そっちの話か」

「え？」

「いや。なんでもないよ」

　有馬は苦笑して紅茶を嚥下する。自分を制しているような、ゆっくりとした動きだった。

「家を継ぎたいと思ったことは一度もないよ。妹が継ぐと言い出した時、ホッとしたくらいだ。最初は反対する親族もいたけどね」

　有馬はローテーブルの端に避けられた資料の山の中から、革の手帳を取り出した。スケジュール帳のようだった。カバーの折り返し部分に、写真が一枚挟まれている。その写真を抜き出して、有馬は紅に差し出した。写真には、優しげな顔をした老夫婦と有馬、そして有馬に似た美しい女性と、恵比寿（えびす）様のような福耳の背の低い男が並んでいる。

「この人が、妹さんですか」

「そう。横にいるのが義弟（おとうと）だ」

　お似合いとは言い難いが、不思議と違和感のない夫婦だった。

「夫婦揃って敏腕でね。今の時代、和服だけで生き残るのは難しいだろう？　それでオーダースーツの取り扱いも始めた。これが当たってね。今じゃ、一族口を揃えて、妹が継いでよかったと言うよ」

　僻みは一切感じない。むしろ、妹を誇りに思っているような、嬉しそうな口調だった。

「いつも着てるスーツって、もしかして」

「そうだよ。広告塔として職場で着て歩けと言われたのが最初だ。僕も着るものにこだわりがあるタイプじゃないから、制服のようにパターンを決めてしまった方が楽でね。押し付けられたスーツばかり着ていたら、それが当たり前になってしまった」

「似合ってます」

「ありがとう」

　写真の家族は、人間というものを全く知らなかった頃の紅が想像した家族像そのものだった。以前の有馬とは正反対の環境だ。

誰かに必要とされたことなどなかったと、当たり前のように言った、悲しい有馬。どうしてあんなに優しい人が酷い目にあわなければならないのかと覚えた怒りは、今もまだ忘れていない。

「幸せそうですね」

紅が思わず漏らした呟きに、有馬は「そうだね」と頷いた。しかし、表情を曇らせて黙り込んでしまう。

「……有馬さん？」

「……幸せ、……なんだけどね」

含みを持った声音に、紅は有馬をそっと覗く。有馬は珍しく顔を歪めていた。苦しんでいるようにも、悲しんでいるようにも見える。

「僕は、贅沢なんだろうな。なにかが足りないと、……昔から、ずっと感じていた。父も母も優しく立派な人で、妹も慕ってくれる。好きな勉強ができて、なに一つ、困ったことなどないのに、……」

有馬は唇を噛んで、写真を手帳にしまった。

「胸の中心にぽっかり穴が開いていて、いつもずっと埋められるなにかを求めて探しているような気がしていて」

ふいに有馬の目が紅を捕らえた。見つめすぎてしまったことに気が付いて、紅は慌てて視線を外す。半分ほどになった紅茶が、ゆらゆらと揺れていた。

雨の音が聞こえる。雨脚の弱まる気配はない。

「……鬼について、どう思う……？」

「…………え、」

唐突な問いに、一瞬、聞き間違いか思った。顔を上げる。有馬は、至極真面目な顔をしていた。

「鬼だよ。角の生えた人型の妖怪だ。神さまとされることもある」

「お、鬼は分かります」

「うん。信じている？」

鬼を信じるか。百二十年前にその問い掛けをしたのは、自分だった。

「僕は、鬼の研究をしているんだ」

「……鬼の、研究ですか……？」

「民俗学の中でも、鬼の伝承を主に扱っているんだ。論文でも大学の講義でもね」

紅茶を飲んでいるのに、喉がカラカラだ。

「知っていた？　この辺りには鬼の伝説が少なからず存在するんだよ。さすがに東北には負けるけどね。それでも、古くは飛鳥時代から江戸明治あたりまで、かなりしっかりした記述が残っている」

どう答えていいか分からず、紅はそっとカップに口を付ける。緊張のせいか、嚥下の音が大きく聞こえた。

「鬼に興味を持ったきっかけは、夢だった」

有馬の視線は、紅から僅かの間も離れることはない。試されているように感じて、紅の動きはますますぎこちなくなってしまう。

「夢を見るんだ。物心ついた頃から、今もずっと同じ夢をね。夢には鬼が出てくる。赤黒い角を持った鬼だ」

それは自分だと、紅は瞬時に理解した。

カップを持つ指に、ぎゅっと力が入る。

「彼は、……まぁ、遠目ではっきりした性別は分からないんだけど、とにかくその子は一面真っ赤に染まった場所に、一人で立っているんだ。血の海みたいに真っ赤な場所にね」

地に染められた地面の上に立つ紅を、有馬が知るはずがない。その時、有馬はもうこの世に存在しなかった。知らずとも、染み付いているのだろうか、魂に。

「それは、……みたい、なんじゃなくて、血なんじゃないですか」

「……そうだね。そうかもしれない」

「ホラーですね」

「確かに、血と鬼なんて、ホラーのど真ん中だ。でも、一度だって怖いと思ったことはないよ。それどころか、幼い僕は彼に強く惹かれた」

「惹かれ、た」

「だから、今の仕事を選んだんだよ」

もし、夢の鬼が自分だと打ち明けたら、有馬はどうするのだろうか。

紅は鬼で、有馬は標的だった。惹かれ合い、けれど結ばれることが叶わず、来世の約束をした。そんな話を信じてくれるのだろうか。かつてそうしたように、この身を切り裂いて証明して見せたなら容易に否定もできない。

けれど、告白することはできなかった。もし、全てを話したなら――

「少し前に、父方の曾祖母（そうそぼ）に会ったんだ」

「……曾祖母……？」

随分と話が飛んだ。戸惑いから鸚鵡（オウム）返しにしてしまっただけだったが、有馬は紅が言葉の意味を理解しかねたと勘違いしたらしく、「ひいおばあさんだよ」と付け足した。

「もう百歳を過ぎた人で、僕も子供の頃に数度顔を見たことがあるだけだったんだけどね。僕の研究に関して人づてに聞いたみたいで、だったら面白いものがあるからって呼び出されたんだ」

有馬は重なり合った資料の中から一冊のノートを取り出した。

表紙がよれて、ちらりと見える中身は黄ばんでいる。年代物だ。

「これは？」

「曾祖母の叔母にあたる人の日記だそうだ」

有馬はペラペラとページを捲り、紅の前に差し出した。微かに埃臭い。並んでいるのは、女性らしいとは言い難い角張った字だ。神経質そうな性格が見て取れる。

【七月二十五日　陰。蒸し暑し。】

古めかしい文体が、紅を一気に文明開化の中へと引き戻した。

【父を見舞ふ。以前より弱つた様子。朔兄さんの話になる。】

朔。その一文字に、心が揺れる。

【幼少のみぎり憧れて居たことを思ひ出す。父は後悔して居ると泣いたが、意味は不明なり。容態、悪し。先生曰く、覚悟をしておくようにと。】

「この朔さんて人は曾祖母の叔母の、その叔父さんみたいだ。あまりに遠くてややこしいけどね」

遠い近いの話ではない。これは有馬自身のことだと、紅は心の中で有馬に向かって叫ぶ。

「僕が最初に目を引かれたのはここだよ」

有馬の指が、ノートの中段辺りを指さした。

【九月二日　快晴。父の葬儀にて四方山の話。朔兄さんの名前が挙がる。朔兄さんは失踪したとのこと。分店で番頭をして居た人が、鬼隠しにあつたのですよなどと云う。】

「……鬼隠し」

久しぶりに聞いた単語だった。

「不思議な言葉だよね。普通は神隠しだ。まぁ、現実はややこしいお家騒動に嫌気がさして出奔したとか、そんなところなのかもしれないけれど」

「違う」

「え？」

「……いえ」

紅は思わず反論してしまいそうになった自分を誤魔化すために、そっと紅茶に口を付ける。あからさまにおかしな紅の反応を有馬は追及しようとはしなかった。有馬はいつもそうだ。今も、昔も。

長い指が劣化したページを丁寧に捲る。

【十月九日　晴。午後より雨。朔兄さんが住んで居た家を訪ねる。】

大量の本の匂い。風鈴の音。窓辺で涼む有馬の姿を、昨日のことのように思い出す。風鈴の音に重なり、小鬼たちの笑い声が脳裏に響いた。

【昔に売り払はれており、現在は他人の家なり。】

あの家に、紅は五十年近く、独りで住んだ。戦争で一帯が焼き払われてしまうまで。

思い出されるのは街中に響き渡るサイレンの音だ。あちらこちらがぼうぼうと燃え盛り、上空を何機もの爆撃機が轟音を響かせながら飛んでいく。

人々が叫びながら逃げまどっている中、紅は一人で佇んでいた。黒い瞳が映すのは火の粉を上げる我が家だ。

「やめてくれ」と叫んだ。四人並んで座った縁側も、一緒に見た写真集も、全ては炎の中だ。紅の身（おに）では、思い出の一つも救い出すことができない。紅の手元に残ったのは、常に身のそばに置いている、二枚の着物と桐の箱だけだった。

炎は勢いを増すばかりで、紅の繰り返す「やめてくれ」という叫び声を嘲笑うように、家は炎の中でガラガラと崩れ去った。

「紅くん？」

ハッと息を飲む。有馬が心配そうな顔でこちらを窺っていた。

「ぼうっとしていたよ」

「いえ、……大変な記録だなぁと思って」

平気な顔を取り繕って、次の段へと目を移す。

【巡回中の警官に話し掛けられる。兄さんの失踪は、大いに話題になつたとのこと。失踪前後に駅で起こつた怪奇事件の事を聞く。老人達は鬼隠しと騒ぎ立て、鬼狩りせんと野山に分け入つたのだと云つた。小説の如しと思う。】

「図書館で調べていた資料にも、鬼の住処(すみか)という記述がいくつか残っていた」

どれほど鬼が人間に勝る力で真実を煙に巻いてしまおうとしても、全てを完璧に消してしまえるわけではない。人間にだって幻覚や幻術に掛かりにくい者や異形の気配に鋭い者は存在する。状況によっては、秘密を知ってしまった全員の記憶を操作しきれないこともある。端々から零れ落ちたものが言い伝えとして残っているのだろう。

「……日記(これ)を読んで、有馬さんはこの街に来ようと……？」

「そうなんだ。研究が進むと気分が高揚するけど、そうじゃなくて、……なんというか、強い衝動に突き動かされるような感覚だった。もしかしたら夢の彼に近づけるんじゃないかなんて、」

有馬はそこでふと言葉を止めた。

「……研究に没頭しているとね、行方不明の恋人でも捜しているような気分になることがあった。焦るような、願うような気持ちだ。僕はずっと、夢の彼を追い求めていて、……」

紅は咄嗟に、両手でカップを持った。伸ばしそうになった手を、押さえつけるためだ。

触れたい、と思った。手に、顔に、唇に。最後に触れた時は、氷のように冷たかった肌に。

しかし、紅が衝動を抑えた代わりに、有馬が紅に触れた。

「君に会った時、見つけた、と思ったんだよ。似ていると、……それどころじゃない、本人なんじゃないかとさえ」

触れた場所が熱い。あれほど冷たかった有馬の身体には、今、しっかりと血潮が流れている。

「なにを言っているんだと自分でも思うよ。でも、君は、僕のずっと捜し求めていた人なんだと、……そう、思うんだ」

――必ず見つけてみせるよ。

「ずっと夢の中の鬼の姿を追い求めていたのに」

有馬がぐっと顔を歪ませる。

「君に会ってから、僕の頭は君のことばかりだ」

苦しそうな声だった。

「君となにを話そうか、どんなところに連れていこうか、なにを食べさせてみようか。気が付くと、いつもそんなことばかり考えている。どうにかして笑顔にしたくて、食事に誘ったり、映画に誘ったり。初恋に右往左往する学生のようだね」

いや、と有馬は首を振って苦笑した。

「きっと初恋なんだ。この歳で情けないことに、僕は初めての恋に振り回されているんだよ」

「……有馬……」

「うん？」

思わず呼び捨てにしてしまったが、有馬は気が付いていないようだった。

「俺、有馬が好きなんだ。初めて会った時から、有馬のことが……」

それはもう百二十年も前のことだが、出会った時の胸の高鳴りは忘れていない。今も同じくらい、それ以上に紅の身体の中で鼓動が主張している。

「ずっと、俺も、俺だって、」

カップを置いて、頬を包む有馬の手に手を重ねる。

「……好きなんだ……」

蚊の鳴くような声になってしまったが、有馬はしっかりと聞き届けてくれたようだった。ぎゅっと身体を抱き寄せられる。先ほどより、体温を感じた。

温かい。有馬の胸の奥でも、紅と同じようにドクドクと脈打つ気配を感じる。

どちらからともなく唇が重なる。温かく柔らかい唇の感触に瞳の奥が熱くなったが、涙が瞳を覆うことはなかった。

もうずっと昔に、干からびるほどに泣いた。泣いて、泣いて、身体中の水分が流れてしまうほど泣いて、ついに涙は涸れ果てた。

泣き虫だと言われた紅は、もういない。

＊　＊　＊

今夜は、新月だ。

「新月って、朔とも言うんだよな」

陰の象徴である月が、最も力を持たない日でもあり、即ち、鬼の力が最も弱まる夜でもある。しかし、紅の身体には力が満ち満ちていた。

「満ち欠けを何度も繰り返すみたいに、朔は何度も戻るって意味があるんだ」

紅は、膝に抱えた色違いの着物を撫でる。どっちも、ぴったりだよな」

「啓には、道を開くって意味がある。どっちも、ぴったりだよな」

文机の上では、ラムネの瓶と映画の半券、それから桐箱が灯りに照らされている。紅は振り返って、二枚の着物を文机の上に置いた。比べるように眺めて、満足げに頷く。

「もう、大丈夫だ」

なにも心配することはない。

有馬はいずれこの街を出ていき、日常に戻る。紅も、ついていくつもりだ。そうして、二人で生きる。紅は歳を取らないが、どうせ人間の姿は変化しているだけにすぎない。徐々に歳を取った見た目に、変えていけばいいだろう。そうしていずれ、有馬は老いて死ぬだろう。今度は穏やかな気持ちで看取って、そしてまた有馬を待てばいい。その繰り返しだ。

有馬が紅を見つけ、想いを寄せてくれると分かっている今、もう待つ時間はつらくない。

また、気配が現れた。

「お館さま」

紅が顔を上げた先には、鐵が立っている。脇には、小鬼二人を従えていた。

「俺はもうすぐ、ここを出ていきます」

紅は毅然と言い切った。それは、これまでの紅の態度とは、明らかに違うものだった。

鐵はなにも言わない。

「こんな場所は捨てて、それでもう忘れます。ここで生まれ育ったことも、お館さまたちのことも」

やはり鐵はなにも言わず、じっとその場に立っていた。

5

窓の外ではしとしとと雨が降っている。ここのところ、ずっと不安定な天気だ。

「この調子なら、普通に食べられるようになりそうだね」

有馬が紅茶を用意しながら、憂鬱な空模様とは対照的な笑みを浮かべる。紅は洗っていた食器の最後の一枚を水切りに置いて、浅く頷いた。

「有馬のおかげだ」

「紅くんが頑張っているんだよ」

有馬は一旦ポットを置いて、柔らかいタオルで丁寧に濡れた紅の手を拭った。水滴の消えた白い手に、有馬がそっとキスをする。

「ありがとう」

「そっ、」

紅は顔を赤らめて、視線を彷徨わせる。

「それは、こっちの台詞だ……っ」

有馬の思わぬ告白を聞いてから、有馬の態度は少しずつ変化している。人間の恋愛事情に関しては物語程度の知識しかない。想いの通じ合った登場人物たちには総じて、過度に睦み合う時期がある。自分たちも同じなのだろうか。それとも、こんな日々がこれから続いていくのだろうか。だとしたら、心臓が持たない。

羞恥に俯く紅の額にもう一度軽いキスをして、有馬は紅茶の準備に戻った。すでに、茶葉の良い香りが漂っている。カレーを作った翌日には、キッチンに用意されていた高価そうな茶葉だ。

　相変わらず、朝から図書館で顔を合わせる毎日が続いている。有馬が仕事をして紅が横で読書をし、折を見て休憩所で雑談するのも同じだ。変わったのは、先ほどのように隙を見てスキンシップをするようになったこと、そして図書館の帰りに有馬の部屋に寄るようになったことだ。毎晩、二人で台所に立って夕飯を作る。カレーの翌日はミネストローネ、翌日はチーズリゾット、翌日は、お粥(かゆ)と味噌汁、煮付けにも挑戦した。

　固形物が増えれば増えるほど、咀嚼に躊躇いが生まれたが、決して気持ち悪くはならなかった。吐くこともなかった。

「はい、どうぞ」

　差し出された紅茶を受け取って、ソファに座る。有馬もすぐ隣に腰を下ろした。

「明日はなにを作ろうか？」

「なんでもいいけど」

　有馬と作る食事は、どんなものでも美味しい。料理の過程も興味深いし、片付けだって楽しい。初日に苦戦した洗い物も、ここ数日ですっかり紅が担当になった。

「有馬は、なにかないのか？」

　そもそも、最初にカレーを作ったのは有馬の夏バテを緩和させるためだった。

「紅くんのリクエストに応えたいんだよ。せっかく色んなものが少しずつ食べられるようになってきたんだからね」

「でも、有馬だって」

　一緒に夕食を取るようになっても、有馬の顔色は相変わらず白い。隈も薄くはなっていなかった。

「僕のは時期的なものだからね。そのうちに治るよ。今まで、食べてみたいなと思ったものは？」

　昔はたくさんあった気がするが、今はもうあまり覚えていない。懸命に記憶を探り、

「……ビーフシチュー、とか」

ぽつりと呟く。

「ビーフシチューか」

有馬は少し考え込んだ。

「牛肉をどうするかだな」

紅もハッとする。

「あ、いや。それはでももう少し先でもいいかも」

自分で言い出したものの、肉類に口を付ける勇気はない。食べたいものと聞かれて、咄嗟に有馬との思い出の味の一つが出てしまっただけだ。

「それまでに、美味しそうなレシピを探しておくよ」

紅はぱっと顔を輝かせる。

「ありがとう！」

先の約束が嬉しい。明日も明後日もその次も、ずっと先まで有馬と一緒にいられる約束があればいいのにと、いつも感じる。いくつもの小さな約束を重ねることが、紅の今の幸せだった。

「さて。そろそろいい時間だね」

紅茶を飲み終えた有馬は、時計を確認してベランダを覗いた。すでに九時を回っている。

「よかった。晴れてきてるよ」

紅も、有馬の後ろからそっと夜空を見上げた。雨粒をポトポトと落としているのは空ではなく、ベランダに設置された陽差し避けだ。雲間からは上弦の月が覗いている。

紅は、きゅっと唇を噛んだ。

毎日が、楽しく幸せだ。けれど、唯一この時間だけが、好きになれない。一緒にいる時間を重ねれば重ねるほど、離れ難くなってしまう。

「……帰らないとダメか？」

紅はそっと尋ねた。この数日の間、何度か挑戦しようとして諦めた問いだった。

「紅くん？」

有馬が首を傾げる。

「えっと、だから、……泊まったら、ダメか？」

紅茶一杯。それが食後のお約束であり、その一杯の紅茶を飲み終わったら帰宅するのも、暗黙の了解となっている。すでに、カップは空だ。

「家に帰りたくないのかな」

有馬は優しく問いかけながら、紅を覗き込んだ。吐息さえ感じる距離だ。

「帰りたくないわけじゃない」

有馬と一緒にいたいだけだと、みなまで言わず紅は言葉を詰まらせた。

いや、帰りたくないのだろうか。

広いだけの屋敷。あの場に毎晩戻ることは、かつて樹に指摘された通り、紅の贖罪でもあった。でも、もういいじゃないかと頭の中で言う声がある。それは、百二十年前の自分の声だった。

だってもう、有馬に会うまでに随分と苦しんだ。充分じゃないか。もう許されている。だから、有馬と再会できたのだ。

屋敷に帰るよりも、有馬と同じ部屋で同じ時間を過ごしていたい。紅がそう望むことを、一体なにが咎めるというのか。

——運命なのだ。

頭の中に響いた冷徹な声を、頭を振って消し去った。

「一緒にいたいんだ……迷惑か？」

見上げると、有馬は困ったような顔で笑っていた。

「迷惑ではないよ。迷惑ではないけど、……そうだな」

有馬の長い指が紅の髪を梳く。

有馬に触れられると、悪戯に心を覆う不安の影はみるみる小さくなる。運命などという抽象的なものよりも、現実に感じている有馬の温かさの方が何倍も、紅にとっては大きかった。

「僕はね、邪な人間なんだ」

「邪？」

有馬とは対極にあるような言葉だ。

「つまり、君はもう少し僕に警戒心を持つべきだという話なんだけど、難しいな」

有馬は苦笑する。

話が見えない。

「あまり警戒されてしまっても、悲しいからね」

「紅くんがこの部屋に泊まったら、僕は君を抱きたいと思うだろうし、下手をすればそうしようとするだろうね」

「……抱く……」

　ピンとこない紅に、有馬はやはり苦笑した。

「僕の君に対する好意は、そういう類いのものだよ」

　意味は理解できる。つまり、性交だ。子を生（な）すための行為であり、鬼には不必要な行為でもある。

「無理強いはしない。……しないと、思う。でも、あまり自分を過信はできない。僕は紅くんが、大切なんだ。すごく大切なんだよ」

「そんなの、俺もだ」

　反射的に、返してしまった。自分の曖昧な反応で、有馬に誤解されることが嫌だった。

「ありがとう」

　有馬が紅の額にキスをする。ぎゅっと心臓が痛んで、紅は有馬の首に縋るように抱きついた。

「なぁ、有馬」

「うん？」

「抱くって、どういう意味があるんだ」

　子を生（な）す行為。それは鬼同士でも無意味なことだが、有馬と紅の間でも意味がない。

　有馬が、紅の背をぽんぽんと叩いた。

「そうだなぁ。……一番深いところで、繋がることのできる、自分たちはお互いにそういう存在なんだ、という確認かな」

「一番深いところで、……繋がる」

　それは必要なことなのだろうか。

　自分と有馬は、もうとっくに繋がっている。だから、再び出会えたのだ。これ以上に強い繋がりなど存在するのだろうか。

「……と、いうのは、きれいな建前で」

　背を叩く手が止まった。

「単純に、好きな人に触れたい、というのが一番だね。これは性欲の問題だ」

　性欲。やはりいまいちピンとこない。ピンとこないが、有馬の望みで、自分に受け入れられないことなど、なにもない。

「いいよ」

　紅は顔を上げた。真っ直ぐに有馬を見上げる。色素の薄い瞳の中に、真剣な顔をした自分が映っていた。

「俺のこと、抱いてくれよ」

有馬はまた困った顔になった。

「ダメだよ」

「どうして！」

「紅くんが迷ってるから」

「迷ってなんかない」

迷いなど、あるはずがない。しかし、有馬は「そうじゃないよ」と首を振る。

「君には、大きな隠し事がある」

紅はハッとして、有馬から離れた。有馬は少し寂しげに目を細める。

「分かるよ。ずっと見ていればね。紅くんは、時々、とても苦しそうだ」

今も昔も、有馬は相手の望んでいない追及をしない。それは有馬の優しさだ。しかし、追及しないからといって、気にしていないのではない。むしろ、気になっているからこそ、触れないという選択をしているのだと、有馬の寂しげな目が訴えている。

「この状態で君を抱いたら、……隠し事を暴き立てたくなる」

有馬は拳を握った。いつか、紅が有馬に手を伸ばすまいとカップを握りしめたように。

「全部僕に晒して一切を僕に任せてしまえって、逃げ場を塞いで乱暴に紅くんを得ようとする自分が容易に想像できるよ」

白い眉間に、深い皺が寄っている。

「自分は理性的な人間だと信じて三十年以上を生きてきた。でも、君が相手だと僕は自分が分からなくなることがある」

紅は、有馬の拳に触れようとして、しかし伸ばした手を止める。全て、話すことができるだろうか。自分の正体、有馬との出会いと死、そして、有馬がいなくなってからのことを、全て。

紅の迷いを、有馬は即座に見て取った。ブラウンの瞳が寂しげに揺れていた。

「全てを僕に見せてもいいと思えたら、君を抱かせてほしい」

そう言って、有馬はソファから立ち上がる。

「送っていくよ」

紅は、小さく頷くことしかできなかった。


雨が上がったばかりの空気は湿気ていて、道路には所々、水溜まりができていた。

送ってもらうのは、いつも図書館の前までだ。有馬の借りているマンションから図書館までは、ほんの十分ほどの距離しかない。

「少し、遠回りしようか」と、先に提案したのは有馬だったが、紅も同じ気持ちだった。有馬の部屋で帰りたくないと駄々を捏ねた時よりずっと、離れ難くなっていた。

「向こうに、大きな公園があるみたいなんだ」

「公園?」

「夜のデートには、最適だろう?」

有馬は紅の手を取って、秘密事を共有するように悪戯な顔で片目を瞑る。一瞬で、気まずさや寂しさが溶けてしまった。

有馬は大人だ。生きている時間など関係なく、紅よりもずっと、大人だった。

街灯の照らす夜道を並んで歩く。月が、二人を見下ろしていた。繋いだ手の感触に、どこかホッとする。

遠い昔にも、こうして歩いた。あの時は昼間で、ひどく人目が気になったが、有馬は全く平気そうだった。今も同じだ。犬の散歩をする若い女性や、会社帰りのサラリーマンがちらりとこちらを窺っているることに気が付いているだろうに、有馬は平然としている。

夜とはいえ、まだ夏だ。次第に掌に汗をかき始める。それでも、やはりどちらも離そうとはしなかった。

やがて、公園に着いた。中央に大きな池があり、池の周りをぐるりと回れるようになっている。敷地内には神社もあり、夜の散歩道としてはそれほどマイナーな場所ではないようだった。しかし、平日の夜だからか、人影はそれほど多くはない。

「……さっきのことだけど」

池の前に立って、有馬が言う。柵のすぐ向こうの暗い水の中で、鯉（こい）がゆらゆらと揺られていた。

「僕はもう少し冷静に言葉を選ぶべきだった」

　紅は思わず有馬を凝視した。

「有馬はいつも、ちゃんと分かりやすいように言ってくれてる」

「うん。そうありたいと思っているんだけどね。君相手だと、僕は本当に頭が回らなくなることがある。いい歳をして、おかしいったらない」

　有馬が紅を見た。月に照らされる有馬の整った顔は真剣で、おかしい、と言いながら少しもおかしそうではない。

「あんなことを言ったけどね、紅くんに無理強いなんてなに一つしたくない。君が嫌だというのなら、触れられなくてもいいんだ。君に触れたくて暴きたくて気が狂いそうになるかもしれない。それでも、君が笑ってそばにいてくれる方がずっといい」

「そんなこと！」

「分かってる。君は、そんなことは言っていない。ただ、僕の覚悟の話だよ」

　紅は唇を噛む。有馬になにを言わせているのだと、自分に苛立っていた。

「そんなに噛み締めたらダメだよ」

　有馬がそっと、唇に触れる。

「……キスしてもいいかな」

「してほしい」

　紅は頷いて目を閉じた。静かに、唇が重なる。ぽちゃん、と音がした。鯉が跳ねたのだろう。

「どうしてこんなに愛しいんだろうね」

　唇を離した有馬が独り言のように呟く。紅は、有馬の胸に額を擦り付けた。

　くすりと笑う気配がする。見上げると、有馬が困ったように眉根を寄せていた。

「いや、ごめん。紅くんの一挙手一投足に振り回されている自分がおかしかっただけだよ」

「振り回されてる？」

　有馬が紅の手を取り、自分の左胸に当てた。どくどくと、心臓が脈打っている。命の音だ。

「この歳になって、君みたいな相手に巡り合うとは思わなかったよ」

「この歳って、まだ三十やそこらだろ」

「そうだね。でも、恋愛というものを知るには充分な年齢だと思っていたんだ。自分の心の動きには、ある程度の想像がつくような年代というかね」

「そんなの、無理だ」

百八十年余生きている紅だって、有馬を前にした時の自分の心の動きなど計り知れない。

「うん、無理だったな」

有馬の心臓が、相変わらず強く脈打っている。それだけで、紅の胸は飛び上がりそうなほどの歓喜に震える。

互いの瞳をじっと見つめ合い、再び唇が重なりそうになった、その時、

「紅？」

名前を呼ばれた。反射的に振り返った紅は、驚きに目を丸くする。

「樹!?」

そこには、よく知る昔馴染みが立っていた。片手に、茶色の紙袋を抱えている。

「なんでこんなところに」

樹が紙袋を振る。ガサガサと、中身が鳴った。嵩の軽いものだ。

「常連のばあさんに、配達を頼まれてな。この公園を突っ切ると近道なんだ」

「配達って、そんなことまでしてたのか」

もう九時を過ぎている。

「うちは、お得意さま第一でやってるからな。それより、」

樹の目が、紅の横に立つ有馬に向かった。有馬の顔を凝視し、再び紅に視線を戻す。

「……そうなんだな」

樹の問いの意味は、すぐに理解できた。しかし、うまく答えることができない。樹の目に、責めるような気配を感じたからだ。

「紅くんの、お友達かな」

沈黙を断ち切ったのは、有馬だった。紅はほっと

有馬を見上げる。

「はい。親戚の、遠野 樹です。樹、こちらは有馬啓さん」

「ありま、はじめ？」

訝しむ樹に対して、有馬は慣れた手つきで名刺を取り出した。

「こういうものです」

「大学の先生、……ですか……」

「はい。この街には、フィールドワークにやってきたんです。紅くんとは図書館で知り合って、……よくしてもらっています」

「へぇ」と呟いて名刺を一瞥した後、樹はポロシャツの胸ポケットを漁って有馬と同じように名刺を一枚取り出した。

「俺は、そこの信号を曲がった三本目の通りで、漢方の店をやってます」

「漢方ですか。今度お邪魔しようかな」

「……どこか不調でも？」

「少し、夏バテ気味でね」

「…………まぁ、確かに顔色がよくないですね」

「樹？」

不自然な間に紅は首を傾げたが、樹は気を取り直したように「いや」と首を振った。

「いつでもどうぞ。うちは品揃えだけは自信がありますから」

社交辞令だと丸わかりの御座なりな口調だ。それを証明するように、樹はするりと紅に目を向ける。有馬にもう用はないと言いたげだった。

「紅。明日、時間あるか」

「……なんで？」

「店が忙しくて手が足りないんだ。バイト代は弾むから、とにかく来てくれ」

手伝いという名目で樹の家に住んでいた頃だって、店の手伝いなど数えるほどしかしたことがなかった。それ以降は皆無だ。

「わ、分かった」

樹の真剣な顔に気圧されて紅は訝しがりながらも頷いてしまった。

ほうほうと、遠くで梟が不気味な鳴き声を上げていた。まるで、屋敷にいる時のように。

6

翌日、紅は図書館に寄って日暮れまで有馬といつものように過ごしてから、樹の店に向かった。

「薬舗 斎堂」には、常に数人の客がいる。ほとんど常連客のようで、樹と親しげな会話をしていることが多い。紅が扉を開けた時も、樹はカウンターで壮年の男性と談笑していた。

「よう、紅」

こちらに気が付いて、樹が片手を上げる。空気を読んだらしい壮年男性は、「それじゃあ」と頭を下げて、紅と入れ違いに帰っていった。

「こんな怪しい店、よく通おうと思うよな」

カウンターの前に二つ並べられているパイプ椅子の一方に腰を下ろす。内側で薬の瓶を片付けていた樹は肩を竦めた。

「界隈じゃ、結構有名な店なんだぜ。質も品揃えもいいってな」

片付けを終えた樹は、店の出入り口に閉店のプレートを掲げて扉に鍵を掛けた。くるりとこちらを振り返り、腕を組んで扉に背を凭れる。

「お前、いつあの男と再会したんだ。どうして俺に言わなかった」

「どうしてって、言うような機会なかっただろ」

樹に会ったのは、樹が中国から帰ってきて図書館まで顔を見せに来たあの時が最後だ。

「電話でもなんでもあるだろうが」

「そりゃそうだけど、別にわざわざ報告するようなことでもないだろ」

「へぇ？」

樹の目が細くなる。紅は慌てて「悪かったって」と謝った。樹がどれほど自分のことを心配してくれたか、よく分かっている。この百二十年、付かず離れずの距離で、ずっと見守ってくれていたことも。

「舞い上がっててそれどころじゃなかったんだ」

「……まぁ、そうだろうな」

樹は大仰な溜息を吐く。

「輪廻ってのは、厄介だな」

「厄介？　どういう意味だ」

紅の問いに、樹は答えなかった。

「でも、あいつは昔のことなんか覚えちゃいないんだろう？　生まれ変わりだなんて保証があるのか？　顔が似てるだけの他人かもしれない」

「違う。分かったんだ、一目で感じた。あれは有馬だ」

樹は黙っている。

「有馬は俺のことを覚えてないけど、でも有馬の魂は覚えてるんだ。鬼の夢を見るって言ってた。それに、俺のことだって、……ちゃんと、好きになってくれた……」

しん、と沈黙が落ちる。樹は僅かも視線を逸らすことなく、真っ直ぐに紅を見ていた。

「今のお前は、鬼だ」

「分かってるよ、そんなことは」

「お館さまに言われたことを覚えてるか？　必要以上に人間に近づくことは背信行為だ。人間に関わりすぎると不幸になる。外に出る時に、そう言われてるはずだ」

だからなんだと、紅は樹を睨みつけた。樹は眉一つ動かさない。

「……不幸を選ぶのか」

「あの頃とは違う」

不幸の元凶は、消えてしまった。もう誰も有馬を殺しはしない。

——誰しも運命からは逃れられぬ。

運命なんて、クソ食らえだ。

くしゃり、と樹の顔が歪む。

「そうじゃねえ。そうじゃないんだ、紅」

ぎゅっと噛まれた唇が白くなった。瞳の奥に、葛藤が渦巻いている。

「俺が悪いのか？」

「樹？」

「……成人の儀を終えた鬼は、お館さまに鬼としての生き方を説かれる。だが、お前にその機会はなかった。代わりに俺がと、考えなかったわけじゃない。でも、一途に有馬を想ってるお前にそんな残酷なことは言えなかったんだ。再会したら最後と知って絶望するくらいなら、ずっと再会を夢見てる方がいいんじゃねぇかと、……あんな男ずっと現れなきゃいいと、俺はこの百二十年、そればっかり……」

樹はガリガリと頭を掻いた。いつもきちんと纏められている髪が乱れる。

「樹。なんなんだよ、意味が分からない」

紅は椅子から腰を浮かせた。俯く樹に近づいて顔を覗き込む。途端、痛いほどの力で腕を摑まれた。

「――っ」

「……なぁ、有馬は体調が悪そうだったな」

「え？　あ、ああ。夏バテだって……樹、痛いって、」

「お前のせいだ、紅」

「……は？」

顔を上げた樹は、苦しそうだった。今にも泣きそうに見える。樹のそんな顔を見るのは、樹が小鬼を失った時以来だった。

「人間を食べて俺たちは成人し、大きな力を手に入れる。人間は、俺たちの力の源だ。でも、人間を直接食べるのは成人の儀式だけだろう」

聞くな、と頭の隅で声がした。しかし、両腕は樹に捕らえられている。

「成人した鬼は、人間の生命力を吸収して生きている。昔、大人たちが代わる代わる外出していたことを覚えているか？　理由は、それだ」

「せいめいりょく……？」

うまく変換して飲み込むことができなかったのは、理解することを頭が拒んでいるからだ。

「本来なら、色んな人間から少しずつ吸収するんだ。でも、誰かに執着すると、そいつに意識が集中する。心も身体もそいつを欲する。自然と、そいつから得る力が大きくなる。今のお前は無意識に有馬から生命力を奪ってるはずだ。このまま有馬と一緒にいたらお前は、……有馬を殺す」

「俺が、……有馬を殺す……？」

紅は、自分の両手を見つめる。バチバチと、記憶が現実に重なって、両手が真っ赤に染まって見えた。

血に濡れたこの腕の中で、有馬は死んだ。紅のせいで。

「有馬を殺して、次の生まれ変わりを待つか？　その次も、またその次も？　永遠に繰り返すか？」

今の有馬が死んだ後はそうすればいいと、安易に考えたこともあった。しかしそれは、今から数十年後、有馬が老いて死んだ時の話だ。

「やめとけ、人間なんて。今ならまだ間に合う。お前の力なら、有馬の記憶からお前を消すことなんて簡単だ。お前にできないなら俺がやってやる」

「い、嫌だ。だって、ずっと待ってたんだ」

百二十年。有馬との再会だけが心の支えだった。今更、一緒にいられないなどと、受け入れられるはずがない。

「紅、よく考えてみろ！」

「放せ‼」

紅が叫ぶと、樹の力が僅かに緩んだ。隙をついて、その手を渾身の力で払いのける。

「だって、そんなの、無理だ。有馬が俺を見つけてくれたのに」

昔、一緒にいられた時間は一カ月に満たない。再会してからも、同じだ。

「……帰る」

内側から掛けられた鍵を開ける紅の手に、樹の手が重なった。先ほどのような力は、もう入っていない。

「冷静になれ、紅。お前はもうずっと、正気を失ってる。あいつが死んでから、ずっとだ」

樹の目は、痛ましいものを見るようだ。そしてその目に映る自分は、一切の表情を失っている。心は混乱しているのに、頭は妙にすっきりしていた。

「今日は、帰る。……一人に、なりたいんだ」

静かに言うと、樹は手を離した。

ビルの外に出ると、小雨が降っていた。身体を濡らす雨など僅かも気にせず、紅は夜道を進む。できるだけ、暗い方へ暗い方へと。

気が付くと、屋敷の建つ緑地の入り口に立っていた。しかし、それ以上、足を進める気にはなれない。境界を踏み越えた先にある大きな鬼の住処(すみか)。あの場所には、紅の罪が埋まっている。

　紅は天を仰いだ。

「罰が当たったのか」

　答える声はない。目に雨粒が入り、零れた。泣いてなどいないのに、泣いているように次々と瞳から雨が零れ落ちていく。

　——お前は、この男を食らう運命なのだ。

　運命、運命、運命！

　最初から最後まで、決まっていた。紅の意思などなんの意味もない。どんなに願っても、有馬と共には生きられない。

　この雨が、全て洗い流してくれたらいいのにと、紅は目を瞑った。次に視界が開けた時には、全部が消えていればいい。この手にこびり付いた血も、苦しいばかりの過去も、いっそ紅の存在自体さえ。

　もちろん、簡単に全てが消えてしまったりはしないことは、よく知っていた。

　雨は一晩中降り続け、明け方頃にようやくやんだ。


　昇り始めた太陽が、びしょ濡れになった紅の身体を照らす。紅は一晩中、緑地の入り口に座り込んだままだった。冷たくなった身体は、うまく動かない。立ち上がろうとすると、大きくフラついた。それでも、なんとか両足で立つ。

「……有馬……」

　ずっと待ち続けた愛おしい人。紅にとって唯一無二の、大切な人。この世に存在するあらゆるものと天秤にかけても、有馬の方がずっと重い。初恋から始まった百二十年分の重みは、なによりも重い。

　紅は頼りない足取りで、歩き始める。緑地の奥ではなく、街の方へと戻っていく。

　細い道から交差点に出たところで、ジョギング中の老人が彷徨う幽鬼のような紅の姿にぎょっとした。「大丈夫かい」と聞かれた気もしたが、紅は答えなかった。

　ゆっくりゆっくりと歩いているうちに、行き交う人が増えていく。ランドセルを背負った小学生が二人、戯れながら通り過ぎていく姿に、かつて紅のために存在した幼い姿が重なる。

彼らがいてくれたら、今、なんと言っただろうか。一緒に苦しんで、慰めてくれて、その先は、――想像がつかない。

フラフラと向かったのは、有馬のいるマンションだ。ずっと辿り着かなければいいと願っていたが、そんなはずはない。時間は滞留することを知らない。だからこそ、紅は有馬に再会できたのだ。

エレベーターに乗って、有馬の部屋へ向かう間、紅はもうなにも考えていなかった。すでに、答えは出ていた。

インターフォンを押す。しばらく反応はなかったが、再び指を伸ばしたタイミングで玄関の扉が開いた。

「紅くん⁉」

有馬はすでに朝の支度を終えていた。

「すみません。こんなに朝早くに」

「そんなことより、びしょ濡れじゃないか！　ほら早く入って」

手を引かれて、部屋の中に入る。有馬はバスルームから真っ白なタオルを持ってきて、紅の頭に被せた。優しい手つきで、濡れた髪や顔を拭われる。

「今、お湯を溜めてくるから待っているんだよ」

再び、急ぎ足でバスルームに向かってしまう。紅は有馬の後を追った。蛇口を捻ろうとした有馬の背に、縋るようにして抱きつく。

「好きだ。俺、有馬のことが好きだ」

これからもずっと、紅の心にこんなにも食い込む存在は有馬だけだ。きっと自分は、有馬のことしか愛せない。

「……どうしたんだい？」

優しい声に、泣きたくなった。でも、涙は出ない。有馬に想いを告白された時も出なかった。あんなに目の奥が熱くなって身体も震えていたのに。

もう涸れてしまったのだ。「泣き虫だね」と有馬が愛おしげにしてくれた自分は、待っているうちにすり切れてしまったのだ。

有馬の腕を緩く引いて、首元に腕を回す。

「な、にを」

戸惑う有馬の唇に、そっとキスをした。

「俺、有馬と繋がりたいんだ」

一番深い場所で繋がりたい。お互いに、それほどの存在であることを確認したい。性交はそのための行為だと、教えてくれたのは有馬だ。あの時はピンとこなかったが、今なら痛いほどによく分かる。おかしなものだ。状況が一変するだけで、思考も感情も、こうも対極に振れてしまうなんて。

紅は、運命に負けた。否、抗えるような相手ではなかったのだ。

——お前は、この男を食らう運命なのだ。

どうしようもなく、全ては最初から決まっていた。もう認めるより他はない。

「有馬」

希(こいねが)うように、愛しい人の名前を呼ぶ。

一度きりでいい。その一度を心の支えにして、この先決して関わらない。有馬が何度生まれ変わっても、近づきもしない。だから、思い出が欲しい。

なんて浅ましい考えだと、頭の隅で冷静に叱咤する自分がいる。そんな善良ぶった自分を捩じ伏せて、有馬の長身を壁に押し付ける。肘が当たって、シャワーから水が落ちてきた。しかし、どちらも動じない。それほどに、互いのことだけを見ていた。

「抱いてくれよ、今すぐ。お願いだ。全部、晒すから。俺のこと、暴いていいから」

「紅くん、なにがあったんだい」

有馬の顔が、微かに険しくなる。

「あの樹という男に、なにかされたのか?」

「違う。なにもない。ただ、全部を有馬に明け渡したいんだ」

今、この瞬間だけ。全てを受け止めてほしい。

「お願いだ」

有馬の身体に縋りつく。

「俺、有馬のこと好きなんだよ」

「僕も、紅くんのことが好きだよ」

囁く声は、微かに震えていた。

「だから、勢いで君を抱くことはできない」

紅はきっと有馬を睨み上げる。

「有馬は嘘つきだ。俺相手だと、自分が分からなくなるって言ったくせに……っ」

ブラウンの虹彩（こうさい）が揺れる。

「理性なんて捨ててくれよ！　有馬が俺のことを好きなら、……理性なんて捨てろよ‼」

真綿で包まれて大切にされるよりずっと、その方がいい。

分かってほしくて、紅はもう一度唇を重ねた。今度は、噛みつくように深く。薄く開いた口から舌を差し込み、絡ませる。口の中に水が流れ込んだ。同時に、有馬が紅の腕を掴む。引き離されると思った身体は次の瞬間、強く抱きしめられていた。

「んっ」

互いに貪るように、舌が絡み合う。息が上がり、声が漏れる。

「あ、りま……っ」

好きだ、と呟く。

長い長いキスの後、有馬はそっと唇を放して、「僕もだよ」と囁いた。

「君は、後悔しないのか」

痛いほど真剣な目に、紅の身体が痺れる。

「しない。抱いてほしい。………助けて、ほしい」

繋がりは、救いだ。「助けて」と、繰り返す。

有馬はシャワーの水を止め、濡れそぼった紅の髪をそっと後ろに撫でつけた。

「おいで」

優しさと強引さを兼ね備えた腕が、紅の腰を抱く。

促されるままに連れていかれたのは、ベッドルームだ。ダブルサイズのベッドの横にはナイトテーブルがあり、大小様々な本が積み上げられている。ベッドの足元も同じだ。図書館の印はついていない。有馬の私物だろう。仕事とはいえ、相変わらず蒐集家なのだろうなとぼんやりしている紅を、有馬は優しくベッドに座るよう促した。有馬の腕を引いて抱きつく。その身体を受け止めた腕は、そっと紅の背をシーツに沈ませた。二人の身体から滴り落ちる水滴をシーツがじわりと吸っていく。

こちらを見下ろす有馬の顔は、窓から差し込む太陽の光が逆光になってうまく見えない。有馬は紅に体重をかけないよう、そっと覆いかぶさってきた。

「抱いてくれ。めちゃくちゃに、」

一生消えないほどの痕を残してほしい。肌が無理だというのならば、心に。

「少し黙って」

有馬が少し強引に紅の唇を塞ぐ。

「君は、僕の理性を簡単に焼き切ってしまうから」

口腔内を探られて、絡んだ舌を吸われる。湿り気を帯びた音が耳朶を刺激して、下腹部に熱を感じた。

「ん、あつ、い……っ」

腰を有馬に擦り付ける。下着が濡れる感触が気持ち悪かった。心臓が破裂しそうなほどに鼓動を響かせている。

有馬の指がそっとシャツを辿り、ボタンを外していく。露わになった脇腹を撫でられると、ぞくりと背中が粟立った。

「んっ、……ふあ、」

キスの合間に、吐息と甘い声が零れ落ちる。舌が麻痺して、うまく回らない。紅の身体を愛撫する手が驚くほどに熱い。

「ね、有馬」

紅は懇願するように有馬の名前を呼んだ。

「痛いんだ」

腰を揺らす。有馬の目は熱を帯びていた。欲情している、と感じて、紅は嬉しくなる。

「痛いんだよ」

繰り返すと、有馬は欲情に濡れた目で紅を見つめて、ジーンズの上から張り詰めるものに触れた。

「少しでも嫌だったら、言うんだよ」

「嫌なんかじゃ、ない」

ファスナーの開く音がいやに響く。寛げられた場所から、指が忍び込んできて下着越しに触れた。

「汚れてしまったね」

「だって、有馬が」

早くしてくれないから、と責める唇はまた塞がれる。足からスラックスと下着が抜き取られた。熱く張り詰めたものを、有馬の長い指が包み込む。

「んっ、ふぁっ」

擦られると、それだけでたまらなかった。頭が茹りそうだ。なにも考えられなくなってしまう。欲望のままに有馬のウエストコートを脱がし、シャツのボタンを外す。性急な紅の手つきを、有馬が制することはなかった。露わになった身体は、きちんと節制された人間のものだった。

「有馬のも、触っていい？」

スラックスに手を伸ばす。有馬は「いいよ」と囁いたが、昂ぶりを擦る指の動きは先ほどより激しくなった。紅は有馬のスラックスに伸ばしかけていた手で濡れたシーツを握る。

「んっ、あ、や、あ、ああっ」

有馬の唇が、首筋から徐々に降りていく。胸の突起を弄り、臍を探り舐め、さらにその下へ。快楽に振り回される紅が気が付いた時には、内腿を柔らかく食まれていた。

「あ、ちょっと待っ、」

紅は慌てて上体を起こす。しかし、有馬の髪の毛に指を差し入れた時にはもう、指に弄ばれ続けていた昂ぶりを咥え込まれていた。

「ん、んん……っ」

熱い口腔に含まれたものは一層硬さを増す。すぎた快感に身を悶えさせるが、有馬は放してくれない。舌先で先端を意地悪に擽られ、紅の頭の中がぱん、と弾けた。

「んっ、ああっ」

根元に溜まっていた快楽が一気に吐き出される感覚に、紅は背筋を震わせる。脱力し、再び背中がシーツに埋まった。限界まで熱くなった身体は、水を吸って冷たくなったシーツでも冷ますことはできない。

「おれ、ばっかり」

もっと有馬にも気持ちよくなってもらいたいのに。

「有馬だって、もっと、ちゃんと」

切れ切れの吐息の合間に、呟く。

「気持ちいいよ」

「本当に？」

「本当だよ。好きな相手の火照った顔を見たり、悶える身体に触れたり、悩ましげな吐息を聞いたりして、気持ちよくないはずがない」

「もっとなってよ」

「もっと」

「挿れて、掻き回して、俺の中に出してって言ってるんだ」

「そんなに全部を一気にすることはないよ」

時間はいくらでもあると言いたげだ。しかし、紅は知っている。もう一刻の猶予もない。

「俺は、抱いてくれって言ったんだ、有馬。今すぐ抱いてほしいんだよ。有馬と繋がりたいんだ。それとも、有馬は嫌なのか？」

「そんなはずないだろう⁉」

珍しく、有馬が少しだけ声を荒げた。

「僕だって、君を抱きたいよ。君が好きで、愛おしくて、抱き潰してしまいそうなほどなのに」

だったら、と言いかけた紅を、「だけど」と有馬が遮る。

「抱いたら最後、君はどこかに行ってしまいそうだ」

「行かない」

不自然なほどに、即答してしまった。驚いたのだ、有馬の勘の良さに。不自然さをフォローするように、今度は慎重に唇を開く。

「絶対に、行かない。一緒にいるために、抱いてほしいんだ。本当だ」

有馬は黙って紅を見つめていたが、やがて「分かった」と頷いた。

紅の嘘を、有馬は疑わない。良心が痛みに泣き声を上げたが、吐き出してしまった嘘をなかったことにはできなかった。紅のためにも、有馬のためにも。

有馬は目を細めて、紅の腰を摑む。

「起き上がれるかな」

促されるままに起き上がり、今度は俯せにさせられる。目の前にあった枕を抱くような体勢に、紅は狼狽えた。

「い、嫌だ」

「どうして？」

「こ、こんな体勢、おかしいだろ」

「おかしくないよ。ちゃんと慣らさないと、紅くんの身体に負担がかかる」

「負担なんて気にしない。酷くしていいんだ」

「酷く？　僕は、君に優しくしたい」

そっと、背中にキスをされる。脊椎を辿るようにゆっくりと降りていった指先が、後ろの窄まりを擽った。

「んっ」

思わず、力が入ってしまう。何度か力を抜こうとして、失敗した。そうしているうちに、乾いた指が離れ、代わりに熱く湿ったものが宛がわれる。それが有馬の舌であることに気が付くまで、少しかかった。

「待って、有馬、んんっ」

ぬるりとしたものが、中に潜り込んでくる。浅い場所を行き来する感触に、再び前の熱が兆し始めた。

「あ、あ、あ、……っ」

勝手に腰が揺れる。やがて、再び指が窄まりを探り、今度はするりと入り込んできた。舌よりもずっと深い部分を漁り、刺激する。紅は猫が伸びをするように、胸をシーツに擦り付けた。

「も、むり、……あり、ま」

指が増やされて、圧迫感に胸が詰まる。昂ぶりは先ほどと同じように腫れ上がり、すでに開放を求めて先走りを零している。

「早く、挿れてくれよ……っ」

限界だ。僅かに残っていた羞恥心を捨て去って、有馬に腰を擦り付ける。脚の付け根に、熱く硬いものを感じた。

「――っ」

有馬は息を詰めて、紅の身体を再び仰向けにさせた。熱に浮かされた瞳に、やはり同じような顔をした紅が映っている。

「ごめん」

切羽詰まった声で、有馬が言う。なにがと聞く前に、唇を塞がれた。

「ん、……ふぁっ」

両脚が押し開かれる。そして、

「あ、ああ、……んんっ」

熱く硬いものが、紅の中へと押し入ってきた。唇を貪り合いながら、より深い場所までお互いを求める。身体の奥、一番熱い場所で有馬を感じた。繋がり、絡まり、互いを放すものかと束縛し合う。

「あ、あ、……有馬ぁ……っ」

信じられないほどに気持ちいい。大きすぎる快楽に、紅はただただ喘ぎ声を上げた。

ずっと、こうしていたい。繋がったまま、いっそ消えてしまえたらいいのに。そんな馬鹿なことを考える。

「紅くん」

有馬の声も、聞いたことがないほど欲に濡れて低い。

「好きだよ」

うん、と紅は頷いた。

「俺も、大好き」

誰よりもなによりも大切な有馬。

揺らし揺さぶられ、「大好き」と繰り返す。それしか言葉を知らないかのように。


頭がぼんやりとしている。太陽は完全に昇りきり、時計の針はすでに頂点を過ぎていた。

「シーツ、びしょびしょだな」

紅は、隣で横たわる有馬に笑いかける。

冷たさが火照った身体を冷やしてくれて心地よいが、これでは掃除が大変だ。

「いいよ、そんなことは」

有馬が身を起こして、紅の唇を啄んだ。

「それより、身体はつらくないかな」

「平気だ」

何時間も睦み合っていた。紅の身体を気遣う有馬を焚きつけて、何度もねだった。最後の方は、二人とも動物のようだった。

慣れない行為を幾度も身体に強いた。痛みがないと言えば嘘になる。後孔ばかりでなく、身体中が軋

むようだ。しかし、痛みよりずっと幸福の方が強い。

そして、幸福よりずっと切なさの方が強い。

心臓が捩じ切れそうだ。

「あのな、有馬」

紅も身を起こす。

「俺、有馬のためならなんでもできるんだ。命だって惜しくない。この身は、有馬のものだから」

有馬が眉根を寄せた。

「……紅くん……？」

「でも、逆は嫌なんだ」

もう二度と、自分のために死ぬ有馬は見たくない。

紅はそっと息を吐き出した。身体には、力が満ち満ちている。こうしている間にも、有馬からの生命力を奪っているのだ。

「ごめんな」

有馬の額に触れ、そっと唇を落とす。

「さよなら。有馬」

＊　＊　＊

気が付くと、有馬は広い場所に立っていた。周りには、なにもない。有馬の心に空いた穴のように、ぽっかりとしている。

物心がついた時からずっと、己の胸の中に空虚な場所があると感じていた。家族といても友人と遊んでも恋人と睦み合っても、ぽっかりと開いた穴は一向に埋まらなかった。寂寥（せきりょう）と焦燥が、有馬の身体の中を交互に行き来していた。原因は分からない。ひたすらにもどかしく苦しい毎日だった。

なにもない場所を歩き続けていると、やがて、誰かの影が見えてきた。

彼だ。

もう数えきれないほどの夜を、彼と過ごした。一面の赤色の中に佇む寂しげな横顔。黒い着物に身を包み、額からは二本の赤黒い角が生えている。赤より濃い赤色の髪で、目は金色だ。言葉を交わしたことはない、それどころか近づけたこともないのに、知っている相手だと感じていた。そして彼が泣いていることも、知っていた。

　手を伸ばして抱きしめてやりたい。けれど、夢の中の有馬はいつもそこで身体が動かなくなる。いや、動かないのではなく、動けない。先ほどまですり傷一つなかった有馬の身体は、全身血に濡れていて、腹を中心にひどく痛む。がくん、と崩れ落ちた。地面に縫い留められているように、身体が重い。それでも、なんとか起きようとする。震える指を伸ばす。どうして自分がこんなに必死になっているのか分からない。動け、動け、と身体に命じるが、やはりうまく起き上がることはできない。

　霞む視界の向こうで、彼がなにか言っている。声は聞こえない。もどかしさに頭がおかしくなりそうになって、──

　ふっと目が覚める。視界を埋めているのは木目の目立つ板張りの天井だ。

　有馬は身体を起こして辺りを見渡した。数週間前に借りた、ウイークリーマンションの寝室だ。

　ナイトテーブルの時計を確認すると、七時を過ぎたところだった。

　頭が重い。風邪でも引いたのだろうか。ここ数日あまり調子がよくなかった。

　重い身体をベッドから引き剥がし、リビングへと引きずっていく。なぜか外に干した覚えのないシーツが干してあった。

　妙な違和感を覚えるも、違和感の正体は見えてこない。いつも通りに身支度を整えてから簡単な朝食でも作ろうと台所に立って、また不思議な気分になった。誰かが一緒にここに立って料理をしていた気がしてならない。そんなはずはない。ここ数年、恋人はいない。そもそも恋人がいても、二人で並んで台所に立つなどという効率の悪いことはしないし、したくもなかった。

　食パンをトースターの中に放り込み、フライパンに卵を割る。食器棚を開けて、有馬は眉を顰めた。一段目には皿、二段目にはカップとグラスが並べて置いてある。なにも不自然なところはない。グラスの横に並べられている、ラムネの瓶以外は。

「なんでこんなものが」

炭酸飲料など久しく飲んだ記憶がない。よしんば飲んだとしても、空になった瓶など、後生大事に取っておくものでもないだろう。瓶用のゴミ箱に入れておこうとして手に取る。カラン、とビー玉が鳴った。美しく、悲しい音だった。

一瞬、誰かの瞳が脳裏を過る。悲しそうな目をして、いつも有馬を見ていた人がいたはずだ。

「……いや、」

夢に出てくる鬼と、混同しているのだろうか。あまりにも幼い頃から見続けているせいで、最近は彼が本当に存在するのではないかとさえ考えてしまうことがある。もちろん、現実的でないことも承知していた。

腑に落ちないままに朝食を済ませ、テレビと携帯電話で一通りニュースを確認してから、マンションを出た。向かうのは図書館だ。ちょうど、女性スタッフが開館作業を終えたところに辿り着いた。

「おはようございます」

閉架図書を取り出してもらっているうちに顔見知りになったスタッフの一人だった。

「おはようございます。毎日精が出ますね」

あら、とスタッフが首を傾げる。

「今日はあの子と一緒じゃないんですね」

「あの子、ですか?」

「ほら、二十歳ぐらいの男の子ですよ。最近、いつも一緒にいたでしょう?」

二十歳ぐらいといえば、教え子たちと同年代だ。しかし、教え子をここに連れてきたことはないし、教え子のような相手と交流した覚えもない。

「遠野 紅くん、でしたっけ?」

「遠野、紅?」

知らない——はずだ。

物覚えはいい。学生の名前と顔も、一度見たら忘れない性質だ。それなのに、遠野 紅の名前は、聞いたことがあるかないかさえ、はっきりしない。喉に小骨が引っ掛かったような気持ち悪さを感じる。

「あら、ごめんなさい。違ってました? 図書カードでちらりと見ただけだから」

利用者に挨拶しながら、スタッフは声を潜める。

「あの子ね、先生が来る前からずっとここに通ってたんですけど、その時は今と違っていっつも暗い顔してたんですよ」

有馬は余計な口を挟むことをやめて、「そうですか」と頷いた。

「先生と一緒だと、まぁよく笑うでしょう？　大学の先生だとやっぱり人の心を摑むのがうまいのねぇってみんなで感心してたんですよ」

狐につままれたような気分だ。有馬は「ありがとうございます」とだけ告げて、いつも通りに資料と向き合ったが、なかなか集中できなかった。

遠野　紅の名前ばかりが、頭の中で勝手に反芻される。

その日、論文に有用な記述をいくつか見つけたが、いつものように気分が高揚することはなかった。

早めに図書館から切り上げて気分転換にと寄った商店街のスーパーでも、レジに立つ中年男性におかしなことを聞かれた。

「いつもの子は一緒じゃないのかい」

「いつもの子？」

「ここんところ、毎日のように一緒に買い物に来てたじゃないか」

答えに窮する有馬に、男性は少し焦れたようだった。

「ほら、ラムネ買って、俺が涼める場所教えてやっただろう」

「……ラムネ」

食器棚で見つけたラムネの瓶は、結局捨てることのできないまま、元の場所に戻してある。

「どんな様子の子でしたか？　その、いつも一緒にいた子は」

「どんな様子って、まぁ、普通だったよ。いつも野菜やらなんやら選ぶアンタのこと、嬉しそうに見てたな」

会計を済ませて、スーパーを出る。陽が暮れ始めていた。

起きてから今この瞬間まで、さっぱり訳の分からない一日だった。なにからなにまで違和感が蔓延っている。

「……なんなんだ、一体」

教えてくれる相手はいない。ただ、原因の分からない焦燥感だけが身体の中に積もっていった。


また、広い場所に立っている。一体、何度繰り返すのだろうか。意味はあるのだろうかと自問しながらも、有馬は歩き出さずにいられない。

やがて、彼が現れる。有馬の身体はずんと重くなり、全身が血に濡れている。血溜まりの中に手を突こうとするが、ぬるぬると滑ってうまく力が入らない。

動け、動け、と己を叱咤する。

血液が目に入り、視界が霞む。彼がなにか言っているが、声は聞こえない。

待ってくれ、と有馬は叫ぼうとする。すぐにそこに行くから。君を見つけて、抱きしめると誓ったから。しかし、口から零れるのは今にも途切れそうな吐息だけで、有馬の叫びは彼に届かない。

もどかしさに頭がおかしくなりそうになって、そこでいつも目を覚ます。

しかし、今日は違った。

有馬は立ち上がった。全身が燃えるようだ。ボタボタと腹から血が零れて足元を濡らす。痛いのか熱いのか分からない。それでも、一歩、足を踏み出して、彼に近づく。その瞬間、風が吹いた。赤色がざわざわと揺れる。

ああ、と有馬は感嘆した。

ずっと血の海のようだと思っていた一面の赤は、血ではない。揺れる赤色は、――

「ごめんな」

寂しげな声が響いた。彼の声を聞くのは初めてだったが、よく耳に馴染む。

「好きだよ、有馬」

僕もだ、と返そうとして有馬は言葉を失う。彼の名前が出てこない。よく知っているはずなのに。何度も呼んだはずなのに。

彼は目を細める。その瞳に諦めが見えた。

待ってくれ、今すぐ思い出すから。

意志に反して、記憶の引き出しが見つからず、焦りばかり募っていく。

一面の赤。彼を包む彼岸花の大群が、二人を嘲笑うように揺れていた。


電子音が鳴り響いている。有馬は無意識にナイトテーブルの上を探った。鍵に触り、財布に触り、最後にやっと携帯電話に辿り着く。

「……はい。……有馬です」

「兄さん?」

聞こえたのは、妹の声だった。

「廉奈か。……おはよう……」

「おはよう。って、もう午後よ」

起き上がり、時計を確認する。廉奈の言う通り、二時を過ぎたところだった。こんな時間まで気づかず眠っていたとは珍しい。廉奈も同じことを思ったようだった。

「具合でも悪いの?」

「いや、そうじゃないよ」

身体の調子は悪くない。泥のように眠ったからだろうか。むしろ、このところずっと感じていた気怠さがなくなっていた。

「じゃあ、休みだからって遅くまで本でも読んでたのね。まったく、いつまで経っても子供みたい」

有馬はこっそり苦笑する。二歳年下の妹は、昔から有馬のことを弟だと思っている節がある。そんな妹が、可愛くて仕方がないのもまた事実だった。

「ところで、いつまでそっちにいるの?」

「夏休みいっぱいまでは部屋を借りてるからね。どうかしたのか?」

あのねぇ、と廉奈は溜息交じりに続けた。

「親戚のおばさんが、またお見合い写真持ってきたの。お兄さんも、もういい歳なんだからって」

「ああ」

ここ数年、間々ある話だった。三十を過ぎてからが、特に酷い。気にしてもらうことはありがたいが、正直、煩わしくもある。

「断っておいたから」

廉奈があっさりと言った。

「君が？」

「どうせ断るんでしょ？　研究一筋で鬼が恋人なんですって言っておいたわ。間違ってる？」

「……いや」

「兄さんは昔からそのせいで恋愛だってうまくいかないのに。学生時代の恋人だって、」

これは長くなりそうだ。

鍵と財布を持って、リビングに移動する。財布の裏側に付いているポケットから昨日のレシートがはみ出していた。財布が厚くなるのは好きではない。レシートは一通り確認してからこまめに捨てるようにしているが、昨日は困惑に困惑が続いてそれどころではなかったせいで、そのままになっていた。

レシートを取り出そうとすると、中からレシート以外のものがはらりと落ちた。それは映画『ロミオとジュリエット』の半券と、「薬舗 斎堂」とだけ書かれた簡素な名刺だった。

「ちょっと。兄さん、聞いてるの？」

「あ、ああ。……なんだっけ？」

「聞いてないじゃない。まぁ、いいけど。お見合いのこと、一応耳に入れておこうと思っただけよ。あとね、ひいおばあちゃんから連絡あったのよ。兄さん、なにか借りてるんだって？」

有馬は半券と名刺を置いて、テーブルに広げられた資料の中から古いノートを手に取る。曾祖母の叔母にあたる女性の日記だ。この街にやってくるきっかけとなったものだった。

「それ、兄さんにあげるって言ってたわ」

「分かった。また、僕の方からも連絡しておくよ」

「ちゃんと家にも顔見せてよね」

一方的に電話が切れる。有馬は見た覚えのない映画の半券と、貰った覚えのない名刺を前にして、眉間に皺を寄せた。

記憶がごっそりと抜け落ちている。それも、恐らく、遠野 紅という人物の記憶だ。

「遠野 紅」

どこかに、なにかが引っ掛かっている。特定の人間のことだけを忘れるなどということが、あり得るのだろうか。それとも、

「鬼に化かされたかな」

ふっと笑って、古びたノートを手に取る。貴重な資料だ。特に、鬼隠しにあったと噂される有馬 朔に関する言及が興味深い。

【十月二十日。雨。父の四十九日を無事に終る。店は長男のお陰で万事順調なり。横浜駅近くの分店へ使ひを頼まれる。】

かつての横浜駅は、今では桜木町駅に名前を変えている。当時はこの辺りの最寄り駅だったはずだが、線路の増設に伴ってもっと近場の駅ができたのだった。

【十月二十二日。分店の古い客達に、鬼狩りの話を聞く。存外近隣の山で驚く。鬼は居なかつたと云ふ人もあれば石橋を渡つた先に住処があったと云ふ人もあつた。喧嘩が始まらんとしたので退散す。】

このあたりの記述は、何度も読んだ。人々が分け入ったのは、今は市が管理している緑地だ。この街にやってきた最初の日に、マンションに荷物を置くやいなや、フィールドワークがてら訪れてみたが、特に変わった様子はなかった。山道を上っていくと公園がある。季節ごとにイベントが行われている、平和な場所だった。

【十月二十三日。曇り。涼し。再度、朔兄さんの家へ。買つた相手を確認せんと覗く。青年が縁側で茫として居た。勝手に這入つた此方に気付きもしない。酷く寂しげで】

ページを捲る。

【誰かを待つ様子なり。】

有馬は気が付くと部屋を飛び出していた。

焦燥感に、胸が焼かれる。自分をこんなにも掻き立てる原因の正体を、有馬はまだハッキリと摑んで

いない。それでも、身体が勝手に動いていた。

遠野 紅。

その名を持つ彼が、日記の青年と重なっていた。いつも夢の中で追いかけていた、あの鬼とも。

寂しそうな横顔をしていたのは、遠野 紅なのだ。現実的ではないと理性はブレーキを掛けようとするのに、現実などクソ食らえと本能が暴走する。

向かったのは、覚えのない名刺の裏に記載されていた住所だ。手元にあるヒントの中で具体的なものはそれだけだった。有馬は、頼むからなにか手掛かりを摑ませてくれと、祈るような気持ちで足を急がせていた。ほんの少しでいい。自分を待っているであろう彼の、なにかを。

「薬舗 斎堂」は、薄汚れた雑居ビルの三階にあった。開店しているのか外からでは判然としなかったが扉の前には「商い中」の看板が出ていた。

息を整えて軋む扉を押し開ける。

「いらっしゃい」

カウンターには店員と思しき青年が座っていた。店内は薄暗く、草や石の交ざったような不思議な香りがする。

「夏バテの薬でも探してんのか」

青年が尋ねる。不思議な雰囲気の青年だった。二十代だろう。ひょろりと背が高く、肌は浅黒い。長い髪の毛は一つに纏められているためか不潔には見えない。ジーンズにシャツという簡素な出で立ちが、店の中で浮いている。

「いや、薬を探しに来たわけではないんだ」

「ここは薬屋だ。冷やかしなら他に行きな」

取り付く島もない。

「おかしなことを聞いていいかな」

「断る」

「君は、僕のことを知っているのかな」

有馬の問いに、青年はカウンターに頰杖を突いた。試すような目付きをしている。

「断ると言っただろうが」

「君は、僕のことを知っているんだね」

はったりも含めて確信めいた口調で迫ると、青年は眉根を寄せた。

「なんでそんなことを聞くんだ」

「財布の中からこの店の名刺が出てきた。普段、財布に名刺を入れることはないんだ。つまり想定外の場所で貰ったことになる。それも最近だ。けれど、僕には覚えがない。それに、」

有馬も、青年の内心を見極めようと目を細めた。

「君は僕のことを嫌っているように見える」

「一目見て、嫌いなタイプだと思ったのかもしれねえだろ」

嫌いであることは否定しないらしい。

「僕のどこが嫌だと感じたのか教えてほしい」

「なにからなにまで」

答えには迷いがない。この青年は、自分のことを知っている。そう強く、確信する。

「遠野 紅という人を知っているかな」

青年は答えない。

「知っているのであれば、教えてほしい」

「アンタは覚えてないんだろう？　なら知らないってことでいいじゃねえか。それでアンタになんの不都合がある」

「気持ち悪い」

有馬ははっきりと言い切った。

「それに、許せない」

「なにを」

「遠野 紅を知らないと感じる自分のことをだよ」

そう、許せないのだ。自分に苛立ち、なにをしているのだと叱咤したくなる。夢の中と同じだ。届きそうで届かない彼に対して、手を伸ばしきれないあの時と。

青年はシャツの胸ポケットを漁り、煙草を取り出した。慣れた仕草で咥えて火を点ける。白い煙がすうっと線を描いた。

「アンタが全部悪いとは言わねぇ。でもな、少なくともアンタが待ってろなんて言わなければあいつはこんなことにはならなかった」

青年はまずそうな顔で煙を吐いた。

「あの時、一緒に死んじまった方が、いくらか幸せだっただろうよ。そんなこと、俺がさせなかったけどな」

　青年の話は意味の分からない部分が多い。しかし、説明は求めなかった。青年が有馬の問いに答えるとは思えなかった。ただ自分の話したいことを話しているように見える。

「あいつが生まれた頃から、俺はあいつを知っている。あいつの眦に初めて紅を塗ってやったのは俺だし、他のやつらに泣かされてばかりだったあいつを慰めてやってたのも俺だ」

　ぎり、と胸が絞られるような感覚に、有馬は目を眇めた。

「俺が大事なもんを亡くした時、あいつは俺のそばにいてくれた。ずっと一緒にいるんだと言ってくれた。……それがどんなに嬉しかったか、本人は知らないだろうけどな」

　青年は独りごちる。

「俺はあいつが大切だ。あいつより大事なものなんて、この世に存在しない」

「恋をしているような言い様だ」

　有馬にしては珍しく挑戦的に言い放つ。しかし青年は「恋？」と鼻で笑った。

「俺はあいつを、愛してるんだよ。だから、」

　睨み上げるような瞳を、有馬はじっと見つめ返す。ここで引いてはならないと、本能が告げていた。

「俺はアンタのことが、死ぬほど嫌いなんだ」

　これほどまでに他人に敵意をむき出しにされたのは初めてだ。いっそ清々しいほどだった。

　青年は有馬に向かって煙を吹きかけた。見えないはずの敵意が、煙の形を持って有馬を包む。

「あいつを追いかけてると、いつか死ぬぞ」

「……人間なんて、みんないずれ死ぬ」

「だから厄介だ。でも、俺が言ってるのはそういう意味じゃねえ。アンタは、あいつに食われちまうんだよ」

　食われる。

　青年の口ぶりは、比喩には感じられない。

「いいとも」

有馬が頷くと、青年は目を眇めた。

「はぁ?」

「それでも僕は、彼に会わないといけない」

「なんでだよ。死ぬんだぞ」

死は有馬の日常と遠い場所にあり、まるで現実味がない。しかし、現実味がないのは今の状況も同じだ。目覚めてからこちら、夢の中を彷徨っているような気分が拭えない。だから、突拍子もない青年の言葉も受け入れられるのかもしれない。

「死にたかねえだろ」

「もちろんだ。でも、彼はきっと待っているから」

大量に咲き誇る彼岸花の真ん中で、一人きりで泣きながら誰かを待っているから。

その誰かが自分であると、有馬は確信していた。いや、自分であれと願っていた。手を伸ばして彼を抱きしめる権利は、他の誰にも譲らない。

「……へぇ?」

青年が片眉を上げる。

「救えるのか?　泣いてるあいつを」

「分からない。でも、救いたいんだ。彼を救うためならなんだってできると、そんな青臭いことを本気で考えているんだ」

青年はしばらく黙り込んだ。カチカチ、と時計の音が響く。有馬は、なにも言わなかった。今、自分が見定められていることを理解していた。

やがて、青年はカウンターに煙草の先を押し付けて火を消した。

「アンタ、鬼について研究してるらしいな」

「……ああ」

「鬼を、信じるか」

頭の奥の方で声がする。

――鬼の存在を、信じるか?

それは、誰の問いだっただろうか。そしていつか、自分も誰かに同じ問いをしたはずだ。

「信じるよ」

もう、確信していた。

遠野紅はきっと――。

「俺はな」

青年は長い溜息を吐く。

「アンタのことは大嫌いだが、あいつには幸せになってほしい。アンタなんか現れなきゃいいと思いながら、現れた時のことを考えて、あいつが幸せになる道を探してきた。百二十年。百二十年かけてな」

百二十年。少なくとも有馬にとっては、あまりに長い年月だ。

「君も、そうなんだな」

鬼なのだ。人間とは異なる時間の流れを持つであろう彼らにとって、百二十年の重みとはどれほどのものなのだろうか。

「中国で、人間になった鬼の話を聞いた」

「人間になった、鬼……?」

「俺に纏わりついてきた小鬼が、小鬼ってのはまぁ、鬼の従者みたいなもんだが、そいつの主人が人間になったって言うんだ。角を捥ぎ取られてな」

「角を……捥ぎ取られる?」

それがどれほどのことなのか、有馬には想像できない。

「まぁ、俺ならゴメンだ。自分の身の一部を捥ぎ取るってことだからな。角には鬼の力が宿ってる。負担も痛みも想像を絶する。加えて、この話には証拠がない。その小鬼が唯一の生き証人だが、……まぁ、伝聞じゃあな」

青年は再び煙草に火を点ける。

「それでも、あいつならやると言いかねない。だから俺は言わなかった。もしそれであいつが死にでもしたら、全部がおじゃんだ」

「……命を落とす、可能性があるのか」

「ゼロじゃない。言っただろ。嘘か本当かも分からねえ話なんだよ。なにが起こるのか想像もできねえ。アンタは、そんな曖昧な可能性に懸けろと、あいつに言うのか」

「……分からない」

「頼りねえ話だな」

「こうしている間にも、彼は泣いているかもしれない。とにかく、僕は彼に会いたいんだ」

会って、抱きしめて、話がしたい。聞かなければならないことが山ほどあるはずだ。言わなければならないことも。

青年は煙を吐き出す。

「そのお得意の研究の成果じゃあ、鬼の住処（すみか）ってのがどこにあるのか分かってねぇのか」

「行ったことはあるさ。でも、変わったものはなにもなかった」

青年はカウンター内の引き出しを開けて、取り出したなにかをひゅっと有馬に投げて寄越した。

「それを持っていけ」

放り投げられたのは、薄紅色の小さな三角錐（さんかくすい）だった。骨のように固く、先は丸みを帯びている。

「なんだ、これは」

「角だよ。ガキの頃のな。そんなもんでも、鬼の一部だからな。もう一度、行ってみろ。そんで、死ぬ気で探せ。橋だ」

「橋？　石の橋か？」

へぇ、と青年は片眉を引き上げた。

「人間の記録も馬鹿にできねえな。橋さえ渡れば屋敷に辿り着くのは容易い。そこにお館さまがいる」

「お館さま？」

「俺たちの頭（かしら）だ。アンタが紅に会えるか否かは、お館さまに掛かってるだろうな」

随分と立場のある鬼のようだ。まさか、自分が鬼の頭領と対峙する日が来るとは思わなかった。

しかし、怯む気持ちはない。

「お館さまなら、俺以上のことを知っている可能性もある。容易に口は割らねえだろうがな。今のお館さまは、呪いみたいなもんだ」

「呪い……？」

「会えば分かる」

青年は重い溜息を吐いた。

「人間なんかに、あいつを託さねえとなんねえのか」

苦々しい声音だった。

「……もし本当に、僅かな可能性に掛けるなら、捥ぎ取った角は祭壇に祀れ」

「祭壇に？」

「これもまぁ、……可能性の話だ」

なんの可能性かは、聞かなかった。青年はもう有馬の方を見ておらず、聞いたところで答える気はなさそうだったからだ。

有馬は「ありがとう」と告げて預かった角を胸のポケットに入れ、青年に背を向けた。


すでに陽は暮れ始めている。公園で遊んでいたらしい親子連れと次々にすれ違った。奥へ奥へと進んでいくと、途中で箒を持った女性に「お兄さん」と呼び止められた。

「そろそろ帰らないと、九時を過ぎるとこの辺りの灯りは全部消えてしまいますよ」

女性は作業服を着ている。管理人か、清掃員だろう。

「灯りが消えたら真っ暗ですからね。こんな場所で迷うのは嫌でしょう?」

「ご忠告、ありがとうございます。ついでにお聞きしたいのですが、この辺りに橋はありませんか?石の橋です」

女性は「橋ねぇ」と箒の上に顎を乗せて呟き、なにかを思い出したように眉を顰めた。

「もしかして、呪いの橋のことかしら」

「呪いの橋?」

「そう呼ばれてるんですよ。先が崖になっていて、渡れないいんです。毎年、撤去しようって話が出るんだけど、業者が潰れたり下見に来た人間が怪我したりで、手つかずになっていてね。時々、男の子の幽霊が出るって」

それだけで充分だ。

「ありがとうございます」と告げて、有馬は駆け出した。

女性が教えてくれた先には確かに沢があった。上へ上へと水の流れに逆走して辿っていく。

やがて、緩やかな弧を描く石橋が見えてきた。古びた橋は、良い雰囲気を湛えているとは言い難い。ここに柳の一本でも生えていれば、幽鬼の一人や二人立っていても不思議ではない。清掃員が言っていた通り、渡った先は切り立った崖になっていた。足元が、今にも崩れそうだ。

しかし、有馬は躊躇うことなく橋に足を掛けた。

此方側から、彼方側へ。

ぶわりと、なにか幕のようなものをすり抜けた。途端に、視界の景色が一変する。切り立った崖は消えて、目の前に広がるのは深い森だ。空気がどんよりと重い。周囲には、灯りが一切見当たらず、夏だというのに、身体が寒気に包まれる。大きな獣の口の中に、自ら身を投げたような気分だ。前に進もうという気になれない。それでも、ここで足を止めるわけにはいかない。

草木の生い茂る山中を、真っ直ぐに進む。方向にあてはなかった。ただ、橋から真っ直ぐ、木に印を付けながら歩く。

今夜は満月だ。雲間から射す月明かりと、足元を照らす携帯電話だけが頼りだった。

どれほど進んだだろうか。やがて、大きな日本家屋が見えてきた。高い塀に覆われているが、門が朽ち果てており、その奥の玄関も開きっぱなしになっている。建物の中は暗く、なにも見えない。まるでお化け屋敷のようだ。

有馬は朽ちた門を潜り、建物の中へと足を踏み入れた。

重苦しい空気が屋敷の中を充満している。辺りは暗く煤けていた。所々屋根が崩れ落ちていて、風が吹き込んでくる。風雨で劣化した障子は剝がれ、床はほとんどが腐り落ちていた。とても、人が住めるような状況ではない。埃と黴と、そして煤の匂いが充満している。

微かに残った床板を踏み外さないようにしながら歩いていくと、一カ所だけ灯りの点いた部屋があった。中を覗き込んでみるが、誰もいない。文机に置かれた燭台の上で、蠟燭が揺らめいている。

蠟燭の炎に照らされて、ラムネの瓶がオレンジ色に染まっていた。引き寄せられるように文机に近づく。よく見ると、ラムネ瓶の横には、『ロミオとジュリエット』の半券が置かれていた。有馬の財布に入っていたものと同じだ。一度寄った皺を懸命に伸ばしたような跡がある。文机の足元には、二枚の着物が丁寧に畳まれている。

　部屋を見渡す。暗くてあまり分からないが、通ってきた場所と同じように、畳は腐り落ちており、支柱は今にも崩れ落ちそうだ。かろうじて、屋根はある。

　窓際に、桐の箱がぽつんと置いてあった。雲間から差し込む月明かりを受けて、異様な雰囲気を放っている。禍々しいとも神々しいとも言い難い。

　ふらふらと導かれるようにして、有馬は箱に近づく。そっと膝を下ろし、蓋に手を伸ばした。

　開けるなと、理性が叫ぶ。それ以上に、開けろと本能が喚いた。

　ごそりと、蓋を持ち上げる。頭上の明かりに照らされて最初に見えたのは、白いなにかだった。

「これ、は、……」

　突然、頭に雷鳴が落ちたような衝撃が走った。走馬灯のように数々の場面が頭の中に過り、そのまま身体中に吸収されていく。

　――なにか困ったことはない？　僕でよければ手を貸すよ。

　――また遊びにおいで。君の琴線に触れそうな本を選んでおくから。

　――僕はね、君に恋をしているんだよ。

　――泣き虫だね。

「ぐっ」

　胃から込み上げてきたものを吐き出す。唾液と胃液の混じったものが、畳を汚した。

　ひどい酩酊感だ。しばらくその場に蹲(うずくま)る。そうしているうちに、脳に流れ込んできた情報が身体の中に染み渡っていく。じわじわと、頭の先から足の先まで行き渡り、そして有馬は悟った。

　有馬　朔。そうだ、自分は有馬　朔だった。妾の子として爪弾きにあいながら育ち、親にも愛されず、常に孤独を感じていた。甘い言葉で寄ってくるのは金銭目的の人間ばかりで、日々が倦んでいた。死んだように生きる毎日は死ぬまでの暇潰しで、つまらない人生だと自嘲していた。

　けれど、出会った。彼に。有馬のために泣いてくれる、たった一人の相手に。

「紅くん……！」

呻くように、愛しい名前を呼ぶ。

死に別れて、けれど再び出会ったのだ。彼は、有馬を待ってくれていた。

「愚かなことだ」

嘲笑うような冷たい声が、頭の上から降ってきた。のろのろと顔を上げる。そこには額から赤黒い角を生やした鬼が立っていた。顔は黒い布に覆われていて見えない。両脇に、二人の子供を従えていた。

有馬は、彼らを知っていた。

「思い出したところで、意味などないというにな」

身体を貫かれた痛みを覚えている。全身の血が零れ落ちていき、どこにも力を入れることができず、痛みに声を上げることさえ困難だった。差し迫る死の恐怖を感じていなかったと言ったら嘘なのだ。全身全霊の力を振り絞って平気なふりをして見せた。来世で会えるからと嘯いた。ボロボロと零れる大粒の涙が、少しでも早く止まるようにと。

愛していた。少しでも早く止まるようにと健気で優しい、紅を。今もずっと、愛している。

「ここになにを成しに来たのだ。人の身で、一体なにができると自惚れて私の屋敷に踏み入れた？」

「紅くんを、探しに来たんですよ」

見つけるのは、得意だ。

ふふ、と静かな笑い声が響く。嫌な声だった。

「見つけて、どうする。共にあればお前は死ぬ。それは、定められた運命なのだ」

「……運命」

「鬼にはな、対になる人間がおる。陳腐な表現だが、運命の相手というやつよ」

運命。そう、有馬は感じたのだ。紅との出会いは、運命だと。

「運命の相手というやつは、なかなか出会えるものではないが、私や紅のように双角を目覚めさせるような鬼は、元々の素質がよい。したがって、運命の相手をうまく嗅ぎ分ける」

鐵は、運命の相手を食ったのだ。両側に立つ、右近と左近の自慢げな顔に書いてある。

「紅はお前を見つけ、そして愚かにも恋に落ちた」

「……愚か？」

出会った時のことを、有馬もよく覚えている。初めから、気になる目をしていた。放っておけなかった。別れ際、会えてよかったと笑った彼から目が離せなかった。

「普通は、食うのだ。惚れた腫れたなどとややこしいことになる前にな。あるいは、潔く諦める」

平坦な口調に、有馬は悟った。諦めたのだ。この鬼は。

「紅は、あなたとは違う」

鬼を睨み上げ、断言する。

愚かなどではない。純粋なのだ。誰よりも真っ直ぐで悲しいほどに正直なのだ。

鬼は足元の子供に、布で隠れた顔を向けた。

「右近」

子供が一人、前に進み出る。その手には長い日本刀が握られている。それは、有馬の身体を貫いた、あの刀だった。

「左近」

冷たい声に、もう一人の子供が進み出た。日本刀を鞘から抜き、鬼へと渡す。日本刀を受け取った鬼は切っ先を有馬に向ける。

「私はな、この百二十年、首を長くして待っておったのだ。お前のことを。間に合わぬかもしれぬと気を揉んだが、こうして相見えたのだから重畳よ」

「……僕を、待っていた？」

「そうとも」

どん、と肩を蹴り上げられる。不意の衝撃によろけた有馬の前で振り上げられた長い刃が、

「運命を思い知らせるために」

有馬の腹を刺した。

「――ぐ、……あッ」

熱い。痛い。視界が揺れて、身体が崩れ落ちる。腹から血が流れ落ちて、足元に血溜まりを作った。

――有馬ァ!!

悲痛な声が頭に響く。

――待って、行かないでくれよ！　俺を置いてい

かないで……！

聞こえていた。あの時、紅の叫びは聞こえていたのに、応えるだけの力はもうなかった。ごめんね、と心の中で繰り返して、そして有馬は意識を手放したのだ。なんて楽な道だったのだろうか。

眩む視界の向こうで、黒い着物が揺れていた。

「鬼と人間が共に生きることなど、不可能なのだ」

幼い声が続く。

「お館さまにできないのではありません」

「紅にだってできはしないのです」

鈴の音のような声に、底知れない妬みを感じる。

ああ、そうか。と有馬は胸の内で納得した。呪いとは、このことだ。彼らは許せないのだ。運命の向こう側へと進もうとする、紅と有馬が。

「紅は、ここで永遠に絶望しながら生きるのだ。それが、分不相応な幸福を望んだ、奴の報いよ」

常に平坦だった声には、いつの間にか喜色が滲んでいた。

カッと頭が熱くなる。怒りで目が眩んで、一瞬だけ痛みを忘れた。

「――ぐっ」

有馬は己の腹に刺さる剣の柄を握り、腕に渾身の力を籠める。

「あ、……あ、ぐ……っ」

ずるずると、腹から切っ先を引き抜く。身体が悲鳴を上げ、喉から獣のような呻き声が漏れた。

「……なにをしている」

訝しむ声を無視して、遠退きそうになる意識を必死に引き留める。

やっと抜けた切っ先を床に突き刺し、力を振り絞って立ち上がった。腹から血が零れ落ちていく。

百二十年前は、諦めてしまった。抗うこともせずに、紅ばかりにつらい思いをさせた。待っていて、などとよくも言えたものだ。

ふらつきながらも両足で立ち、血に濡れた日本刀を両手でしかと握りしめる。

「危のうございます、お館さま」

「私たちの後ろに、お館さま」

子供が二人間に入ろうとしたが、鬼は「邪魔だ」と二人の身体を押し退けた。

「あなたに、聞きたいことが、ある」

痛みに息が切れる。

「答えると思うのか？」

「角を取れば、……鬼が人間になるというのは、本当か」

しん、と沈黙が落ちる。有馬の腹から落ちる血だけが、微かに音を響かせていた。

やがて、ふふ、と奇妙な笑い声がした。

「ふふ、ふふふふ、ははははっ！」

鬼が大きく仰け反る。子供たちは、信じられないものでも見ているように茫然としていた。

鬼は笑い続けている。有馬は全身の力を振り絞り、黒い着物に手を伸ばした。油断していた鬼が、ずるりと引き倒される。

「お館さまっ」

子供たちが我に返った時、有馬はすでに鬼の肩を靴で踏みつけて床に縫い留め、顔を覆う黒い布に血に濡れた切っ先を向けていた。

ぽたぽたと、切っ先から零れ落ちた血液が、黒い布に染みを作る。黒い着物も、血濡れた有馬のスーツに触れてさらに黒さを増していた。

「……なにがおかしい……」

自分でも驚くほどに低い声だった。血を零し続ける腹は、怒りに煮えくり返っている。

「おかしいも、おかしくないも」

鬼はやっと笑うことを止めた。

「ますます愚かなことよ」

「どういう意味だ」

「角は鬼の力の要。確かに、失えば鬼ではいられぬ」

「食人を行わない鬼は、人になるのだろう。同じ理屈ではないのか」

かつて、紅は人を食いさえしなければ人間になれると言っていた。

「自然に変容するのと、強制的に変容させるのと、同じようになると思うのか？　負担も効果も、まるで違うわ」

笑うことをやめても、鬼はまだ楽しげだ。

「気になるのであれば試してみるがよい」

有馬は無言で切っ先を布に当てる。視界の端で二人の子供が悔しそうにしていた。

「そう脅さずとも教えてやろう」

くつくつと、鬼は喉を鳴らす。

「角を捥ぎ取られた鬼は、人間になるのではない。人間に生まれ変わるのだ」

「……生まれ、変わる……?」

「鬼は理から外れた存在。無理やり組み込まれれば、その負担は計り知れまい」

「どうなる」

「鬼としての一切の記憶が失われるのは当然のこと」

「……記憶が?」

「それも、無事に目覚めた場合だ。理に拒絶されれば、目覚めることも叶わぬだろうよ」

有馬は言葉を失う。

「どちらに転んでも、分の悪い賭けよ」

賭け。つまり運なのだ。

ぐっと奥歯を噛む。

「お館さま、そろそろお時間のようです」

子供の声に、有馬の下で鬼が肩を揺らして笑った。

「中途半端ではあるが、まぁ、よいわ」

声は満足げだ。

「何度でも思い知るがよい。お前たちは、共に生きられぬ運命よ」

運命、と有馬が呟いた瞬間、組み敷いていたはずの身体が、すっと空気に溶けるようにして消えた。すでに、子供たちの姿もない。

手元には、長い日本刀が残っている。しかし、有馬の血で濡れそぼっていた切っ先には、血痕一つ付いていない。血溜まりを作っていた床も、腐った畳が広がるばかりで、刺された腹も傷どころか服さえ汚れていなかった。

幻を見ていたのだろうか。しかし、腹には刺し貫かれた感触が、鈍く残っている。

有馬は窓際で月明かりに照らされている桐の箱に視線を移した。

箱に納められていたのは、骨だった。誰の骨か、有馬はもう知っている。それは、自分の骨だ。

「紅くん……！」

ごとりと、日本刀が落ちる。

紅を探さなければ。見つけると、約束した。

有馬は部屋を飛び出し、名前を呼びながら紅を探した。

単純な造りに見えて、建物の中は迷路のようだった。それとも、鬼の力でそう感じるようになっているのだろうか。

見れば見るほど悲しく寂しい場所だ。朽ち果て、今にも崩れ落ちそうで、生を感じるものは皆無。こんな場所に独りでいた紅を思うと、自分を呪いたくなる。いや、独りではない。もっと性質（たち）のわるいことに、怨霊まで棲みついていたのだ。

樹の言っていた通りだった。自分が待っていてほしいなどと願ったせいで、紅をあまりにつらい目にあわせてしまった。本当に紅を想うのであれば、酷い言葉で傷つけて距離を取ったり、あるいは、忘れて誰かと幸せになってほしいと願ったりするべきだったのだ。けれど、今、あの時に戻っても、そうできた自信はない。有馬は、紅と一緒にいたかった。どうしても、二人でいたかったのだ。

やがて、大広間に出た。暗い。雨戸が閉まっている。向こう側は外のようだ。屋敷の構造から考えるに、中庭だろう。

有馬は雨戸に手を伸ばした。建て付けが悪くなり軋む扉を、渾身の力で開け放つ。ガタン、と大きな音がした。

「――っ」

目の前に広がる光景に、息を飲む。

そこに広がるのは、月明かりに照らされる一面の赤。

輪廻を、あるいは死人を意味する花が、一面に咲き誇っていた。中央に立ち竦むのは、

「紅くん！」

物心ついた頃から夢に見続けた、彼。

漆黒の着物を着た、赤黒い角を持つ鬼。今にも泣き出しそうな顔をして、群生する彼岸花の中に立っている。

ああ、と有馬は呻く。

ずっと、ずっと願っていた。もう長い間。手を伸ばし、彼を思いきり抱きしめることを。

＊＊＊

「紅くん!」

懐かしい声に、紅は振り返る。紅が振り返った瞬間、一面に咲く彼岸花の花弁が一斉に空へと舞った。

ついに、逝ってしまった。紅の罪が。やっと逝ってくれたと言うべきだろうか。

「紅くん!」

有馬がこちらに下りてこようとしている。紅は一瞬混乱した。なぜ、彼がここにいるのか。

「紅くん……!」

なぜ、自分の名前を呼ぶのか。

「来るな……!」

紅は分からないまま、精いっぱい叫ぶ。

「帰ってくれ!!」

有馬は足を止めたが、ふるふると首を横に振った。

「帰れない。……思い出したんだ」

「思い、出した……?」

「紅くんと、それから碧や紫と過ごした日々を」

碧、紫。その名前を耳にしたのは、いつぶりだろうか。

「君は、待っていてくれたんだね」

有馬が、こちらへ下りてきた。花弁を散らしてしまった彼岸花を掻き分けるようにして、真っ直ぐ近づいてくる。紅は、フラフラと後退した。

「有馬、ダメなんだ。俺、待ってたけど、もう有馬とは一緒にいられないんだ」

有馬は足を止めない。

「鬼は、人間の生命力を食って生きてるんだ。俺、有馬の命を食べてたんだって、……知らなかったんだ、俺。知らなくて、……」

　紅はさらに後退する。

「有馬の身体の調子が悪くなったのは、俺のせいなんだ。俺がそばにいたら、有馬の命はどんどん短くなる！」

　鬼と人間が一緒にいることなど、無理だったのだ。鐵が最初から言っていたというのに、自分は全く理解していなかった。

　有馬が一歩、また一歩と近くなる。紅は身を翻して走り出した。彼岸花の茎を折り、落ちた花弁を踏む。しかし、そう何歩も進まないうちに、ぐっと腕を捕らえられてしまった。強引に引き寄せられる。背中に、有馬の胸が当たった。肩に腕が回ってきて、ぎゅっと閉じ込められる。

「僕は、ずっと君を探していたんだ」

　ドクドク、と鼓動がした。紅の胸の中で、そして、背中に当たっている有馬の胸の中で。

「ありがとう」

　有馬が囁く。

「待っていてくれて」

　殺してくれ、と紅は心の中で叫んだ。今、この瞬間にこの身を劫火（ごうか）に放り投げてくれと。

　しかし、ここは鬼の住処（すみか）だ。火種はない。

「放してくれ」

「ダメだよ」

　有馬が腕に力を籠める。

「やっと見つけたんだ」

　どれほど強く抱きしめられても、所詮、人間の力だ。鬼である紅にとって、有馬の腕を振り切ることは決して難しくない。難しくないはずなのに、身体に力が入らない。この腕の中にいたいと、全身が叫んでいる。

　紅はじっと、足元の赤い花弁を見つめる。血のように赤い、彼岸花。血のように、ではない。一面に散ってしまった赤は、全て血なのだ。

「ここには、」

　小さな声でそっと告げる。

「心臓が埋まってるんだ」

「心臓？」

「俺が殺した、鬼たちの心臓だ」

あの日、有馬が死んだあの夜。紅は儀式を終えて真っ直ぐ屋敷には帰らなかった。あのまま帰れば、紅は裏切り者として断罪されただろう。火炙りにされるのも時間の問題だった。それだけは避けなくてはならなかった。有馬と再会するためには……——。

紅は、最初に外に出た日に、訪れた派出所での会話を、よく覚えていた。

——川向こうに長屋があるだろう。あそこに住んでるジジババは今でも、災難があるとすぐに鬼狩りだなんだと言い出すぜ。

だから紅は、寝静まる人々の枕元に立って、教えてやったのだ。鬼の住処（すみか）も、弱点も。それが、紅が成人して使った、初めての力だった。

人々は幽鬼のように起き上がり、松明片手に鬼の住処（すみか）に向かった。そこから先は、凄惨な鬼狩りだ。

入り口を封じ、四方八方から松明を投げ込んだ。ぎゃあ、と鬼たちの叫び声が聞こえた。燃え盛る屋敷から這う這うの体で逃げ出した鬼たちは、全員、紅が止めを刺した。もちろん、鐵にも。

「愚か者め」と呻く鐵の身体を、紅は躊躇うこともせずに焼いた。鐵の日本刀を拾い、泣き叫ぶ鐵の小鬼たちの身体に刃を突き立てた。碧と紫が、されたように。

そうして、屋敷の鬼たちは滅びたのだ。

人間たちが引き返して布団の中に戻る頃、紅はいくつもの心臓と向き合っていた。鬼の心臓は祭壇に祀られて月明かりに晒されると、新たな鬼を生み出す。だから、紅は埋めた。屋敷に住んでいた鬼たち全員の心臓を、この地に。

「その後、彼岸花の球根を植えた」

驚くことに、球根を植えた瞬間から芽が出て茎が伸び、そして真っ赤な花が咲いた。秋を越し、冬、春、夏を越え、さらにまた秋を迎えた。その間、花々は一度も枯れることを知らなかった。また、季節は巡り、また巡り、その繰り返しが今日まで続いていた。

「この彼岸花は、鬼たちなんだ。俺を、監視していた。俺の罪をずっと、責めていた」

責められるようなことをした。自分でも分かっている。それでも、

「許せなかったんだ。どうしても、許せなかった」

小鬼たちの悲鳴や、有馬の告白。あの時の紅の頭の中は、その二つで満たされていた。悲しみと恨みに支配されて、自分でも制御が利かなかった。

酷いことをしたと思う。けれど、恐ろしいことに、後悔はしていない。

「生まれ変わった有馬が昔のことを覚えてないって分かった時、俺は安心したんだ」

よかったと、心から安堵したのだ。

「だって、覚えていたら、俺は言わなきゃならない。怒りに身を任せた俺が、なにをしたのか」

復讐心に支配された残酷な自分の行いを、知られたくなかった。だから、自分が鬼であることも告白するつもりはなかった。告白することになっても、うまく嘘を吐くつもりだった。

「……ごめん。俺、違うんだ。もう、俺は有馬が好きになってくれたような俺じゃない」

泣き虫だなと言ってくれた、紅ではない。こんなに胸が痛いこの瞬間だって、涙は一滴も零れないのだから。

沈黙が落ちる。ひゅう、と風が吹いた。しかし、どちらも動かない。

「馬鹿だな」

ぽつりと有馬が呟いた。紅は硬直させる。

「僕は、本当に馬鹿だ。紅くんのためと言いながら、紅くん一人に全てを背負わせた」

「違う！　馬鹿なのは俺だ！」

有馬はなにも悪くない。ただ、一方的に鬼の標的にされ、殺され、食われただけだ。

「残された者の孤独を知っているつもりで、僕はなにも分かっていなかったんだ」

どうして有馬が悔いるのだろう。

「やめてくれよ！」

酷すぎる行いをした自分でさえ、悔いていないというのに。

叫ぶ紅の身体を強引に振り返らせて、有馬が紅の目を覗き込んだ。

「好きだよ」

そっと、唇が重なる。紅はぐっと奥歯を噛み締めて、有馬の胸を押した。

「やめろってば」

二人とも、つらくなるだけだ。有馬は、どうして思い出してしまったのだろう。

「俺だって、一緒にいられるならそうしたい。でも、もう有馬が死ぬのを見るのは嫌なんだ！」

再び、あんな絶望の中に落とされるくらいならば、独りでいる方がずっといい。

「運命なんだ！」

紅は叫ぶ。

「俺が有馬を食うのは、運命なんだよ‼」

運命には抗えない。どれほど厭っても無視しても、後ろから追ってきて巻き込まれてしまう。

有馬がぎゅっと紅の身体を抱きしめる。

「それは、鬼の君と人間の僕の運命だ」

「そうだよ！」

そして、紅は鬼で、有馬は人間だ。百二十年前にはなかった明確な隔たりが、二人の間にはある。

「ずっと、運命なんかって否定してきた。でも、もう、……無理なんだ」

彼岸花は散った。もう鐵も現れないだろう。しかし現れずとも、残された言葉は紅の脳裏にこびり付いて、決して離れない。

「鬼なんかに、なりたくなかった」

紅は思わず呟く。

「もう嫌だ。こんな身体、……誰か焼いてくれ……」

有馬と繋がった一晩を心の糧に生きていこうと思っていた。けれど、こうして抱きしめられていると、そんなことは無理だと実感してしまう。

長いだけの生を意味もなく諾々と生き続けるなど、苦痛でしかなかった。もう、待つことさえ許されないのだから。

「紅くん」

苦しげな声に、紅は有馬を見上げる。色素の薄い瞳に、濃い煩悶が渦巻いていた。

「……有馬……？」

「『ロミオとジュリエット』、君は理解できないと言ったけど」

かつて二人で見た映画が頭を過る。あの日の夜、有馬は言ったのだ、運命だと。あれほど優しい運命という響きを、紅は知らなかった。

「もし失敗したら、僕は君の後を追う」

「……失敗？」

「だから、君が自分の命を捨てる気でいるのなら、いっそ僕と一緒に賭けてくれないか」

「ちょっと待ってくれ。賭ける？　なにに、なにを賭けるんだ」

「二人で一緒にいられる可能性に、命を」

紅は瞠目する。

そんな可能性が、あり得るというのだろうか。紅は思わず有馬の胸元に縋った。

「なにか、知ってるのか？」

有馬は痛みを堪えるように顔を歪めた。

「君が、鬼でなくなる方法を、僕は知っている。けれど、その方法は君の身を危険に晒す」

危険など、どうでもよかった。

「教えてくれよ、どういうことなんだ」

僅かに見えた可能性を必死に掴もうと、紅は有馬の胸元を掴む指に力を入れた。有馬は苦しげな声音で告げた。

「角を捥ぎ取れば、鬼は人間に、……生まれ変わる」

「……生まれ、変わる……？」

紅はふるふると首を横に振る。

違う。鬼は、生まれ変わらない。

「君たちのお館さまが、そう言っていた」

「お館さまに会ったのか⁉」

驚愕に声を張り上げる。有馬はなんとも言えない複雑そうな顔をした。

「すぐに、消えてしまったけどね」

「でも、会ったんだな……？」

そして、話したというのか。

百二十年間、鐵は黙って紅を責めるばかりだった。声を発するどころか近づくことさえせずに、一定の距離で、黒い布越しにじっとこちらを見ていた。あの存在に、どれほど苦しめられたか分からない。自分たちにとってプラスになる話をするとは、到底考えられない。

「うまくいくかいかないかは、賭けだと言っていたよ。それも、分の悪い賭けだと」

やはり、それほど都合よくはいかないのだ。

「うまくいかなければ君は目覚めない。うまくいっても、」

「いっても?」

紅は、ごくりと唾を飲み込む。有馬が紅の頰を愛おしげに撫でて、目を細めた。

「君は、記憶を失う」

記憶、と紅はそっと口の中で繰り返した。

「……記憶って、いつの記憶が……?」

「全てだよ。うまくいけば、鬼であった全ての記憶を失って、君は人間に生まれ変わるんだ」

全て。有馬に出会うまでの六十年。出会ってからの一カ月。再会するまでの百二十年。再会してからの一カ月。その全てが、紅の中から消えてしまう。

想像しただけで、途轍もない喪失感が紅を包んだ。

「有馬を、……忘れる……?」

有馬はぐっと紅の両肩を摑み、正面から真っ直ぐ視線を合わせる。

「もし君が目覚めなかったら、僕も君の後を追う」

「そんなのダメだ!」

紅は慌てて頭(かぶり)を振った。有馬が浅く頷く。

「うん。だから、絶対に目覚めてほしいんだ。どれだけ時間が経ってもいい。今度は、僕が君を待つから。何年だって何十年だって、何百年だって」

有馬の言葉に、嘘はないだろう。生まれ変わっても、有馬は紅を探してくれた。

でも、と紅は唇を嚙む。

「目覚めたら、全部忘れてるんだろう?」

「僕だって、君のことを忘れていた。それでも紅くんは、僕のそばにいてくれたじゃないか」

耳朶に、優しい声が囁く。

「紅くん」

この声に、紅はいつも逆らえない。

「僕は、酷いことを言っているのかもしれない。それでも、鬼の身を嘆いて死を求めるくらいなら、僕との可能性に賭けてほしい」

有馬の手に、ぐっと力が籠もる。

「痛くて、苦しくて、つらいことだとしても」

有馬の方がずっと、痛くて苦しくてつらいような顔をしていた。

「僕との数十年を選んでほしい」

否などと、言えるはずもない。それは他でもない有馬の願いであり、そして紅自身の願いでもあるのだから。

ひゅう、と生暖かい風が吹く。視界の端で、赤い花弁が舞った。

紅は、朽ちた祭壇の前に膝をつく。後ろで有馬が見守っていた。

以前、同じ格好でここに立った時、心は希望に満ち溢れていた。右近と左近を得て、誇らしかった。他の鬼たちを見返すことができて、気持ちよかった。なんて無知だったのだろう。

紅は両手で角を摑む。角はしっかりと額に根を張っている。落とすのであれば、鬼の力で引き抜くしかない。

ぐっと、両手に力を入れる。途端に、頭の中で警戒音がして、ふるふると身体が震えた。やめろ、と本能が叫ぶ。しかし、躊躇うつもりはなかった。

ぐいと、力任せに角を引く。根元からブチブチと血管が千切れるような音がして、だらりと、額から血が零れてきた。激痛に、目が眩む。鬼の身でなかったら、気を失っていたかもしれない。

「紅くん……！」

「来るなっ‼」

そのまま後ろにいてくれと、願う。きっと今、自分は醜い。額から覗く肉も血に濡れた顔も、恐ろしくグロテスクだろう。

頭の中に、走馬灯のように記憶が過る。

大人たちにいつも見下されていたこと。外の世界のものに心ときめかせたこと。樹に慰められたこと。外に焦がれて屋敷を抜け出したこと、森で捕まったこと。毎晩、祈るような気持ちで月光浴をしていたこと。双角が、落ちたこと。

額から全身を突き抜ける痛みは、紅の思考を徐々に奪っていく。痛い、などというものではない。日本刀で腹を抉られた時の何倍も熱くて痛くて、生き物としての警告音が、頭の中でけたたましく喚いている。それでも紅は力を緩めない。

「あ、……あああッ」

無意識のうちに、悲鳴を上げていたらしい。喉が嗄れている。いつの間にか有馬に後ろから抱きしめられていたことにさえ、気づいていなかった。

「僕が待っていてほしいなんて言わなければ、食べてくれなんて頼まなければ、君は、こんな想いをしないで済んだのに。……本当に、ごめん……」

耳元で声がする。謝らないでほしい。紅は幸せだった。今も、希望だけを見つめている。きっと目覚めて人間になる。今度こそ、有馬と生きるのだ。けれど、言葉は全て喉元で悲鳴に変わってしまう。

「あああああ、あああ――ッ」

やがて、鈍くひび割れたような嫌な音がして、ぼとりと膝先に赤黒い角が落ちた。根本はまるで植物の根だった。ボトボトと顔を伝い落ちた血を、黒い着物が吸っていく。視界は赤く霞んでいた。有馬に抱きしめられていなければ、その場に倒れ込んでいただろう。自重を支える力さえ、残っていない。

「紅くん！　紅くん……!!」

有馬の手が、紅の頬を撫でる。血だらけになってしまうのに、と言おうとして、けれど唇は弱々しく震えただけだった。

視界の端に、赤黒い角が転がっている。厭わしくて忌々しくて呪わしくて、そして微かに愛おしかった、己の一部だったもの。

「あり、ま」

必死に紡いだ声はあまりに小さくて、自分の耳にさえ判然としない。けれど、有馬はしっかりと聞いてくれているようだった。

「うん。なんだい」

　ぽとぽとと、顔に大きな水滴が落ちてくる。

　有馬は、図書館で再会した時も泣いていた。泣けなくなってしまった紅の代わりのように。

　紅は、必死に有馬の袖を摑む。

「俺、……忘れても、絶対有馬のこと、好きに、なる、……から」

　有馬は、何度も紅のことを探してくれた。夢でも、現実でも。遂には鬼の住処（すみか）まで探しにやってきて、紅の罪とまで対峙してくれた。

「俺も、何度だって、好きに、……な、る……」

　きっとそれこそが、二人の運命なのだ。

　この身も心も、有馬のものだ。なにがあっても、最後は有馬の元へ還ってみせる。

　有馬のシャツを摑んでいた腕が落ちる。

　必死になにか叫んでいるような声が聞こえる。けれど、もうなんと言っているか分からなかった。それでも答えようとして唇を薄く開くが、隙間から血が流れ込んできて溢れ返る。

　苦みと鉄臭さを舌に感じながら、紅はふつりと意識を失った。


　気が付くと、屋敷の裏手に立っていた。遠くの空に、陸蒸気の煙が見える。

　紅は溜息を吐く。あと何年、ここで洗濯係を務めていればいいのだろう。額の突起を撫でる。丸みを帯びた、乳角。早く抜け落ちてくれないだろうか。

　ふと足元の桶を見ると、洗濯物は一枚もない。今日はもう、終えていただろうか。

　屋敷の中に戻るが、誰もいない。「おおい」と声を上げる。広々とした屋敷に、「おおい」と声が反響した。やはり、誰の気配もない。それぞれの個室を覗き、台所に回る。鬼どころか、小鬼たちの姿もなかった。

　屋敷の中をぐるぐると回って、大広間に出る。なぜか閉め切られた雨戸を開け放って、紅は息を飲んだ。

　祭壇の前に、碧色と紫色の着物を着た二人の小鬼がいた。

「……碧、紫、……」

　紅が呟いたその瞬間、先ほどまで埃一つ落ちていなかった屋敷が姿を変えた。そこら中に煤と埃が溜まっている。屋根を支える柱は黒く焦げていて、今にも折れそうなものもある。

　そうだ。ここは、自分が焼いてしまったのだ。人間たちに火を放たせ、逃げ惑う鬼たちを、一人残らず終わらせてしまった。

　気が付くと、膝元に二本の角が転がっていた。乳角ではない。赤黒い、成人した鬼の角だ。しかし二本の角は、紅が手に取った途端に、さらさらと砂のように崩れて消える。額は疼き痛んだが、血は流れていなかった。

「紅さまぁ！」

　碧と紫がこちらに駆けてくる。小さい二人の身体を抱きしめようと、紅は手を伸ばす。どしん、と衝撃を受けて、紅は尻もちをついた。腕の中で、二人が泣いている。記憶より、少しだけ背が伸びていた。顔つきもどことなく成長しているように見えたが、盛大に涙に濡れているせいでよく分からない。

「紅さま、紅さま！」

　紫が泣き叫ぶ。

「あのね、紅さま」

　碧が涙を拭って笑った。

「僕たちね、還れるんだよ。紅さまが、角を取ってくれたから」

「角を？」

　紫が、「あ、あ、」と涙で言葉を詰まらせながら必死に言い募る。

「あり、有馬が、きちんと祭壇に祀って、くれましたし、なにより、今夜は満月なので……っ」

「だからね、僕たちまた一緒にいられるんだ」

「ずっと、紅さまの声を、聞いておりました。毎晩、優しく我らに話し掛けてくださる、声を……！」

　しゃくり上げる紫の涙をそっと拭ってやる。

「ごめんな。お前たちにも、つらい想いをさせて」

ふるふると、二人は揃って首を振る。

「もう一緒にいられるんだから、大丈夫だよ」

「また、紅さまに、お仕えさせてください……っ」

紅は二人の頭を撫でた。細くサラサラとした髪の手触りがあまりに懐かしくて、苦しくなる。

「でも、……俺は人間に生まれ変わるんだ」

「存じております！」

「分かってるよ！」

二人は同時に答えた。紅は撫で続けながら、眉根を寄せる。

「お前たちのことも忘れてしまう」

忘れたところで、きっと二人のこともまた好きになるだろう。しかし、なにも知らない紅を、生まれ変わった人間の紅を、二人が主人と感じられるかは別問題だ。

「生まれ変わるってことはもうお前たちの主人じゃない」

新しい紅。もう二人を生んだ鬼ではない。

「平気だよ！」

碧が紅の着物を握った。

「だって、紅さまにとって、有馬はずっと有馬だったよ。僕たちだって、おんなじなんだよ！」

それに、と幼い声が続ける。

「紅さまは、もうずっと前に人間になろうとしてたもん。関係ないよ。人間でも鬼でも、僕たちにはもうずっと、関係ないんだよ！」

「お願いです」

紫も同じように紅の裾を握った。

「一緒にいさせてください。それだけで我らは幸せなんです」

紅は、二人の身体をぎゅっと抱きしめる。このまま放さないでいられれば、二人を愛おしく思うこの気持ちを手放さないでいられれば、どんなにいいだろうか。けれど、それは叶わぬ願いだ。

「また、四人で本を読みましょう」

「僕はビスケット食べたいな。紅さまが起きるまでには、有馬に用意してもらうね！」

紅は頷きながら二人の頭を抱き寄せる。

周囲が明るくなって、なにも見えなくなる。

「愚かなことだ」と遠くで平坦な声が聞こえたが、もしかしたらそれは、ただの気のせいだったのかもしれない。

真実は、最後まで分からなかった。

終章

目が覚める。真上から覗き込んできたのは、見知らぬ男性だった。

ノーブルで整った顔が、くしゃりと歪む。その顔を見て、胸が痛いほどに締め付けられた。右手が温かい。男性に握りしめられていることに気が付き、無意識のうちに握り返す。

「紅さま、おはよう！」

「紅さま、お待ちしていました」

男性とは反対側から、ひょこりと二人の子供が顔を出した。四つの大きな瞳は涙で潤んでいたが、二人とも満面の笑みだった。

紅。それが自分の名前だと分かったのは、響きが妙に耳に馴染んだからであり、全く同じ顔をした二人の子供を、ずっと前から知っているような気がしたからだった。

紅はそっと身体を起こす。

打ちっぱなしの壁に、簡素な家具がいくつか置かれただけのシンプルな部屋だ。カーテンの隙間から、陽が差し込んでいる。

紅の手を握る男性の後ろでは、浅黒い肌の青年が腕を組んでこちらを見ていた。

「お前、半年近く意識がなかったんだぞ」

半年も意識がないなんて、考えられないほどの大事だ。一体、自分の身になにがあったのだろう。

ずきりと頭が痛んだ。額に伸ばした手が、包帯に触れる。

そこになにかあった、……気がする。そのなにかを、恨んでいた。厭っていた。蔑んでいた。けれど同時に、頼ってもいた。今、少しだけ心許ない。しかし、心許ないことに安堵している自分がいる。

「紅くん」

甘い、囁くような声に、紅の胸が大きく跳ねた。紅を真っ直ぐ見つめる男性の目には、大粒の涙が溜まっている。

「僕は、有馬 啓というんだ」

——僕は、有馬 朔という。

「人捜しが得意でね」

――安心して。僕は、人捜しが得意でね。

「ずっと君を捜していたんだよ」

――僕は、ずっと君を捜していたんだ。

いつの間にか、紅の瞳からボロボロと熱い涙が流れていた。

待っていた、と思う。この人をもうずっと長い間。気が狂いそうになりながら、ひたすらに。

「初めまして」

有馬 啓が笑う。

「僕の愛しい人」

紅は、長い指を摑む自分の手に、ぎゅっと力を込めた。

もう絶対に離したくない。これから先は、なにがあっても一緒だ。

「君に会えて、本当によかった」

ああ、と紅は感嘆する。

――アンタに会えて、よかった。

そう、思ったのだ。遠い昔に。それが全ての始まりだった。

会えて、よかった。

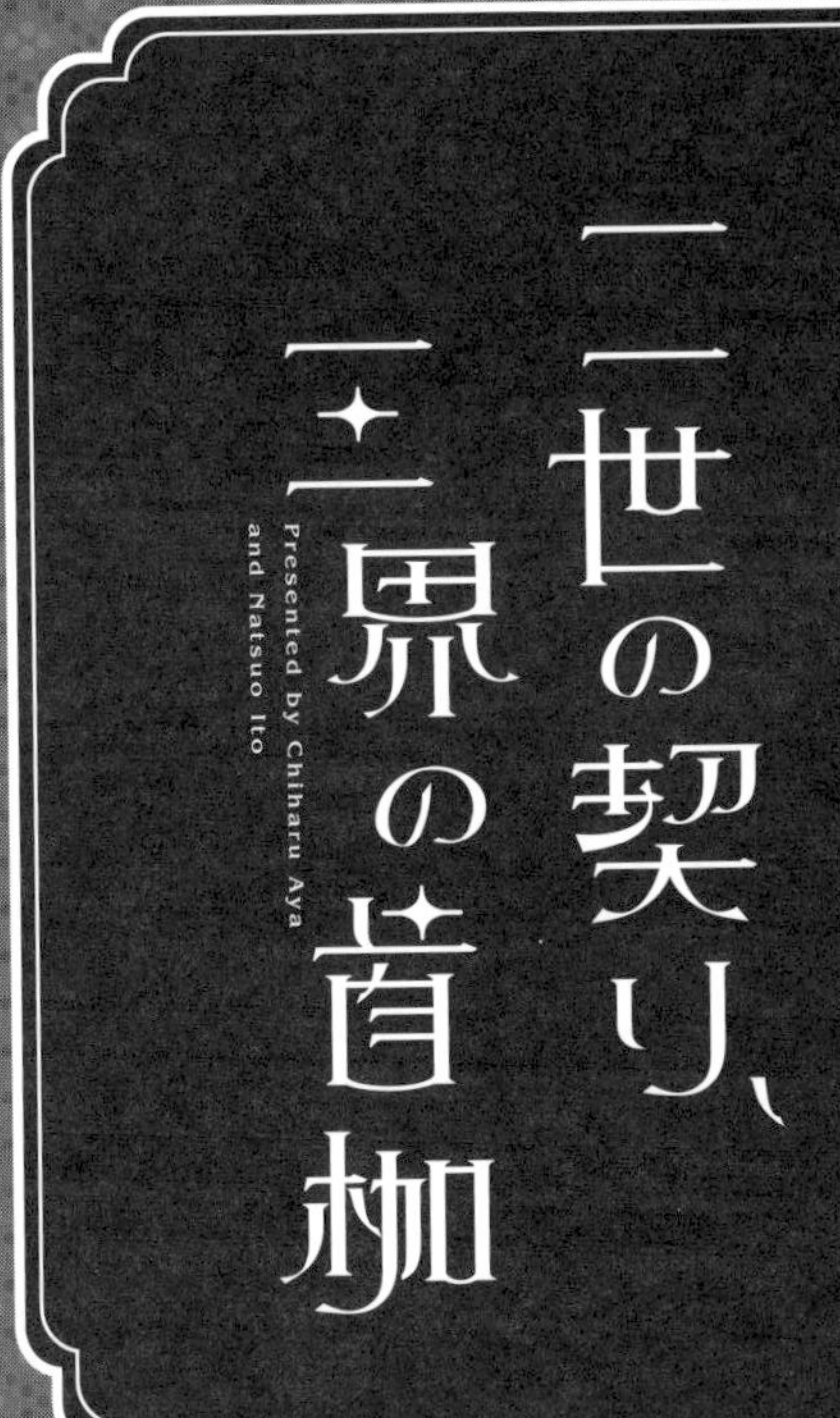
二世の契り、三界の首枷
Presented by Chiharu Aya
and Natsuo Ito

有馬の書斎は、古い本の匂いがする。紅はこの匂いが好きだ。懐かしくて、少し切なくなる。かつて有馬と共に過ごしたという家も、同じ匂いがしたのではないだろうか。ただの想像だが、きっと間違っていないはずだ。でなければ、不思議な懐かしさにも切なさにも説明が付かない。

パタパタと廊下を駆けてくる二人分の足音が聞こえて来たかと思うと、書斎の扉が開いた。

「紅さま、やっぱりここにいた」

「紅さま、失礼します」

先ほどまでリビングでテレビゲームをしていた、碧と紫が駆けてくる。碧は椅子に座る紅の膝に乗り上げ、紫は紅のシャツを握った。

「有馬から、来ていました」

紫が差し出したのは、携帯電話だ。画面には、「遅くなります。先に夕飯を食べて、寝ていてください」とメッセージが出ていた。

「有馬、また遅い？」

首を傾げる碧の頭を撫でて、紫の手を取る。

「よし。じゃあ、夕飯作るか。二人は、なにが食べたい？」

「グラタン！」と碧が目を輝かせ、「卵スープが飲みたいです」と紫が紅の手を握り返した。

「メニューは決まりだな」

書斎を出て、リビングに向かう。廊下の窓から、ライトアップされたスカイツリーが見えた。

紅たちが有馬の住むマンションに引っ越してきたのは、三月の初めのことだ。もう一カ月以上前になる。樹と名乗る漢方屋店主の部屋で目覚めたのが二月の終わり。それから今日までの一カ月半は、紅にとって怒涛だった。

紅には、記憶がなかった。己が生きてきたこれまでの全ての記憶が。それでも悲嘆せずにいられたのは、そばに有馬がいてくれたからだろう。

有馬は、紅の身になにがあったかを少しずつ教えてくれた。

かつて、鬼と呼ばれる存在であったこと。樹、碧と紫のこと。有馬との出会いと別れのこと、二人がした選択のこと。

突飛な話に、混乱しなかったわけではない。それでも、紅は有馬の話を全面的に受け入れた。紅の額にはなにかを剝ぎ取ったような生々しい傷痕が今も残っているし、荒唐無稽な嘘を吐く理由も見当たらない。そして、有馬と一緒にいたいと願う自分の気持ちがなによりの証拠だった。

真剣な顔で「一緒に暮らそう」と告げた有馬に、紅は頷く以外の選択肢を持っていなかった。

「紅さまぁ！　玉葱がないよ！」

「ほうれん草もありませんね。鶏肉はあります」

いつの間にか冷蔵庫を覗き込んでいた二人の声が、キッチンから飛んでくる。

「オーケー。買い出しに行こう」

碧と紫は、「買い物！」と顔を輝かせて、いそいそと出かける準備を始めた。

「それで、待ってる間に寝てしまったんだね」

有馬がネクタイを緩めながら笑う。三人掛けのソファの上で、碧と紫が互いを支え合うようにして同じリズムで寝息を立てていた。時計の針は、十一時を回っている。

「さっきまで、有馬が来たら手を振るんだって、ベランダにいたんだけどな」

三人で晴れ渡った夜空に浮かぶ月を眺めながら待っていたのが、つい十五分ほど前までの話だ。

有馬は二人を起こさないようにそっとソファに腰を下ろし、ぐっすりと眠る紫を抱えた。

「部屋に連れていくよ」

「ああ。じゃあ、碧は俺が」

紅も有馬に倣って碧に手を伸ばす。しかし、紅が抱える前に、碧がうっすらと目を開けた。焦点が定まらないようなぼんやりとした瞳が、紫を抱える有馬を見上げる。

「あり、ま？」

「うん。ただいま」

有馬が碧の頭を撫でる。碧はゆっくり笑った。

「おかえり」

紫は目覚める気配を一切見せずに、有馬の肩口でむにゃむにゃとなにか呟いている。しかし、眠る表情は碧と同じように、にこやかだ。いい夢を見ているのだろう。

　有馬は足音を立てずに、リビングを出た。碧は紅の指を摑みながらも、自分の足でついていく。向かうのは、書斎の横に位置する子供部屋だ。もちろん最初から子供部屋だったわけではなく、紅たちが越してくる際に、有馬が碧と紫のために用意してくれたものだった。

　八畳ほどの広さの部屋には、子供用のベッドと机が二つずつ並んでいる。左側のベッドに、有馬がそっと紫を下ろす。碧は自分で右側のベッドに潜り込み、「ありま」と、眠気を纏ったままの声で有馬を呼んだ。

「あしたは、はやい？」

　有馬の顔が曇る。この様子では、また遅そうだ。

「はやく、かえってきて」

　碧の我儘を諭そうと紅は口を開きかけたが、言葉は喉元でつっかえてしまった。なぜなら、

「こーさま、が、さみしそう、だ、から……」

　碧がそう続けて、すう、っと寝入ってしまったからだ。

　紅は言葉を失ったまま固まってしまう。まさか、見破られているとは思わなかった。顔には出していなかったつもりだ。暇があると有馬の書斎にばかり足が向いてしまっているせいだろうか。

　有馬にそっと肩を叩かれて、二人で部屋を出る。扉を閉めると同時に、先ほどまで紫を抱えていた長い腕が、紅の腰をぎゅっと抱きしめた。耳朶に吐息を感じる。

「ごめんね。もう少しなんとかならないものかと思ってるんだけど」

「無理するなよ。……忙しいんだろ」

　紅が意識を失っていた半年近く、有馬は臨時の講師に授業を託して休職し、ずっと樹の部屋を間借りしていたらしい。休職届を出せたのが長期休暇中だったこともあり手続きはスムーズにいったと聞いて

いたが、きっとその時の皺寄せが今、来ているのだろう。越してきてから一カ月の間、有馬はずっと忙しそうだ。

「俺こそ、ごめん」

「紅くんのせいじゃない。新学期はいつもこんなものだよ」

そっと唇を重ねる。優しい感触に、思わず溜息が漏れた。有馬とこうしていると、幸せに身体が弛緩する。同時に、もっともっと一緒にいたいと、心が渇望する。有馬と共にいられる時間がどれほど貴重で大切なものか、記憶になくとも心と身体が知っていた。

「もう少しだけ待っていてくれるかな。ゴールデンウィークの頃になれば、落ち着くはずだから。連休は、四人で東京観光をしよう」

有馬の囁きにこくりと頷くと、有馬は紅の前髪を梳くようにして撫で、ちらりと覗いた額にキスをした。そこには、グロテスクな傷痕が残っているが、有馬が気にする様子はない。それどころか、愛おしげでさえある。

一度、気持ち悪くないのかと尋ねたことがある。あれはまだ、樹の部屋で世話になっていた頃だ。有馬は考えもしなかったという顔で「僕のためにできた傷だよ」と言った。その言葉が紅をどれほど救ってくれたのか、有馬は自覚していないだろう。記憶がないという事実に対する不安も、鏡を見るたびに憂鬱になるような傷痕も、全て紅の中でどうでもよくなってしまった。なにを差し置いても有馬と一緒にいることを選んだ過去の自分を、思いきり褒めてやりたい。

リビングに戻った有馬が荷物を片付けながら「そういえば」と切り出した。

「今日、研究室に樹くんが来たよ」

「樹が？」

脳裏に、褐色肌の青年が浮かぶ。

「また中国に行っていたらしいね。空港から家に帰るついでに寄ったと言っていた。これ、お土産だそうだよ」

有馬が細長い紙袋の中から取り出したのは、赤いラベルの貼られた瓶だ。

「なんだ、これ」

「老酒。中国の酒だね」

「有馬、酒が好きなのか？」

「普段は付き合い程度だけど、嫌いではないよ。せっかくだから、少し飲んでみるかい？」

グラスを用意する有馬の背を、紅は複雑な気持ちで見ていた。

有馬と樹は、仲が良い。樹の部屋で世話になっている間、少なくとも紅にはそう見えた。有馬は樹に対して気の置けない態度であり、樹も有馬に対して遠慮がない。悪友、とでも表現すればいいのだろうか。男性同士特有の友情が、二人の間には垣間見える。

嫉妬めいた感情を抱いてしまうのは、紅が樹のことを覚えていないからだろう。幼い頃からの兄貴分だったらしいが、目覚めてからこちらあまり会話らしい会話はしていない。そのせいか、よく分からない人という印象しかなく、有馬との親密さに微かな焦りを覚えてしまう。それに、樹は紅のことを避けている節があった。

一緒に暮らした一週間ほどの間、紅が話し掛けても、「有馬に聞け」だの「俺には関係ない」だのと素っ気なくあしらわれてしまうことが多く、加えて彼は、有馬や子供たちがいない時は決して紅に近づこうとしなかった。

「……樹は、なんで俺のことが嫌いなんだろう」

「え？」

グラスに老酒を注いでいた有馬が動きを止める。

ハッと、紅は我に返った。思考が漏れていたようだ。

「あ、樹を悪く思ってるとかじゃないんだ！」

むしろ、逆だった。

「仲良くなりたかったっていうか、でも樹は俺のこと避けてたし、嫌がられてたっぽいし、有馬の話だと昔は仲が良かったみたいだから、もしかしたら記憶のない俺が嫌だったのか、な、とか……」

言葉尻が小さくなっていったのは、有馬の表情がどんどんと複雑なものになったからだ。眉根を寄せながらも、なんとか笑みを崩すまいとしている。

「……有馬？」

なにかまずいことを言ってしまっただろうか。

有馬は老酒の瓶を見つめて、嘆息した。

「いくらなんでもそれは、あまりに酷な誤解だな」

それは半分以上独り言のようだったが、紅は聞き流さなかった。

「だって、樹は俺のことを避けてる」

「それはね。まぁ、……気持ちの整理をしようとしているんだと思うよ」

「気持ちの整理？」

ううん、と有馬は困ったように唸る。ように、ではない。実際、困っているのだろう。

「……言えないなら、いいけど……」

有馬を困らせたいわけではない。

「言えないわけじゃないよ。ただ、僕が説明するのはフェアではないからね」

有馬はグラスに注がれたカラメル色の液体をひと舐めして、「いい酒だな」と呟いた。

「飲んでみる？」

「……ちょっとだけ」

差し出されたグラスを受け取る。濃いアルコールの香りにたじろいだが、そっと口を付けてみた。一口で酩酊しそうなほどに、甘ったるい酒だ。

「これは樹くんの部屋に世話になっていた時に、彼から言い出したことだけど」

紅が返したグラスを受け取りながら、有馬が静かに言った。

「僕と君が死んだら」

「……死？」

紅の身体が条件反射のように竦んだ。有馬はグラスを置いて、紅を引き寄せる。

「そう。いずれ僕たちは死ぬだろう。また随分と先の話だけどね、それは当たり前に来る未来だ」

いずれ、死ぬ。有馬も、紅も。人間はみな、同じだ。

「碧と紫は樹が引き取ってくれるそうだよ」

紅は有馬の瞳をじっと見つめた。有馬も同じように見つめ返す。

「小鬼が鬼にとってどんな存在なのか、僕にはよく分からない部分もある。でも、嫌いな相手の小鬼を引き取ろうなんて考えないんじゃないかな。樹くんは、君のことをとても大切に思っているよ」

「……うん」

小さく頷いた紅の頬を、有馬が優しく撫でる。

「ホッとしたって顔じゃないね」

「だって有馬が、……死ぬなんて言うから」

有馬は穏やかな笑みを崩さない。

「ずっと先の話だよ。四十年も、五十年も」

二人は、同じように歳を重ねていく。髪は白くなり、皺が増え、それでもきっと有馬は、今と同じような笑みを浮かべているだろう。

「もし、死が二人を別つ時が来てもね」

離れたりしないと、有馬の背を抱きしめる。寸分の隙間もなく、まるで二人で一人でもあるかのように身体を密着させる。いっそ、有馬の一部になれればいいのに、とさえ考える。

「大丈夫だよ。僕たちは、また会える。何度だって生まれ変わって、愛し合えるよ。そこには、樹くんや碧と紫だっていてくれる」

有馬の声は、確信していた。有馬の言葉は、紅にとって絶対の力を持っている。

そうだ。自分たちは、何度だって愛し合える。そう感じた瞬間、紅の瞳に、涙が滲んだ。

「泣き虫だね」

有馬が愛おしげに目を細める。

どちらからともなく唇が重なる。甘い酩酊感に酔いしれながら、紅はまた涙を零した。

終

こんにちは、綾(あや)ちはると申します。クロスノベルスさまより初めて拙作を上梓していただきます。

今年は、明治元年から起算して一五〇年です。このような年に今作を書くことができて幸せでした。

大好きなものばかりを詰め込み、随分と冒険も許していただいた作品です。迷った時に背中を押してくださる担当さんのお陰で書き上げることができました。私はひたすらに楽しく書きましたが、皆さまはどう読まれたでしょうか。ご感想などお聞かせいただけると、とても嬉しいです。

素敵なイラストで作品に大輪の花を添えてくださった伊東七つ生(いとうなお)先生、山あり谷ありの中、最後まで丁寧に的確に導いてくださった担当さん、クロスノベルス編集部の方々、そしてここまで読んでくださった皆さまに、心より感謝申し上げます。

二〇一八年　十月　　綾ちはる

CROSS NOVELS をお買い上げいただき
ありがとうございます。
この本を読んだご意見・ご感想をお寄せください。
〒110-8625
東京都台東区東上野 2-8-7　笠倉出版社
CROSS NOVELS 編集部
「綾 ちはる先生」係／「伊東七つ生先生」係

CROSS NOVELS

三千世界で君を恋う

著者

綾 ちはる

2018 年 11 月 23 日　初版発行　検印廃止

発行者　笠倉伸夫
発行所　株式会社　笠倉出版社
〒110-8625　東京都台東区東上野 2-8-7　笠倉ビル
[営業]　TEL　0120-984-164
FAX　03-4355-1109
[編集]　TEL　03-4355-1103
FAX　03-5846-3493
http://www.kasakura.co.jp/
振替口座　00130-9-75686
印刷　株式会社　光邦
装丁　Plumage Design Office

ISBN978-4-7730-8954-7
Printed in Japan